法说中国古典文学名著丛书

法说《儒林外史》

FA SHUO RU LIN WAI SHI

余宗其◎著

中国财富出版社

图书在版编目（CIP）数据

法说儒林外史／余宗其著．—北京：中国财富出版社，2014.8
（法说中国古典文学名著丛书）
ISBN 978-7-5047-5236-9

Ⅰ.①法…　Ⅱ.①余…　Ⅲ.①《儒林外史》—小说研究　Ⅳ.①I207.419

中国版本图书馆 CIP 数据核字（2014）第 116043 号

策划编辑　张艳华　　**责任印制**　方朋远
责任编辑　张艳华　　**责任校对**　饶莉莉

出版发行　中国财富出版社（原中国物资出版社）
社　　址　北京市丰台区南四环西路 188 号 5 区 20 楼　　**邮政编码**　100070
电　　话　010-52227568（发行部）　　010-52227588 转 307（总编室）
　　　　　　010-68589540（读者服务部）　　010-52227588 转 305（质检部）
网　　址　http://www.cfpress.com.cn
经　　销　新华书店
印　　刷　北京京都六环印刷厂
书　　号　ISBN 978-7-5047-5236-9/I·0150
开　　本　710mm×1000mm　1/16
印　　张　16.5　　**版　　次**　2014 年 8 月第 1 版
字　　数　270 千字　　**印　　次**　2014 年 8 月第 1 次印刷
印　　数　0001—3000 册　　**定　　价**　32.00 元

版权所有·侵权必究·印装差错·负责调换

十年文学经典细读　一堆理论命题感悟

——文艺学革命宣言之二

（代自序）

从《法说红楼梦》动笔，到今天《法说儒林外史》完稿，历时整整十年之久。加上此前撰写《法律文艺学》书稿的时间，则有十二年。《法律文艺学》的绪论，标题是“文艺学革命宣言”。此后十年便是自我实践宣言、细读明清小说经典而撰写“法说”系列书稿的过程。其中穿插有《余秋雨文化观三十问》书稿的写作，其内容也带有“法说”因素，尤其是书末附录的两篇文章，更是“法说”系列的有机组成部分。

在回顾十二年读书、写作甘苦之际，我对当今文学研究状况一贯忧心如焚的心态又有所加剧，并且找到了“一堆理论命题感悟”的宣泄口，拟写本文，作为对十二年前的“文艺学革命宣言”的自我响应，这就是“之二”的来历。

一　散兵游勇的持久战：向纯文学研究的顽敌全线开火

作为涉法文学的鼓吹者，在声嘶力竭叫喊了近三十年之后，虽有不少响应者、参加者，但笔者自觉仍处在散兵游勇状态，因此“文艺学革命”云云，不过是自己关在书房里看书、写字的一场持久战。它有破坏，也有建设。所谓建设，指的是八本书稿的问世；所谓破坏，就是在八本书稿中贯穿一个反思与批评纯文学研究种种弊病的顽强理念，并持续不断“实名制”地披露我以为不当的言论。一言以蔽之曰：十二年来我在不断向纯文学研究的顽敌全线开火。

本文要谈的“一堆感悟”，依然要做开火的工作。

顽敌是谁？它不指任何一个人，也不指任何一件事，而是指不知涉法文学为何物的一种学术蒙昧状态。笔者在一本书稿中已发出呼吁：告别不通法律的文学蒙昧时代。

这里，还想就此发表一点未尽之意。这种学术蒙昧的各种具体表现，我唠叨的不少，最近我将这些具体表现抽象化，一概称之为文学界的理性荒诞现象，并认为它达到了触目惊心的地步。

近半年来，这应是第三次谈这种理性荒诞现象了。第一次，因一本研究《儒林外史》的专著完全歪曲了小说的内容却被当作优秀研究成果加以引进、讨论，我深感事态严重而打开了本话题。第二次，因看了《带灯》引发争议的报道而好奇购读该小说，又一次谈到它。这一回，我想从更广阔的范围重谈这非谈不可的事关文学事业全局的症结问题。

就其最直观、大量的事实而言，此种理性荒诞主要表现在文学家对古今中外一切以法律思考、批判为主题的文学作品完全读不懂，故误读误解现象俯拾即是。笔者十年来先后细读的《红楼梦》《水浒传》《西游记》《三国演义》《聊斋志异》《儒林外史》等明清小说的经典作品无不各有其法律主题，但从不见有人谈论，便是铁证。

不妨再举一个外国文学的例子。巴尔扎克的长篇小说《夏倍上校》，用夏倍上校的传奇经历生动表现了宣告死亡的法律制度实施中出现的弊端，同时还揭示了同一法律诉讼案件中当事人的不同道德品质。拙著《法律与文学的交叉地》（1995 年由春风文艺出版社出版）对这部小说的法律主题有较详细的论述。在一部外国文学史教科书中，论者作出的阐释是：这部小说“无情地揭露了金钱的罪恶：为了金钱和地位，妻子居然不认自己的丈夫，甚至设计去欺骗他。”如此与法律不沾边的评论，只能认为是论者的自说自话，同小说根本没有关系。

当代小说《带灯》《第七天》出版后引发争议、召开学术研讨会、发表大量评论文章表明，文学评论家比文学史家一点也不高明，即都只能在作品固有的法律主题之外议论纷纷。写到此处，恰好读到雷达评《带灯》的文章。本来在《再评》中点名批评了雷达在西安有关学术研讨会上发表的意见是“公式化”评论，而他发表在《文艺报》2013 年 11 月 22 日第 3 版的《读

〈带灯〉的一些感想》一文，不仅抄录了口头发表的公式化评论话语，而且又以书面形式集中发表了更多的公式化评论，论者将其归纳为“思想价值、审美价值、创新点不足，以及由它所引起的关于当今文学深化的问题”等五个方面。在具体论述时，文章多次树立持异议的靶子，以驳论形式建立自己的话语系统。在我看来，这位当代最走红的权威评论家姗姗来迟、似乎在作总结性发言的文章，并不比他所反驳的那些“论者”高明，即都在小说法律主题的大门之外说三道四。

《带灯》与《第七天》的热评浪潮，把纯文学批评之于涉法文学新作全然无济于事的致命弱点暴露无遗，也把我所认定的触目惊心的理性荒诞现象推向了极致。

当今的文艺理论研究、美学研究，天地广阔，似乎难以同法律挂钩，谈不上有什么理性荒诞可言。其实不然。法律视角的文学研究，没有空白点，理性触角遍布文学的一切领域。即使是纯而又纯的文学文本、理论主张，虽不是涉法文学的对象，但涉法文学研究的学术眼光也足以发现其得失，也完全有能力、有把握地发表中肯意见。这种学术功能，可表述为：功在涉法文学对象实体，利在人类文学整体。

涉法文学研究的这种全知全能功效，取决于文学所描写的法律的多学科性。法学家心目中的法律，是纸张上的法律文本；而作家笔下的法律则是法律文本实施于社会产生出来的现实生活立体景观，自然科学与社会科学的所有学科对象，无不包罗在这立体法律景观之中。因此，法律视角的文学研究，才堪称文学的百科全书式的综合研究。

正是十年细读明清经典涉法小说开启的百科智慧宫殿，我才一天天增长着敢于全方位披露当今文学界纯文学研究全线溃败局面的胆识。这正如一个医生进了一所十年制综合性的医科大学，不分中医、西医，也不分内科、外科、骨科、妇科、小儿科，进行全方位医疗、医药训练，毕业后自然是一个多面手了。

且说对理论研究的荒诞现象的认识，在撰写《法律文艺学》书稿时，我只注意到文学理论不能用以解释涉法文学，还看到了美学界自朱光潜翻译黑格尔《美学》之后，没有一个学者能看到《美学》以法律为视角的基本特征，导致所有美学家对这部可称为涉法文学美学专著的误读误解。到后来，我进一步看到，排斥法律的文学理论建构往往有主观臆断的毛病，其破绽明显而论者却不能觉察。我把这种理论荒诞概括为这样一句话：似是而非的理论命题泛滥成灾。例如20世纪90年代热烈非凡地大讨论过的“人文精神”，当今提出的“西部文学”“类型文学”“神实主义”“文学超轶政治之可能”“余华的当代性写作”等，在法律视角之下，那些被论者说得头头是道的大文章，就如同美丽的冰雕陡然见到夏日的阳光一样，立即坍塌、消解。文学理论弄到这种地步，不是理性的荒诞达到了触目惊心的程度，又能作何解释呢？

如果说上述文学批评、文学史研究、文学理论和美学研究中的荒诞出现在青年学者、一般学人身上，尚情有可原，我绝对不会苛求他们。不应容忍的是资深教授、权威专家、博士生导师、大师级的峰巅人物，几乎没有例外地都置身于理性荒诞的旷野之中。

总之，以我个人空前孤独、忧患无穷的学术心理而言，向纯文学研究的顽敌全线开火，是万般无奈的，冒天下之大不韪的，然而又是别无选择的。

借用林白的话来讲，我这十年的持久战，是名副其实的“一个人的战争”。本文既是对这为期十多年的一个人的战争的回顾，同时又拉开了新一轮孤军奋战的序幕——以下议题将一一披露当今文坛的理性荒诞现象，期盼引起疗救的注意。若是本人的偏执、狂妄，算是甘心成为众矢之的的又一份自供状。

二　树立文本至上主义的阅读信仰，培养细读文学经典的阅读方法

当今文学研究不景气的原因很多，若从做学问的操作程序着眼，则可看到：缺乏文学阅读信仰和方法，是最基本的原因之一。曾有香港学者调查发现，大陆高等学校文学系本科生、研究生、博士生不读文学作品的占绝大多数。他们既无主动行为，老师也不作要求，彼此都满足于文学知识的灌输与记忆。流风所及，连教授、专家们做学问都普遍缺乏阅读文学作品的基本功作理论支撑。这种基本功缺憾，从《带灯》《第七天》的热评浪潮中涌现的众多评论文章，就可看得一清二楚。

我读到的评《带灯》的文章和研讨会发言记录达几十篇之多，它们有几个共同点：谈所论文本自身，语焉不详；乱联想，把作家旧作扯进来，或把别人的作品拉过来作比较；瞎发挥，讲一些不得要领的文学行话；全文除了满纸套话、空话之外，就是不知所云的一己之见。小说文本的本来样子，谁也谈不明白。在一位博导和博士研究生联名发表的评论文章中，有这样一段话："以暴制暴来解决问题，就像马副镇长靠吃胎儿来治病一样，有着惊人的残忍与荒诞，这一点与鲁迅的《药》有契合之处。"笔者读至此处，在那本杂志上写了三个字：乱联想。类似乱联想的例子实在很多。一位海派教授读《带灯》先是"感觉老贾又回到八十年代"，把这感觉论述一通后，又"想到了茅盾的《腐蚀》"，因为带灯与赵惠明都是女性人物。一位京派教授联想到《在医院里》，也是因为陆萍与带灯是"一条谱系"中的人物，于是表示上述教授"提到一个问题很有意思"。

这类文章、这类发言，不由得叫人怀疑论者是否把《带灯》从头至尾看过一遍。

我写那篇评《带灯》法律主题的文章时，尚未读到任何一篇有关评论文章，故发表了一个预测性的批评意见："我没有机会看其他散见于全国各地报刊的有关评论，但可以大胆而负责任地说：除了涉法文学研究者有可能发表合乎实际的评论之外，其他任何学人都不能逃脱理性荒诞的无形陷阱。有追求真理精神的每一个人，都会为此忧心如焚。"如今，在大量阅读上述评论文章和发言记录之后，我的这一预测不幸又得到反复证明。换一句话讲，我所忧虑的"文学界的理性荒诞现象触目惊心"的确是普遍存在的客观事实。

我以为，要根治这种不通法律的学术蒙昧病，从读书的起始环节上看，就是应当树立一种读书信仰，它就是笔者提出的文本至上主义。同时要有相应的阅读方法，就是"细读"二字。这信仰和方法，凝聚着笔者近三十年苦苦求索的心血，并且有一个认识、运作上逐步发展的过程。

世界范围内的涉法文学研究，除了以中外古往今来的无数文学作品作对象实体之外，可资直接用作理论支撑的现成著作，一篇也没有。笔者于1995年出版的《法律与文学的交叉地》被誉为填补了一项学术空白，这并非溢美之词，而是道出了学术进程的实情。在这里，我想说的一个想法，就是书中的一系列理论倡导，包括基本概念系统、范畴、理论框架以及它们在中外文学观察、思考中的运作，无一不来自对形形色色的文学文本的直接阅读所得。这个过程从1986年起始，到上述图书出版，历经十个年头。正是基于这一切身体验，我感到涉法文学文本，是相关研究取之不尽、用之不竭的活源头，是赖以立足的大地，是向纵深打探的无限空间。“文本至上主义”的文学阅读信仰，是在总结十年切身体验之后，在撰写《法律文艺学》书稿时提出来的。其时，“细读”之法，尚未被我意识，因为这十年的阅读，只限于广泛、快速推进，属于典型的浏览。

从动笔写《法说红楼梦》之后，到今天为止的十年，浏览被细读取代。《红楼梦》《水浒传》《三国演义》《西游记》《聊斋志异》《儒林外史》，依照这种阅读次序，一本本、一篇篇从头至尾反复阅读，于是读出了浏览式阅读所无从得到的新收获。概括地讲，这大收获有两个方面：一是通过细读，发现了明清小说经典之作都以法律思考、批判为主题的共同点，又看到了法律主题相互区别的特色之所在，于是建立了相应的阐释词语系统；二是我对纯文学教育、研究的负面问题的看法逐步提升，这一点主要反映在我每一部书稿前面的自荐性文章之中。

回顾自己近三十年的学术生涯，我最深刻的一点体会，就是认为从事文学研究的学人，无论具体从事哪一项工作，都毫无例外地要立足于文学文本的系统化大量阅读，即信仰文本至上主义；而要研究涉法文学，则要进而至少细读经典作品五十部以上，这就是“细读”方法的大量运用。惟其如此，对文学才可能产生真知灼见。

当今文坛的颓败趋势之所以逐步加剧，实在是因为广大文学人从求学伊始到获得文学教授、专家、权威的头衔与荣誉，一直没有文本至上主义基本信仰与细读方法的运作这两样东西。他们崇尚的是立论的新颖，表述的深刻，语言的优美，知识的渊博，是全知全能的行家。抽象说来，这些并不是过错，可惜的只在于这一切都经不起文本至上主义与细读这两块大石头的撞击、检验。不客气地说，报刊中一篇篇高头讲章，书架上一本本专著，权威们的一套套文集、全集，形同纸老虎而一戳就穿的至少在一半以上。而评论明清经典小说以及当今的《带灯》《第七天》的所有文章和专著，因为丝毫不能切入它们固有的法律主题，都该宣告作废。

摆在读者面前的这套“法说”丛书，可以证明上述看似偏执、狂妄到极点的结论，是合乎事实的。如果说有人仍存疑问，那么我可以用同样的信仰与方法来撰写《法说带灯》《法说第七天》这两部书稿，对上述必然结论作新一轮论证。

且说细读《带灯》，至少要读懂这样几个板块：（1）樱镇百姓“上访”的所有个案；（2）樱镇党政领导人所谓“维稳”的所有作为；（3）小说中的大量法律细节同上访、维稳的关系及其对表现法律主题的作用；（4）带灯给元亮的二十多封信，字面上没有法律骨子里却有法律精神的奥妙；（5）带灯这一人物形象法律上的特殊认识价值。可以预告，若着手写这本书，这五个板块就是我着重谈论的话题。此外，还会考虑将上述宣告报废的评论文章和谈话记录作较为系统的梳理与批评，便于广大读者作比较、鉴别。

假如人们对笔者的唠叨越来越认同，那我也并不认为自己有什么高明之处，而应当归功于文本至上主义与细读方法的胜利。

文本至上主义万岁！

细读方法万岁！

三　思考和批判法律是造就文学经典的必由之路

当代中国文坛的理性荒诞现象的一个宽泛的表现，在于讨论任何文学问题都缺乏相对稳定的角度、标准，乱哄哄议论一番，最终都以不了了之收场。例如名目繁多的种种学术研讨会，便是七嘴八舌议论一通而不了了之的常见典型现象。

这里，把问题具体化为文学经典的讨论。最近，沈阳市召开了一次文学“经典化”的研讨会，《文艺报》2013 年 11 月 20 日第 1 版的报道《文学走向经典化，需度关山几重》显然取材于该研讨会的发言，然而没有点明新闻来源。此种新闻报道方式上的朦胧性与报道内容的模糊性高度一致，反映出的恰恰就是问题提出之后无解的困窘状态。

笔者以十年细读明清小说经典作品的感悟，可把握十足地说，思考和批判法律，是造就文学经典的一条必由之路。为什么？可以深思的理由不少。

首先，元末明初的罗贯中、施耐庵与明中叶的吴承恩相距两百多年，同清代的蒲松龄、吴敬梓、曹雪芹又相距两百年，他们之所以能够不约而同热衷于法律，这充分证明现实生活中的法律有吸引大作家高度关注的巨大魅力。

其次，明清小说之林里各种内容的作品数量不少，为什么流传至今仍盛行不衰、被奉为经典的，就只有屈指可数的几部名著呢？原因在广大读者对小说中的法律现象兴趣浓厚。这一点很重要。文学经典，一定是广大读者喜闻乐见的，少数人把玩的东西，只能是文物，而不会是文学。明清小说经典在新中国成立后的总印数，当在亿册以上。

最后，出版界的推波助澜，文学史家的评功摆好，对于明清小说经典的广为流传所起的作用也很重要。若当代文学作品成为日后的经典，批评家的及时而正确的意见自然功不可没。

反对者很可能迫不及待站出来说：上述三点只是泛泛而谈，并非涉法文学经典自身的特殊之处。这，正是要作进一步阐释的地方。的确，认为思考和批判法律是造就文学经典的必由之路，仅仅只是笔者个人细读明清小说经典的一己之见，拿它作为定论、公论，为时尚早。然而，揭示被掩盖的文学规律性的事实，从中引出普适的抽象结论，正是文学研究追求真理、传播真理的基本表现。

这里所说的“被掩盖”，指的是历代纯文学家对上述文学经典的法律主题至今未能揭示与阐释的不作为现象，还有这种不作为引起的误会——以为它们与法律无关。因此，这些经典由法律造就的奥秘，就仿佛根本不存在似的，如今笔者的结论也就形同奇谈怪论了。

在这种历史性误会延续几百年的文学语境中，文学被弄成了纯而又纯的文字游戏，可任凭纯文学家作随意解释。涉法文学云云，在纯文学家听来看来，充其量是不可登大雅之堂的刑名之徒的余唾的现代版。一个有力证据，是笔者的《中国法律与中国文学》《外国法律与外国文学》这两本书被置于书店里的“法学”类书架之上。笔者亲眼见到这一景象时，不禁在心里嘀咕：我的书是文学著作。

有出版界人士在读了“法说”系列的部分书稿之后，对我友好地劝告说：“这样的书，不适合在我们这里出，应当拿到专业出版社去，在那里肯定受欢迎。”还有的一见到书稿就称赞说“有含金量”，我以为遇到了知音，不料得到的最后回答是：“文字上要修改，不改，在我们这里实在出不了。”

我的一位知名教授朋友，谈到拙著《法律与文学的交叉地》时，来信表示了“惊喜”，后来我代表本校学报向他约稿，对拙著进行评论，他来信表示：“非不愿也，实不能也。”

总之，三十年来法律视角的文学研究经历及所碰到的各种尴尬，故事多极了，写一本书都说不完。

这样，上述结论被文学家拒之门外，是可以预料的。笔者深知传统习惯、因袭势力强大得如同泰山压顶，能硬撑着发出该叫该喊的声音，就算是很幸运的事情。

回到造就文学经典的必由之路的正题上，我经过十年才悟出的这一道理，自然是放弃不了的。这，除了有待于学理上的进一步论证之外，跟文学经典自身需要经过时间考验一样，也需要待以时日才有被认同的希望。

事情既然如此艰难，那么“经典化”就更没有多大现实意义，充其量只能是一种很大胆的理论假设。在纯文学的语境中，连什么是文学经典、认定和评论文学经典的客观标准是什么、迄今为止中外有哪些文本堪称文学经典等基本问题都没有形成共识的任何迹象，那么“经典化”岂不等于梦话吗？如今笔者企图从法律视角给众说纷纭的话题找明确的答案，那就更等于痴人说梦了。

实事求是地说，虽然我很自信，感到有十足的把握谈清文学经典脱颖而出的一条必由之路的理论命题，但对于如何“经典化”的提法，连想一想的勇气都没有，回答就更没有指望了。

四　当代文学经典的萌芽之作均以法律思考、批判为主题

近半年多，由于细读明清经典小说的原因，引起我购读当代长篇小说的好奇心，先后读了贾平凹的《带灯》、余华的《第七天》、阎连科的《炸裂志》、莫言的《蛙》、严歌苓的《陆犯焉识》，结果发现它们的共同点，都在于以法律思考、批判为主题。由于问世未久的基本原因，眼下还不能急于认定它们为经典作品，故我将它们视为经典的萌芽之作，认为可从明清经典成

因上看到彼此间的承传迹象。

这一总体印象，同纯文学评论者的意见，自然又毫无共同之处。在此笔者不想辩论，只打算径直写出我对这五部作品的法律主题的解读，供大家讨论。

《带灯》是五部小说中最经得起细读的一部，我有强烈的专论冲动，已写出一篇文章，附录于本书，此处从略。

《第七天》的阅读紧随《带灯》之后，当时也想动笔写文章，因急于写《法说儒林外史》而未能如愿。读《第七天》，也是因为看到报上争议不休的消息后忍不住好奇心的结果。后来，又读到了许多评论文章和研讨会的发言记录。我的不同意见也到了一吐为快的火候。

被大家贬责为“新闻串烧”的诸多事情，其实正是《第七天》的法律主题的载体，无视它们，或一口气地简单罗列它们，就无从谈清整部小说对当今法律实施效果不好的猛烈抨击的主题思想。请注意，发生了车祸，造成人员伤亡，无人过问，交通法规到哪里去了？主人公杨飞等人死于火灾，谁该负法律责任？市长死于同嫩模的淫乱，舆论却是工作中死于心脏病，法律是非何在？市政府被砸明明是有组织的破坏行为，却声称是社会上的歹徒所为，这又是什么法律性质的问题？郑小敏的父母死于暴力拆迁，这涉及相关法律和刑法的严重事件真相何在？主人公杨飞出生时被遗弃，被收养，成人后回归生父母的家、第二次被遗弃，结婚、离婚以及与前妻的重逢，死于火灾等人生波折，牵扯到诸多法律与法理。李姓男子作为罪犯与生前作为警察的张刚势不两立，张父为儿子张刚申报烈士的事件，以及到“死无葬身之地”后李、张成为好朋友的大逆转，不仅涉及几种法律，更有发人深省的法律哲学意蕴。那“死无葬身之地”跟《带灯》中带灯给元天亮的二十多封信一样，传达出的是期盼社会治安秩序良好的法律理想。归纳这一切，《第七天》的法律批判主题必然是：小说极力透视现实生活中令人眼花缭乱的荒诞现象，挖掘背后相关法律落空的根源，表达了在法律面前人人平等的美好理想。

《炸裂志》所描述的炸裂这个古老小村子一步步变为现代化超级大都市的历程，实质上是全村人们集体犯罪致富的黑色历史，刑法打击犯罪的功能受到彻底反讽，犯罪分子充当执掌行政大权的长官，这令人想到《三国演义》

中的曹操，那超级大都市不啻为新老罪犯云集、大显身手的天堂。如此无法无天的黑色、荒谬的现实世界摆在面前，大权在握的孔市长不认账，烧毁了真实的罪恶史版本。他企图让另一版本的《炸裂志》——粉饰太平的伪书流芳千古。这就是解读《炸裂志》法律批判主题的基本思路。

笔者从法律视角解读莫言小说，由来已久。大约十年前在乳山开法律文化座谈会时，我曾当面对莫言表示了这一想法。会后，曾电话再谈此事，因他出差外地未能定论。不久，我忙于“法说”系列书稿的写作，无暇旁顾了。最近读他的《蛙》，同样是好奇心驱使的。一位在英国留学的亲戚来电说：莫言获诺贝尔文学奖后，《蛙》在西方很走俏，小说后面的九幕话剧被搬上舞台，演出场面火爆。这个消息使我非常好奇：究竟是什么东西使西方读者对《蛙》情有独钟呢？我放下手中正写的《法说儒林外史》，连忙买来一本《蛙》，这才知道它在两年前已获得了茅盾文学奖。

读《蛙》之后，我找到了小说受西方欢迎的原因，是它的法律主题对于西方读者有一种奇异的刺激、吸引的力量。小说以妇科医生万心半个世纪的接生职业生涯为叙事主线，把五十年间出现的法制生活断片一一串联起来，让读者领略当代中国的法律在山东高密县境内随民间世俗生活变迁而不断演变的历史风云，具有当代法制史的认识价值。

万医生接生的第一个孩子是“地主的狗崽子”，为此她很遗憾，在法律上则有与老接生婆田桂花之间互控的言辞，支部书记袁脸支持万医生，训斥田桂花说：“应该送你进班房！”这是高密当代法制史的第一页，清楚写出了民间的自觉法律意识。

接下来，是一起冤案的剖析。万医生的恋爱对象是飞行员，驾机叛逃到台湾，县公安局将万医生逮捕，半年多才得以解脱。之后，有王脚破坏计划生育的宣传演出被拘留半个月的案件；有在死囚身上做绝育手术试验的谣言；有用“无产阶级专政”名义处罚不做结扎手术的人的严厉措施；有肖上唇乘“文革”混乱大肆糟蹋无数姑娘逍遥法外的严重事件；万医生则在批斗会上背上了“反革命”“特务”“破鞋”之类的罪名；“文革”后，为做人工流产手术，万医生挨打，又一次提到了“按罪论处”的法律争论；尤其严重的是，耿秀莲、王仁美、王胆三名妇女接连死于人流手术或与万医生插手相关，法律责任问题要下大力气才可澄清；万医生以法官口吻审问陈鼻“你知罪吗”，而对方也扬言要到县、省、中央一层层上告，法律是非一时难辨；到21世纪，非法的“代孕公司”出现，引发了陈眉代孕的官司，审判者却是演戏的旧时县官。还有未能列举的许多法律细节。一一加以清理与叙述，有相当规模的一部当代法制史就展现出来了。

这种法制史的认识价值，具体表现为两个方面：一是中国法律在五十年间始终受政治的干扰，只是各个时期的表现形式有所不同罢了；二是计划生育既是政治上的基本国策，也是法律所规范的对象，而这种情况在西方几乎完全不存在。他们人少，鼓励生育，视堕胎为犯罪。回归前的香港就有此种立法。西方读者热衷于《蛙》，原因应在于这第二方面的认识价值，它反映了中国与西方在人口生育上不同的政治、法律的价值观念，西方读者觉得新奇。

还有一个深层原因，是西方人觉得普遍、大量的人工流产，有侵犯人权的嫌疑，而中国人却不以为然，这使他们感到不可思议。当然，人权可以理解为法律上的人身权利，是民法保护的对象，中国于1986年出台的《民法通则》明文规定公民的人身权利不容侵犯。小说中的万心医生，对此有一个“原则性”的思想：只要胎儿未出生，都可以考虑人工流产。西方则规定，胎儿生长到一定阶段，就跟出生后的人一样神圣不可侵犯。这种价值观念的差异，当是西方读者对《蛙》感兴趣的又一个重要原因。

《陆犯焉识》的法律主题，与所谓“大墙文学之父”从维熙和“大墙文学之叔”张贤亮的一系列作品属于同一系列，不过有新突破。从、张二位所暴露的是“极左”思潮所制造的冤假错案，蒙冤者投入劳改的委屈生涯，狱政人员执法的荒唐行径；而《陆犯焉识》除了延续所暴露过的负面现象之外，还在以下三方面有新突破：一是制造冤狱的不仅仅是政治上的“极左”势力，还有执法上的低级错误；二是冤案以“特赦”方式告终，这意味着陆焉识二十年的冤案终究没有得到纠正，而是由“特赦”的法律制度免除了刑罚；三是当年制造的冤案的社会危害性得到进一步表现，即除了危及当事人之外，还造成家庭内外正常人际关系的恶化，致使无奈的陆焉识离家出走，回归当年劳改的西北劳改农场。

纯文学评论家既然读不懂上述作品的法律主题，那么它们同明清小说经典内在的一脉相承的文学规律性现象也就同样不能被正视与阐释。上文我表示不敢讲“经典化”的问题，谈到这里似乎有灵感袭来，我突然悟出一个道理：明清小说经典，流传至今已几百年，终于在当今涌现出一批以法律思考、批判为主题的优秀作品，这不等于迈开了“经典化”的一大步吗？纯文学家看不到这可喜的萌芽之作昭示的涉法文学发展方向，谓之理性荒诞应是合乎事实的正当批评。

五　文学批评的法律标准的确认与运作势在必行

以上所谈当今文学界的理性荒诞现象的又一成因，在于从古至今世世代代的文学批评没有确认法律标准，故造成对涉法文学文本及其发生、发展规律的千年之久的漠视与误解，这种学术损失从正面讲是涉法文学迷失在历史的尘埃之中，从反面讲是纯文学研究方法造成了文学各个领域、学科的臆说流行的荒诞。

自从进入新时期之后的二三十年来，涉法文学日益发展，优秀作品、堪称经典的萌芽之作数量可观，其法律主题既有权力滥用导致的法律受阻、变质，更有对法律进行多学科审视的丰硕成果，若一味坚持拒绝文学批评的法律标准，把文学弄得纯而又纯，必将使理性荒诞的现象继续横行，让损失极其惨重的文学研究、文学教育、文学出版发行、中国文学走向世界等继续蒙受新损失，造成新混乱。

《小说评论》2013 年第 5 期的第一篇文章，标题是《关于当代小说思想价值分析》，不失为鼓舞人心的好课题。拜读过后，我感到很不幸：又发现了当今文坛理性荒诞的影子。论者的失误根源之一，在于不知法律标准为何物。文章列举和点评的当代小说有几十种之多，据我的阅读记忆，绝大多数属于涉法小说，如《班主任》《爱，是不能忘记的》《芙蓉镇》《十八岁的远行》《现实一种》《鲜血与梅花》《四月三日事件》《檀香刑》《神圣的使命》《伤痕》《大墙下的红玉兰》《走向混沌》《灵与肉》《缘化树》《不谈爱情》《离婚》等，还有依据论者对小说故事情节的分析而笔者尚未读到的许多作品，也明显属于涉法小说，如《命案高悬》《谁家有女初长成》《锈锄头》《玉米》《不过是垃圾》《借种》等。本来，这些小说应置于法律视角之下，阐释其法律思考、批判上的成败得失，才合乎这些小说的实际。法律标准的丧失，致使论者评论的价值尺度没有正当归宿，而是主观而随意地划分出几种“价值”类别：“冷酷和暴力”“伤痕文学揭示现代迷信”“揭露和批判权力不良问题”“深刻的历史思考”“对现实问题的深入揭示”“对现代国民性的思考”“涉及道德问题”等。我以为，这种随心所欲的“价值”分类说明，很难被读者所认同。且不说它们怎样脱离了上述一系列作品的实际，单讲论者本人主观的“价值”尺度及分类结果，就是含混不清的。

一旦运用了客观而统一的法律标准，所有这些小说不仅相互之间有了可比性，而且对于它们在法律描写上的贡献的异与同，就都看得一清二楚。1995 年，拙著《法律与文学的交叉地》对当代文学的法律思想内容所作的分类论述是：“当代文学的法律意识”“当代文学对婚姻法实施的思考”“当代文学中的定罪量刑问题”“当代文学中的法律与权力”“当代文学中的法律与道德”五个方面。近二十年过去了，尽管出现了大量的新作，但当代文学在法律主题的全方位表现中呈现的主导倾向，依然离不开这五个方面。法律视角下的中国当代小说的思想内容上的价值，大约都在这种框架内持续与深入，目前还没有出现多少例外的突出代表作。

同样，在中国文学史、外国文学史研究上，对于历代涉法文学作品产生整体性误读误解的一大原因，也在于法律标准未能得到确立与公认。这里是文学研究法盲综合症的重灾区。法律标准的树立，有作为“路标”导引大家走出重灾区的重要意义。

关汉卿在《蝴蝶梦》中让大清官包拯在执法办案时犯了不懂法而错判的毛病。累计发行量达两百万册的游国恩等人主编的《中国文学史》不仅不能诊断病症反倒当作成功的创作经验加以赞叹。

是该呼唤法律标准亮相，用以澄清文坛上无计其数的学术是非，全面而正确地解读文学史上和当今的涉法文学大世界的时候了。

什么是法律标准？简单讲，它包括法律规范、法学修养以及二者用以研究涉法文学所取得的合乎实际的理性认识成果。前者是必备条件，后者是参考条件。例如说，笔者认定的文学中的法律的多学科性以及确认的一系列相关范畴——法律与政治、法律与宗教、法律与经济、法律与道德、法律与语言、法律与习俗、法律与美学等，在法律规范与法学论著中都可见蛛丝马迹，却难以指出确切实体的存在，笔者的大量有关论述对于法律标准的运作，无疑有参考价值。若无视它们，法律标准云云，等于什么也没有说。

那么，怎样运作法律标准呢？叙事性文学作品以及戏剧作品，凡涉及法律者往往有法律案件、法律人物形象和法律文化现象出现，它们是法律内容的载体，要想阐释法律内容，就得依据作品所反映的国别和时代寻求相应的法律规定作为衡量的硬性尺度，另外还需要相关法律知识作为对法律内容的技术性分析的理论支撑，另外还得有马克思主义的法律思想作指导，以便对不同阶级、不同时代的法律的阶级本质作出科学判断与论述。以上述《蝴蝶梦》中包拯的执法错误的认定来讲，法律标准的运作方法首先要考虑的是元代、宋代的有关法律，用以衡量包拯执法办案是否合乎法律规定；其次，要像律师、法官一样做技术性分析，指出包拯适用法律不当的过错；最后是涉法文学上的引申性阐述。其更具体的全部论述此处从略，读者可参阅拙著《中国文学与中国法律》第八章的论述。

这种法律标准及其运作方法，对纯文学家来说，是一片空白，故导致上述权威性文学史著作弄出大差错达半个世纪之久，至今仍不能被识别与纠正。这一个小小例子，足以说明问题的严重性和法律标准确认与运作的迫切性、重要性。

六　法律视角下的国学热：开历史倒车的学问倾向

近几年来，全国范围内掀起了一股国学热，高等学校成立了国学研究的学术机构、创办了国学专业，学术刊物上有国学专栏，媒体上国学讲堂、专刊之类竞相出现，连中小学也在开展学国学的各种活动。怎样看待这股国学热的文化现象呢？我敢说：在没有硬性价值标准的现实条件下，若开展大讨论或召开学术座谈会，肯定又是一场公说公有理，婆说婆有理的大混战，最后仍会以不了了之收场。我所痛心疾首的理性荒诞现象，在全民性的国学热文化现象中也非常显眼。

有意思的是，将国学热置于法律的视角之下，就会立即看到一种开历史倒车的学问倾向。读者一定会发出疑问：怎么会往后退呢？

笔者想回答这个问题。民国初年兴起的所谓国学，本来就是比较保守的学者在抵御西学东来的潮流中提出的一个口号，意思是中国学术。章太炎就写有《国学概论》一书。中国学术无非是指中国本土的儒、道、墨等先秦诸子，加上文学、历史，还有由印度传入的佛学。中国的法律基本被排斥在外。直到现在，凡在搞国学热的地方，都见不到任何法律的信息。更匪夷所思的是，国学家们时常闹缺乏法律常识的笑话。凭这种肤浅的文化现象就足以断定：越鼓吹国学，就离现实的法律文化越远。

就深层学理研究来说，拒斥法律的所谓国学，任凭鼓吹者说得天花乱坠，都不能避免先天性的致命弱点，这就是无从知道在国学中举足轻重的儒家学说在中国古代法律中的决定性作用——将国家的法律儒家化。今天的人文社会学者，即使不在国学语境中发言，也要大讲中国文化的主流是儒学或儒家思想，这种纯文化论者，没有谁知道中国古代法律被儒家化的历史事实。当今之世，抹杀这一事实，大兴国学风，就意味着把世人与学子引向连儒家左右中国古代法律的千年事实都一无所知的死胡同、荒芜地。

再从法律的学理与实践相结合的目光来放眼神州大地，新中国的法律以全新姿态取代了中国古代法律，国家颁布的新法律以字数计算，当在数千万字以上；执行法律的公、检、法三机构遍布全国各地；法律工作者队伍庞大。这一切，全是古代法律所没有的。连古代法律都是空白点、大弱项的国学，对今天的法律事实，能够作前瞻性、预测性的观照与思考吗？所以说，你越沉溺在国学热里面，就越远远脱离了当今的法律事实，这不是开倒车又是干什么呢！

若追问当今法律在学理上的来源，国学专家、权威以及他们崇拜得五体投地的国学大师们，由于种种原因，根本无从回答。这种困窘，恰恰暴露了国学的致命弊病——排斥西方文化，不通法律，同时也宣告了国学热中学者们的盲从文化心态的彻底失败。

简单说来，儒家思想曾左右过的古代中华法系退出历史舞台之后，中国法律的现代化转型从世界五大法系中选择了民法法系引进中国，这始于民国初年，新中国成立后历史性地延续了这一法律转型过程，逐步形成了被称为社会主义法系的新型法律体系。这样的现实性、实践性极强的法学学理，是国学根本不可能有的，硬要拿国学训导学生、开导国人，岂不是要把大家带到假想的无法律、无法理的荒谬世界里去吗?

从当今大学生的价值观来看，最缺乏的东西，并非国学家们所热衷推销的仁、义、礼、智、信，而是起码的法制观念。非法同居、投毒杀人、利用高科技手段进行诈骗、买卖学术论文、考试作弊等违法犯罪行为都屡见不鲜。面对此种令人忧虑的情景，不开展普遍有效的法制教育，反倒大兴国学风，鼓吹新儒学，新子学，谓之开历史的倒车，脱离与逃避现实，一点也不过分。

笔者丝毫不反对学习和研究国学，只是认为拒斥法律、脱离当今法制建设的现实的纯国学只能越弄越糊涂，至于民间国学热的追随活动，只不过凑凑热闹罢了，谈不上有什么学术味道。

法律的价值尺度及其评价功能，随着法制建设的日益深入与健全，会一天天明确、扩大，可谓无处不在，无所不能。换言之，文学上的法律批评标准，将成为整个文化领域的价值尺度，甚至已经成为普适的价值尺度。

七 法律：文学研究创新、突破的广阔天地

多少年来，文学界一直在寻求文学研究的创新与突破的途径，到头来并无什么大收获。为什么？就因为对法律给文学所昭示出来的广阔天地根本不能觉察。以2013年5月25—26日在西藏召开的“新世纪文学研究的新视野、新问题与新方法”全国学术研讨会的研讨发言为例，据说是“就文艺理论、文化研究、现当代文学、古代文学、生态文学、西藏文学、史诗研究等领域的新问题、新方法进行了深入交流与研讨”。这给笔者带来的期待值不小。可一一读过四十多位与会专家、学者的发言记录之后，我感到跟我参加过的历次所有学术研讨会一样，全是一人一套事先准备好的发言话语，依次讲一遍就散会了。“交流与研讨”都谈不上，又哪来的“深入”可言呢?

可以断言，迄今为止，文学研究创新、突破的问题学界既无共识，更无具体成果来体现创新、突破的实绩。而许多问世后被评论者誉为创新、突破的成果，在法律视角之下立即原形毕露：有的是爆冷门，有的是挖田头地脚，有的是紧紧追随西方文论的步履；有的则在自说自话，有的不断重复着老话、套话、空话、废话……真正期盼创新、突破的学人无不失望、叹息：到底怎

样创新与突破呢？

老实说，笔者同样大失所望，但从不作绝望的叹息，因为我早就感觉到法律给文学人昭示的广阔天空的客观存在。有待于中国和世界各国文学家投身其中、大显身手的种种学术工程和具体课题，多得无从列举。举例来说，以下几个亟待着手的大项目有：

（一）古往今来的中外涉法经典作品的选目与赏析，足以撰写一套丛书，构成进一步研究的坚实基础。

（二）编写中国和世界各国涉法文学史，工程极其浩大，而起点是一片空白。

（三）涉法文学原理研究，笔者称之为法律文艺学，虽有拙著问世，只不过是开场锣鼓罢了，再说已是旧作，后来的新感悟实在不少。若真正要形成学术规模，其差距何止十万八千里。

（四）人类文学中的法律思想成就综述，我称之为文学法律学，至今虽谈不上一片空白，但离像样的学术论证也是望尘莫及。

（五）从文学研究的无序状态和不通法律的学术谬误的负面上看，为追求真理，应当做一件容易得罪人的冒险工作：系统清理和批评纯文学家、纯美学家、纯文化学家的学术错误，编写成书，作为治病救人的良药，更作为告别文学蒙昧时代的进军号角。

（六）将涉法文学作为高校文学专业建立起来，迫在眉睫，刻不容缓。编写本科生、硕士生、博士生需要的基本教材的建设，更是大工程，没有几代人的努力，很难在短期内竣工。

（七）在撰写《余秋雨文化观三十问》的大半年时间里，我对自己的文化学的学习心得作了一次整合，感到文化学原理研究大有可为，而文学人心目中的《法律文化学》则是非常有个性的文化学分支，不用说也是一片不毛的荒芜地带，垦荒的工程不知何日可以动工。

（八）我还有撰写两本大书的痴心妄想：一本是《二十五史中的法文化》，另一本是《佛经中的法文化》。

上述八个方面，无疑是笔者个人的学术兴趣、学术规划，可以当作一家之言，甚至可以贬之为胡言乱语，这都无所谓。但问题在于世所公认的学问，如学科、学术课题与方法，学术发展等，无不经由一家之言的公开发表，经受时间和实践的共同检验。假如笔者积三十年苦苦思考的愚者千虑之一得，实为胡说八道，那么那些在研讨会上急不择言的高谈阔论、一挥而就的大块文章又是什么呢？

平心而论，只要不是故意贬低法律，有疗救法盲综合症的自觉要求的文学家，并不难理解笔者的苦心，也不难认同笔者对文学研究的创新与突破的一系列构想。真正困难的地方，是亲自上阵，披挂战斗，直到拿出成果。

在这里，我必须强调一点：我的上述八种学术构想，无不贯穿着笔者对文学文本、文化文本的着迷心态，亦即是体现着笔者的文本至上主义的读书信仰。仅此一点，跟当今一味追求理论“深刻”而轻视读文本、从文本实际出发的学问之道，就明显区别开来了。老实说，只能在少数文学家内部互相把玩的所谓深刻文学理论，不过是法学家斥之为“精神折磨”的工具，对文学本身和文学大众消费者，丝毫积极作用也没有。换言之，文学自身既然拥有亿万读者，那么文学研究的一切理论成果，应当走大众化道路，尽可能拥有较多的普通读者。

笔者引以为自慰的一点特长，是自己的研究成果在文学、法学两界都能立足、让文学界内外读者都能接受的这一追求并没有落空。兴许，这种耿耿于怀的东西，正是文学家应当共同关注的文学之道。被大量文学行话层层装点起来的文学研究成果，离文学大众消费者遥远得很，对指导他们进一步理解文学全然无助，应作为传统文学观念中的一个大弱点来对待，这才有改弦更张的希望。

八　法律：学术内容打假的指针

方舟子的学术打假，引起国人的高度重视，功不可没。然而，披露学术的不端行为——论文抄袭，学历造假，谎报科研成果之类，毕竟是学术形式上的打假。更为严重的是，人文社会科学的众多学科由于学人不通法律而造成的内容荒诞之假，不仅数量惊人，而且程度深沉，以非法律的眼光是无从识别的。若置于法律的棱镜之下，种种内在的理性谬误便洞若观火，再也无处藏身了。

笔者反复提到的文学界的理性荒诞现象触目惊心，实质上就是对文学研究领域的学术内容之假的一种总体概括。因此，学术内容上的打假，唯在法律的指针之下进行，才可收到以理服人，逐步纠正谬误，澄清是非的良好收效。

（一）这种学术打假，并非要额外搞什么学术运动，而是涉法文学研究的多学科综合性质决定的自然而然的学术流程。笔者近十年在文学经典细读中一再发现与批评种种非法律的学术错误，实质上就是在进行学术内容的打假。只不过未能明确表述为学术内容的打假，故容易引起误会，以为我好斗，偏激，缺少包容心。而我自己的本心念念不忘的是追求和揭示、传播真理，这是学术的唯一宗旨。若容忍明显、普遍、严重的学术谬误的流行，就丧失了学者的起码资格。

时至今天，居然有人撰文声称："中国诗学并不需要绑在说明真理的战车上。"与此同时，论者在评述西方"后理论"的时候，同样执放弃对真理的追求的观点，写下这样一段话："真理正在越行越远。也许他们需要意识到，从人出发寻找真理这个设定本身需要受到质疑。人可能靠自己去找到真理吗？……难道不需要考虑听命于真理，顺从于真理之道吗？"（《文艺研究》2013 年第 5 期第 13 页。）我看到，持这种观点而没有公开发表的学人不少。有青年朋友对我说："文学上常常没有是非之分，不能今天批这个，明天批那个，这样你会成为众矢之的。"在求真务实，反对一切虚假的法律精神烛照之下，这类观念、言论的理性虚假，不言自明。笔者"实名制"批评众多专家、学者、权威，就极其自然地在坚持着学术内容的打假。本文专门提出学术内容打假的理论命题，意在期盼这种自然学术流程能推广开来，体现到更多学人的学术实践中。

（二）之所以把法律奉为学术内容打假的指针，是因为法律具有极其广泛的价值判断功能。要知道，法律作为文明国家的统一行为规范，统摄着从地面到太空的广漠空间，包罗着从脱离原始社会无法无天的蒙昧时代，到今天的几千年的时间，规范着社会各行各业，力争不留空白点。中国如此，世界各国亦如此。这样，法律除了给法律工作者提供办案的准绳之外，还给各行各业的人们提供评判是非的依据，尤其是给人文社会科学的广大学人提供了广泛的价值判断标尺。不同的地方，只在于有人意识到并运用着法律价值尺度，有人不能意识更不能运用这种广泛价值尺度罢了。

以我们反复谈过的“礼”为例，它的古代价值的根本是礼法，而礼仪、礼貌、礼节、礼让之类是从属、次要的意义。当今不知有多少学人不明白礼法之根本而犯了学术理念的错误。

还要知道，中国和世界各国作家对古往今来的法律思考与批判，也是一种没有时空条件限制、遍及社会各行各业的广泛存在。虽然文学对法律的各部门并非平等对待，仅偏重于刑法、婚姻法、民法，也捎带其他部门法律，但文学中的法律既与其他一切社会现象相联系，又可在想象的世界里重塑法律，故其普及、普适的力度也大得惊人。以为法律视角的文学研究窄狭，缩小了文学天地的看法，是没有依据的。

（三）在涉法文学研究中把法律奉为学术内容打假的指针，还取决于这种研究的再研究性质。在纯文学与涉法文学之间，没有也不可能有一条不可逾越的鸿沟。即使花大力气把文学史上的作品都区分为纯文学的和涉法的两大部分，那也是一种非常滞后的补救，更何况当今新的涉法作品又源源不断产生。就这样，涉法文学研究与纯文学研究谁也取代不了谁，它们是携手并行的伙伴。然而，由于所操价值尺度的区别，就决定了兴起于21世纪的涉法文学研究总只能在纯文学研究走过的路径上行进，即对文学具有再研究的性质。

笔者自拙著《法律与文学的交叉地》出版的1995年开始，所论及的所有作品，尤其是那些名家名著，无不是文学史家、文学批评家或美学家、文学理论家谈论过的。尤其是近来对当代许多小说的阅读与议论，都是在纯文学研究引发争议后，我才好奇地参与其事的。涉法文学研究的这种再研究性质是它与生俱来的基本特性。这种特性，决定了它必然反对把涉法文学研究误以为是纯文学的研究，从而作出大相径庭的评价，并且更接近文学的客观实际。

承认了涉法文学的再研究性质，看到了纯文学研究不可克服的弊端，就得进一步看到涉法文学研究固有的学术监督功能。用法律术语讲，涉法文学研究仿佛是一所警察学校，一旦投身其中，就会像学术警察一样，总在纯文学研究成果之林里转悠，总在找岔子、挑毛病。这看来有点令人厌恶，但平心静气地看习惯了，就会喜欢上这种学术警察的角色。

学术成果内容之假，也是一种腐败。学术研究缺乏学术监督功能，没有学术警察的过问与唠叨，便如同静止的水，极容易腐败。有一股外来力量的翻搅，形成流动之水，自然可扼制这样的学术腐败。

由涉法文学研究体现出来的学术监督机制与功能，并不意味着涉法文学研究者高人一等。因为，这学术监督是双向互补的：涉法文学研究者无形中监督着纯文学家，与此同时纯文学家也在无形中监督着涉法文学研究者，可随时进行反批评。依据我个人的学术体会，我只会讲纯文学研究的短处，而对自身的不足却怎么也弄不明白，因此我总表示愿意接受反批评，绝不是客套话，实在是真心期待。

九　法律：跨国界、跨文化对话的桥梁

莫言获诺贝尔文学奖后，学界对于文学的普世价值以及中国文学如何走向世界的话题，比以往任何时候都热情得多地予以关注，但形成共识的东西并不多。在这里，笔者也有十足把握地认为：思考与批判法律，是中国与世界各国文学共有的普世价值的重要表现之一，因而也是中国文学走向世界，进行跨国界、跨文化对话的桥梁。

这个问题，可以从两个方面进行考察：一是人类总体文学内容的法律思想倾向高度的一致性；二是广大文学读者对这种一致倾向的普遍接受、认同与欢迎态势。关于第一个方面，早在 1995 年的拙著《法律与文学的交叉地》中就有专门一章讨论“西方文学对剥削阶级法律的批判”，其中有言道：“我在广泛浏览西方各国文学名著时一再看到，这种批判是西方文学的一种引人注目的总体趋势，贯穿在古希腊文学至 20 世纪西方各国文学的两三千年的全部历史之中，其具体表现是：随着时间的推移，西方各国文学否定法律的思想倾向越来越明显，抨击法律的战斗火药味越来越浓郁。”自此之后，笔者对人类总体文学的这种普世价值一直在作进一步论述。在《鲁迅与法律》（2001 年华艺出版社）中，有《法律：普适全球的文学研究视角》（代自序）对法律作为文学研究的普世价值尺度进行了较广泛、深入的讨论。不久，在《外

国法律与外国文学》一书中，我又从文学的角度，在《绪论》部分专门探讨了作为法学研究视角的普适全球的价值之所在。到《法律文艺学》中，上述西方文学的法律批判话题被再次论及，并提到人类文学不约而同的法律批判传统的高度进行定格。

总之，在当今学界开始重视并热论文学的普世价值，尚无定论的现实条件之下，笔者却早在十多年前就已经开启了这一问题的议论之门，并有着一以贯之的系统看法。笔者在这里可以进而补充说，虽然文学的普世价值是多方面、多维度的精神尺度，但思考、批判法律的全球性统一而稳定的持久倾向或传统，是被笔者反复论证、得出不少相应结论的突出精神尺度之一。但愿这种意见成为当今文学普世价值讨论中该有的一个共识。

一旦这共识逐步形成，法律作为文学的跨国度、跨文化交流与对话的桥梁，就不在话下了。

当然，要从这法律之桥上通畅行走，就得清扫不通法律的路障，这不是本文的任务，只好从略。

再从世界范围内各国对中国当代文学接受的心态来看，上述法律批判传统被认同已呈现可喜的趋向，只是尚未进入理论表述的阶段。从这次诺奖评委赞美莫言的致辞中，可以看出他获奖的原因，在于以嘲讽的手法“攻击历史及其谎言、被它剥夺的和政治的虚伪假象”，“以戏谑和毫无掩饰的快乐手法揭露着人类生存现状中最黑暗丑陋的部分”。这可以说正是笔者所说的法律批判主题的另一种表达方式，只不过字面上没有法律概念罢了。例如上述《蛙》，就是这两种不同方式所指称的最佳例证作品。

其他当代小说走向世界的情形，有与诺奖致辞所说的一致之处。余华的《兄弟》获法国国际信使外国小说奖，深受美国、英国、法国、德国等国家好评，就是因为《兄弟》的大量法律描写暴露出“文革”时期和当今之世中国社会秩序不如人意的景象，引起了西方世界的兴趣。小说附录的大量评语，在其价值指向上，与诺奖致辞完全一致。

西方读者长久以来对中国文学不满意的一个原因，是普遍认为“中国文学就是枯燥的政治说教”。《浮躁》的译者葛浩文指出：“美国人对讽刺的、批评政府的、唱反调的作品特别感兴趣。”（见《小说评论》2013 年第 3 期第

75页）毫无疑问，正是在涉法小说中才能见到西方特别感兴趣的批判内容。更具体地讲，这种批判往往集中在批判党政领导人滥用权力干扰和破坏法律的焦点上。笔者曾几次谈到这一点，此处从略。

由此可见，中国当代文学走向世界的法律桥梁，早在新时期伊始的时刻就已架设起来。其标志是所谓“伤痕”文学的问世。此前，当代文学罕见有法律批判之作，而称之为“伤痕”文学的作家们描写“文革”之前、之中冤假错案成为一时的大热点，法律批判主题从此成为当代中国所有涉法文学的共同旋律。骨子里的法律根源是共有的：从前的冤假错案的出笼，是权力滥用、破坏和取代法律的结果，如今的官员腐败、犯罪猖獗、刑法落空，也往往有权力滥用的祸根。西方读者对当代中国文学的期待心理，在法律批判主题进一步深化，文学审美性进一步加强的努力之下，是完全可以得到满足的。

更重要的一点，还在于既然中国当代文学和世界各国文学都在共同继承、发扬全球共同的法律批判传统，那么大家彼此交流，共商文学事业，就因而有无穷的共同语言，共同话题。关于这一点，笔者多年前就在构想成立一个国际性的涉法文学对话会的学术机构，甚至到北京的一些高校、出版社、媒体和律师事务所做过相关宣传、咨询工作。现在仍痴心未改。

目 录

CONTENTS

第一辑
典型案例法理赏析

《儒林外史》是明清经典小说中的又一涉法作品，其法律内容主要通过大量案件表现出来。要想了解这部小说内容上的特殊成就，就非赏析这大量案件自身昭示的法理法意不可。

笔者在细读小说文本中清理与统计的案件，共八十八起，已制定了一份登记表，附于书末，供大家研讨之用。被舍弃未录的案件还有十起左右，若精确计算总数，整部小说中大大小小的案件当在百起。这是研读《儒林外史》所必须正视、尊重的客观事实。

本辑共五十篇短文，赏析的案件约六十起。一文一案居绝大多数，仅少量文章综合性谈论二三件相关案例。

所谓典型案例，主要指法律内容上有某种认识价值者。另外，在文学的审美上别有情趣的案例，也在专门赏析之列。

中国几千年的法制史，是礼刑并用的历史。《儒林外史》作为明清小说中的经典涉法作品，区别于其他经典的一大特色，恰在对礼法与刑法在现实生活中结合使用的不如人意的负面现象，有着深入观察与探究。本辑所谈一切，在法理上都可归结到一个“刑”字之上，其全部法理表述，大约都指向了刑法如同虚设这句叫人丧气的话。

《儒林外史》作为讽刺小说，全力以赴讽刺的对象、内容，当在刑法没有落实或把刑法弄成了枉杀无辜的工具。纯文学家都谈不到这个要点之上。

一　层出不穷的谋反案

《儒林外史》第一回，意在为全书定一个基调，亦即是确立一个评论整部小说的故事、人物和一切文化现象的基本价值尺度。用小说第一回标题的原话来说，这种价值尺度的自觉追求叫作“敷陈大义”“隐括全文”。

在这个事关全局的要害问题上，我以为学界至今没有出现令人满意的答案。其原因，在于没有看到吴敬梓把明代法律作为价值尺度的立场。有一部累积印数超过两百万册的文学史著作说：

> 作者在楔子中塑造了元末诗人王冕的形象来“敷陈大义”、“隐括全文”，并作为自己理想的楷模和臧否人物的标准。（游国恩等《中国文学史》第四册）

笔者认为，这个说法似是而非。作家塑造人物是一种艺术创造活动，它本身就是按一定的价值尺度进行的，即按一定标准从事人物塑造活动的。把这种预定的价值尺度、标准说成是塑造活动完成之后的产物，这恰恰是本末倒置，在事理上讲不通。

再者，从《儒林外史》的叙事写人的基本特色与成就来看，它以叙事为主，写人为辅，各种人物形象无不通过他们置身其中的大大小小的故事而得以显现。而事件，在小说中往往具体表现为法律案件：民事案件、刑事案件、经济案件。分析、评论这些案件，确立案件中各种人物的法律地位、法律责任的价值尺度，只能是通过法律而绝对不可能是王冕这一人物。有力反证，就是只有通过法律上的思考、分析与评论，才能真正弄清王冕是一个什么样的人物形象。王冕绝对不是什么“臧否人物的标准”。

例如，王冕的母亲去世后，他“负土成坟，三年苫块”，就显然是依礼法的规定，描写儿子为母亲服孝三年的具体表现。绝对不可颠倒过来说，这种守礼法的行为成为日后小说中数不清的丧事中评论其他人物是否像王冕这样恪守礼法的标准。

尤其重要的一点，是小说中的法律案件多达近百起，案情多样，法理内涵丰富，既涉及礼法，更多的是涉及刑法，牵扯到的人物上自皇帝、朝臣，下至平头百姓，社会的政治、经济、文化、军事、教育、宗教等各种领域无不是案件发生之地，唯有从法典中才能找到考察其法理的客观依据。王冕其人，能够用以评论这些案件吗？

试看元朝末年出现的一系列谋反案。小说在第一回里写道：

> 到了服阕之后，不过一年有余，天下就大乱了。方国珍据了浙江，张士诚据了苏州，陈友谅据了湖广，都是些草窃的英雄。只有太祖皇帝起兵滁阳，得了金陵，立为吴王，乃是王者之师。提兵破了方国珍，号令全浙乡村镇市，并无骚扰。

这是通过王冕在丧礼之后的见闻来概括元末社会动乱而出现各地武装叛乱的情形。其法律立场——拥护明朝，一目了然。若以元代法律视之，无论是方国珍、张士诚、陈友谅还是朱元璋，无不是擅自起兵，向元代统治者夺权，全是元代法律不能容忍的谋反大罪，亦即都是“草窃的英雄”。小说没有采取一视同仁的元朝法律立场，而是站在即将取而代之的明代法律立场之上，贬其他谋反者，独尊明太祖朱元璋。作者此种尊明的法律立场未免过于急切，致使在朱元璋刚刚在滁阳起兵，尚未立为吴王之际，就提前预支了他的“太祖皇帝”的名号。历史事实，应当是此时此刻的朱元璋，跟方国珍们完全一样，是企图推翻元朝的谋反大军风起云涌之时的造反头目之一。

历史家在记载“元朝灭亡”前夕的“群雄并起”局势时，上述谋反的军事集团及其活动概况，均有案可查。史家也是早早地把发家过程中的朱元璋称为明太祖。吴敬梓小说尊明的法律立场的由来，自然可以追溯到史家对他的影响。客观的历史事实，在小说中有所描写。在平定方国珍途中，吴王朱元璋到王冕家中登门拜访，讨论了如何安抚人心的国家大事，这之后几年，朱元璋才统一天下，建立了明朝，改年号为洪武。

本文把元朝末年的各地谋反军事行为一律称为谋反案，坚持的是历史唯物主义，反对的是各为其主的历史实用主义。既然特定时间在元代末年，那么一切反元的武装暴动与割据，无论日后的成败如何在当时当地都是元代法律要予以严惩的谋反大罪。问题只在于，不要说行将灭亡的元统治者的法律不管用，就连可用来剿灭武装暴动和割据的军队也不管用，处处吃败仗。面对这种事实，做学问的人的起码要求，应是尊重历史事实，正视历史真相，否则就生出一副势利眼，遇事不能用统一标准去衡量，所说出的道理就难以叫人口服心服。小说把元末起兵的朱元璋的军队称为“王者之师”，而将其他谋反军队视为“草窃的英雄”，就是偏向尚未建国的明朝，缺乏公允的历史眼光，为笔者所不取。

本文是《法说儒林外史》的第一篇短文，企图跟小说第一回一样，也想为全书“敷陈大义”，即确立贯穿全书的法律价值标准。除了本文以元代法律作标准之外，其余都是评论的明代人与事，故用明代法律作标准是无疑义的。

需要说明的是，《儒林外史》不是历史小说，而是现实主义小说。小说写作与问世之时，正值《大清律例》制定与颁行多年，故吴敬梓在撰写书稿之时所引用的全是《大清律例》。再说，《大明律》是《大清律例》的蓝本，二者大同小异，笔者的做法不会损害对小说的法律解读。

二　把讽刺矛头指向皇帝的两起罢官案

流行于新中国几十年的“罢官”概念，用传统社会的法律术语，叫作“革职”。《儒林外史》所写大大小小的案件，多达八十八起。其中第一起案件，就是危素的罢官（革职）案，出现在小说“敷陈大义”“隐括全文”的第一回。此后，被笔者排列的第七号、第三十二号、第四十七号、第五十号和第五十九号的五起案子，都属于罢官性质的案件。格外引人注目的是遥相呼应的首尾二案有一个共同看点，这就是二者把讽刺矛头指向了皇帝。吴敬梓作为封建时代的作家，敢于一再讽刺神圣不可侵犯的皇帝，所表现出来的是针砭时弊的深度和力度的无以复加。

困扰我们阅读、阐释、理解和认同这两起罢官案的非凡认识价值的东西，恰在法律的屏障背后。以文学人的习惯眼光来看，一定会茫茫然无所见。

先看第一案。危素是元末的朝廷高官，在家乡新买的住宅豪华得胜过京城里钟楼街上的房子，价值二千两银子。到明初之时，太祖朱元璋对危素很看重。一次危素出京城，有人看见明太祖与危素携手走了十几步，危素再三打躬告辞，皇上这才上轿回宫。于是，人们猜测危素又要当大官了。果然，危素成为明朝高官，连投靠他的时知县也借光升职了。不料，才过了两三年，朱元璋就罢了危素的官，打发到和州去当了守墓人。

革职，是对朝廷命官和地方官员的法律处罚之一。犯有哪些罪名该革职，在《大清律例》中有着许多具体规定。清承明制，《大明律》就是《大清律例》的蓝本。明代将官员革职，自然有一系列法律依据。然而，危素的革职，却没有相应的法定罪行，仅仅只是因为他“归降之后，妄自尊大，在太祖面前自称老臣”，使“太祖大怒”，就罢了他的官，这种不动声色的简明叙事，清楚表明了皇帝大权在握，根本不把国家法律放在眼里，一声令下，高官就顷刻间成为百姓。

有一句俗话说：伴君如伴虎。封建皇帝身边的官员，的确是缺乏安全感的。危素罢官案从这里找到了讽刺的突破口。朱元璋一怒之下翻脸不认人，确如老虎屁股摸不得。可见，一旦明白官员革职的法律依据，此案讽刺皇帝有法不依，大搞法外用刑的寓意，就自然显露无遗了。

对危素的处罚，若真正依法办案，那么他在家乡花巨额资金购买新住宅的问题，就值得调查、取证。清代法律严禁官员非法收入银子，“一两以下，杖七十”，达到“八十两，绞”（《大清律例》）。危素买新宅耗资“二千两”，这其中所得工资是多少，非法所得是多少，不难查个一清二楚。若查证落实下来，危素性命难保的可能性极大，罢官就属于罚不当罪，失之于畸轻。本案的无言讽刺寓意，只要稍作分析，也尽显无遗。若直言不讳地讲出来，这意思就是：朱元璋这个开国皇帝只会乱发脾气罢人家的官，对适用的法律完全一窍不通。

再看与之遥相呼应的最后一起罢官案。杜少卿是《儒林外史》中清高、正义、助人为乐的知识分子的典型代表。此案，写的是他的父亲当太守被罢官的情形。小说借人物之口，几句话就讲明了被罢官的缘由：

> “做官的时候，全不晓得敬重上司，只是一味希图百姓说好；又逐日讲那些‘敦孝弟，劝农桑’的呆话，这些话是教养题目文章里的词藻，他竟拿着当了真，惹的上司不喜欢，把个官弄掉了。”（第三十四回）

这杜太守，书生气十足，可以说是个书呆子。被罢官的原因，不是犯了什么罪，而是“上司不喜欢”。依法理而论，杜太守的罢官，错在“不喜欢”他的“上司”，而不在他本人。也就是说，那“上司”，评价和对待下属的尺度，不是法律的明文规定，而是一己的好恶，于是清白无辜的下属只要不讨人“喜欢”就保不住乌纱帽。这种把“上司”权力与个人情感凌驾于法律之上的做法，正是法律往往受到干扰和破坏的一个重要原因。

这个为所欲为的“上司”姓甚名谁，小说没有确指，但可以肯定，绝不是杜太守的某一个上级官员，而只能是当权皇帝。我们的这个推断结论，来自法律的明文规定。请看：

> 凡在京在外大小官员，有犯公私罪名，所司开具事由，实封奏闻请旨，不许擅自勾问。若准许推问，依律议拟，奏闻区处，仍候覆准，方许判决。（《大清律例》）

可见，政府官员的法律判决与处罚的最后决定权，为皇帝一人所独揽。其他任何“上司”都无权过问任何一个下级罢官的事情。就这样，杜太守的罢官归根结底，是皇帝剥夺了一个清白无辜的太守当官的资格，而这种剥夺是横不讲理的皇权在起作用，有关罢官的法律则靠边站了。

很清楚，此一罢官案讽刺的依然是滥用皇权的皇帝。那么，这位在幕后决定杜太守罢官命运的皇帝是谁呢？依据小说多次提到的明太祖以后的几个皇帝的年号、年份来推算，可知是明世宗嘉靖皇帝。

《儒林外史》是反映清朝现实生活的现实主义小说，而不是写明朝的历史小说。文学家都正确指出，吴敬梓写小说时从元末写起，一直写到明神宗万历四十三年，只不过是为了避免清代文字狱的迫害而采取了假托手段。因此，上述讽刺明太祖和明世宗两个皇帝的罢官案例的法理阐释与理解，不可拘泥于明代皇帝，而应联想到清代的当权皇帝。否则，就会辜负作家密切关注他所处时代现实生活的深切感受与勇猛鞭挞的战斗精神。

此外，前后两起罢官案虽在罢免当事人的官职上是相同的，但从案情可知其法律性质不可等同起来。危素因有巨额财产来源不明问题，故其革职应属于刑事犯罪者附带行政处罚，而杜太守则是单纯的行政处罚性质，并无犯罪行为可言。

三　敢于克扣顶头上司的受赃案

要说姓翟的这个高级衙役是《儒林外史》中的第二号案件的作案者，恐怕很难被认同。尤其是那些迷恋侦探小说、玄怪小说的读者，更会大失所望，惊异道：简简单单几句话，能构成什么案子呀？

是的，此案的确就是下面几句不起眼的话叙述出来的：

> 翟头役禀过了本官，那知县时仁发出二十四两银子来。翟买办扣克了十二两，只拿十二两银子送与王冕，将册页取去。时知县又办了几样礼物，送与危素，作候问之礼。（第一回）

小说就是这样用几句平淡话语，说出了一起下级衙役胆敢下手克扣顶头上司知县大人的经济犯罪案件的发生。至于破案、审判、处罚的案情，均略而未写。你若痴迷于故事情节的惊险、曲折、怪异和完整，就会不以为然。但你如果抱着研究文学、法律的双重学问的心态来阅读这几句话，那就别有理智探究上的趣味与收获了。

从法律上看，翟头役将时知县送给王冕作绘画的酬金二十四两银子克扣了一半据为己有，足以构成犯罪。如果进入诉讼程序，适用于本案的法律条文不在少数。首要一条，当是“官吏受财”，“凡官吏受财者，计赃科断……官追夺除名，吏罢役，俱不叙用。”在“吏罢役”三个字下面，有立法解释强调指出：“赃止一两。”（《大清律例》）依此，翟某的衙役职务就保不住了。认为翟头役克扣十二两银子构成犯罪的主要法律依据，就在这里。

至于小说为什么没有接着往下描写翟头役如何受审判和处罚，那是因为案子未破。通读全书所有的八十八起案件可知，吴敬梓笔下绝大多数案件都止于描写案件过程，而法律上的判处往往缺席。这种情形，在《三国演义》《水浒传》《西游记》《红楼梦》以及《聊斋志异》的不少作品中，可时常见到。综观此种现象，我们能够领悟出中国古代法律上的一个致命弊病，这就是：无论大大小小的刑事案件，只要无人告状，作案罪犯就势必逍遥法外。只有到近现代检察制度引进中国，主动追诉罪犯的法律机制与功能才开始生长。文学名著的作者们不可能超越时代去笔下生花，虚构出把罪犯一网打尽的幻影。再说，法律现代化之后，检察制度日益健全起来了，罪犯漏网的现象依然常见。试看余华的新作《第七天》，交通事故、火灾、医疗事故、强拆致人死亡等，都只有作案的描写，法律判处全都滞后。我在这里的总体感受，是古今中国作家深感法律打击罪犯的艰难困苦的心情，是息息相通的。

当然，鉴于翟头役的衙役身份，我们还可把他的作案与逍遥法外的文学创作上的原因讲得更具体一点。《儒林外史》从元朝末年写起，到小说最后一回，时间已延续到明神宗万历四十三年（公元 1615 年），其时间跨度为二百五十年。日后出了一个无姓名的差人以及一个名叫潘三的差人，都沦为在衙门内外无恶不作的罪犯。算起来，翟头役该是后来两个衙役的“祖先”。把这三个人物的案例故事串联在一起研读，我们就会吃惊地发现，在犯罪的险恶道路上，他们越来越堕落，终于在潘三这一代身上跌进法网。这三个差人的犯罪生涯，足以形成一部衙役犯罪史。其社会地位，都在“儒林”之外。以此来阐释小说的书名《儒林外史》，品味它对全社会时弊的全方位讽刺的广阔性，实在妙不可言。

最后要指出的是，翟头役敢于克扣顶头上司时知县出手的银子，不仅胆大妄为，而且知法犯法，有规避法律的自觉意识。何以见得他知法懂法呢？从秦老与他的对话中可以看到苗头。时知县想见知书识礼又会诗画的才子王冕，可王冕不愿同官方合作，这使前来请王冕的翟头役难以完成任务。这时秦老出主意说，你对知县回话时就说：“他抱病在家，不能就来。”翟头役一听，立马说：“害病，就要取四邻的甘结！”意思是说，王冕果真生病，对上司回话就得有乡邻们作证的法律文件。要知道，清代法律中有“诈病”的罪名，若声称王冕生病而没有公众的证明，那么当事人就有被追究“诈病”罪的危险性和可能性。所以说，翟头役的这句法律内行话，表明他在衙门里早已形成了自觉的法律意识。就凭这一点，断定他克扣十二两银子的罪行属于知法犯法，是无可怀疑的。其“后代”两个衙役罪行一个比一个严重，同样也都属于知法犯法的恶劣性质，以下还会作进一步说明。

四　和尚吃官司的案件

小说第四回的标题中“和尚吃官司”的字眼，很引人注目。笔者依次将此案排在第四号。小说写此案用了两段简略的文字：先交代案件的发生和告状，后写知县的审理过程与结局。我相信读者阅读过后，一定会感到有百思不得其解的困惑，从而产生许多疑问：和尚到底犯法与否？那伙告状人是什么身份、告得对不对？知县审理行为合法吗？原告和被告在结案后花了几十两银子是怎么一回事……疑点的确不在少数。我以为，此案需要解读出来的讽刺意味，恰恰在作家有意制造的种种疑团之中。

先说和尚是否犯法的问题。这和尚是僧官慧敏，在路上碰到佃户何美之，被邀请到何家来吃肉、喝酒，席上作陪的有何氏妻。就在这时，闯进来七八个人，异口同声说和尚“知法犯法”。依照佛教的“五戒”，和尚不能吃肉、喝酒，但世俗社会的法律没有相应的规定。因此，笼统讲和尚“知法犯法”，并把他和何氏妻捆在一起，抬到南海县县衙去控告，都是没有事实依据和法律依据的，故和尚属于无罪而受控告的当事人，有权反诉无理取闹者。

再看充当原告的一伙人。他们身份不明，却众口一词地声称和尚“知法犯法”，这就留下狐狸尾巴，使人意识到这伙人有可能事先串通一气，专门滋事闹事。果然，等知县出场审案时，顿时弄明白了他们的真面目，原来是“一班光棍”。熟悉《大清律例》的读者，都知道“光棍”不仅是出现频率很高的法律名词，而且是一系列法律条文中规定要予以处罚的形形色色的歹徒。诸如“照光棍例治罪”“凶恶光棍”“恶棍”“照光棍例”“无籍棍徒”“仍照光棍例”“凶棍”“光棍”“恶棍设法索诈官民”等措词与提法，充斥在该法典之中，它们雄辩地证明：小说中的这伙“光棍”，乃法定的歹徒，他们合伙控告和尚不过是借法律的名义和手段，来敲诈、勒索钱财罢了。一旦查证落实，便可依上述法条来给他们定罪量刑。

接着要说的是知县对案件的审理情况。知县出场审理此案，并非因为上述光棍到公堂告状，而是新中举的举人范进私下找知县说情。范举人因为母亲去世，打算请僧官慧敏在内的几个和尚做佛事，没料到刚刚发出邀请，慧敏就被捉拿，他于是不能容忍，这是他向知县说情的原因。这就意味着，一起法律诉讼案件还没有进入正式诉讼程序，就出现了人情干扰法律的现象。请注意，此案的法律讽刺意味，在人情干扰法律的环节上，正是由范进出面说情的举动上开始流露出来的。而这讽刺意味的高端表现之一，是知县审案竟然不是依据案情和法律，而是范进说情时提出的要求——释放和尚慧敏，同时释放何氏妻。

此案讽刺意味的高端表现之二，是知县将光棍们带到公堂，准备第二天“早堂发落”之际，又出现了新一轮的人情干扰法律的冲击波。原来，这伙光棍诬告阴谋被知县识破，即将承受诬告的刑事法律责任，怎么办？他们急中生智，就求张乡绅到知县那里去说情。依法惩治光棍们的一线希望，就因人情冲击波而完全毁灭。于是到第二天早堂升堂时，知县骂了几句，找一个不相干的借口，把这伙本该受罚的歹徒赶出了公堂，任其逍遥法外去了。

一起小小的案件，从未曾审理到着手审理就这样一再受人情的牵制，真是中国法律实施中一个老大难弊病的又一突出表现。说到这里，不由得想起媒体刚刚报道的一起案子：一名警察在酒后把陌生人手中抱着的一个七个月的婴孩抢过来，摔到地上，造成严重后果。肇事警察被拘留，尚未进入法律审判程序，有关负责人竟然在一天中接到了三十六个说情电话！吴敬梓当年用小说予以讽刺的法律现象，两百多年之后依然有如此强大的生命力，当今的作家由此该受到何等的震撼，该获得何等的创作素材与灵感。

关于此案的结局，小说只写了一句话：“和尚同众人倒在衙门口用了几十两银子。”看似平平淡淡一句话，实则又是含而不露的温柔讽刺。一般读者，凭自己的生活经验，可以直观性地去体会这句话的讽刺意味，不外乎是古代司法衙门贪赃枉法、官吏见钱眼开、百姓花钱消灾之类。若看过《大清律例》，则会别出心裁地领悟这句话的特定针对性。案子已经完结了，和尚和光棍们依然要在县衙门花费几十两银子，用清代法典中有关条文，这叫做“事后受财”。该条规定：

凡有事先不许财，事过之后而受财，事若枉断者，准枉法论；事不枉断者，准不枉法论。(《大清律例》)

由这一规定来看此案结局中原、被告双方都在县衙门打点几十两银子的现象，无论知县断案合法与否，都应当把“事后受财”的官吏作为违法犯罪者加以惩处。可笑的是，既然知县本人审案只讲人情，不顾法律，那么他的部下们乘机“事后受财”的丑恶行径，又怎能依法论处呢？此案结局一句话的讽刺锋芒，应当说指向的正是有关法律难以兑现的症结。

把上述疑团一一消解之后，此案将南海县知县、张乡绅、范举人、和尚以及一伙光棍等一大帮人都当作了讽刺对象的艺术特色，就尘埃落定地呈现出来了。

五　范进犯罪难认知的案件

为了便于细品文学名著中的法理，在前几本“法说”系列书稿中，有几例做文学阅读心理测试的短文。这里讲范进犯罪难认知的案件，也有做同样的心理测试的必要性和趣味性。请阅读第四回张静斋和范进一同去拜见高要县知县汤奉的一段叙事，然后考一考自己，看看能不能回答下面三个相关联的问题：一、范进在汤知县家里是不是犯了罪？二、若犯了罪，罪名是什么？三、依法该怎样处罚范进？

我敢预言，如果你没有读过《大明律》或《大清律例》这两部法典中的任何一部，就根本不可能回答这三个问题。本文之所以把范进犯罪的这一案件称为“难认知”的理由，就在于大家都不曾见过这两部法典，不具备认知其中一系列法理的起码前提条件。遗憾的是，文学人几乎全部缺乏这起码的法律修养，致使连张、范、汤三人相见并同桌吃吃喝喝的平常故事都读不懂。

以下是笔者对三个问题的简略说明。

第一个问题，范进犯罪是毫无疑问的。然而，要确认其罪行，仅凭当今的刑法知识是不够的。今天一提到犯罪，人们立即联想到的是杀人、放火、贪污、盗窃、投毒等行为。不错，这些行为在古今中外的刑法中都视为犯罪。然而若以放诸四海而皆准的刑法理念来思考本案中范进是否犯罪的问题，就行不通。因为，无论是小说假设的明代，还是吴敬梓身处的清代，都在一般性地“以礼入法”之外，还专门制定有“礼律”，规定某些违犯礼法的行为构成刑事犯罪，并加以相应的惩处。范进在汤知县家中的犯罪，就属于触犯“礼律”的性质。这种罪行，不仅在世界其他国家的刑法中不存在，即使是在古代中国的刑法中也长期不存在，只是到了明清两朝才制定和颁布了“礼律”，从而出现了一系列相应的认知难度极大的罪名，适用范进所犯罪行的罪名，唯到“礼律”里面才可查找出来。

第二个问题，范进的罪名是“匿丧”。但简单地如此定罪还有漏洞。小说中明明写道，汤知县曾问范进没有去参加会试的原因，回答是：“先母见背，遵制丁忧。”意思是说，母亲去世，遵守丧礼，不能去应考。这就意味着，笼统地讲“匿丧”不仅没有解决问题，相反倒引发了新疑问，以为这罪名认定不准。

翻阅法典可知，在“匿父母夫丧”的法条之中，有一系列条款指向了各不相同的具体行为，适用于范进的具体条款是：“若丧制未终，释服从吉……及参预筵宴者，杖八十。”（《大清律例》）这里指出的“释服从吉”和“参预筵宴”两项罪行，都在范进身上出现了。为什么汤知县一听说范进的母亲去世的“丁忧”之事，就吓了一跳，连忙叫他去换了吉服？就是因为他服丧期限（二十七个月）未到。因此，范进拜见汤知县穿吉服有罪，换了吉服并不能抵消已穿过吉服的既有罪行。这是他的罪行之一。其罪行之二，汤知县用以招待张、范二人的菜肴丰盛，有燕窝、鸡、鸭、鱿鱼，还有酒，并非主人汤知县所称的“几样小菜”“用个便饭”，而是富人和官家才有财力举办的筵宴，范进“参预”进来，故构成又一罪行。

看来，确认范进所犯罪行与适用罪名，唯深入到相关法律条文的各种款中去作进一步寻觅、考察，才能滴水不漏地认定其犯罪真相。

第三个问题，范进该受的处罚是“杖八十”。上面引用的法条，已指明了这一点。这里可补充说明的是，“杖八十”的处罚是比较重的。在《大清律例》的“总类”中，专门编纂有“杖八十”的所有罪行，据笔者初步统计共两百种左右，涉及到全社会各行各业的种种刑事犯罪行为。通过比较可知，范进仅仅是因为母亲去世在穿衣、吃饭的区区小事上不合礼法与刑法，对社会并无任何危害，却也要跟一般刑事罪犯一样“杖八十”，标志着中国封建社会末期对于商周以来的礼法的崇尚与敬畏，达到了登峰造极的地步。

如果说一般刑法落空与罪犯漏网，笔者总免不了从中寻求原因，表示遗憾，唯独本案中范进未曾吃“杖八十”的皮肉之苦，我没有什么反感。想一想这一特别感受，大约是我对礼法的森严等级制度上的不平等以及繁琐规定的苛严、无聊存有极大不满，于是几乎养成了一种本能式的不认同、不买账。假设真有人告发，使范进真的挨了“杖八十”，说不定我会在此文中为他鸣冤叫屈呢。

汤知县是个糊涂官，对于刑法不怎么明白，但在此案中，他对于礼法颇为内行，对范进的上述两种罪行均有了解：先是惊吓地连忙叫范进换了吉服；后是为没有备家常饭菜不利于范进守丧礼而惴惴不安，直到范进“在燕窝碗里拣了一个大虾元子送在嘴里，方才放心”。这是两个很成功的法律细节描写。尤其是后者，把汤知县懂礼法与范进不懂礼法悄悄作了强烈对比。在汤知县心目中，有一个假设推理：如果范进知道“参预筵席”是该“杖八十”的罪行，那么他会始终坚持拒绝吃荤腥，这样自己作为主人就有负于客人。但他亲眼所见的是范进拣了一个大虾元子吃了下去，这就证明自己的担心是多余的，犯罪也是你范进自找的，同我汤某没有瓜葛。对礼法、礼律一窍不通的人们，在理解汤知县的微妙的法制心理活动上，肯定也是困难极大的。

六　法外用刑和幕后捣鬼的牛肉案

高要县知县汤奉，审理案件时酷爱法外用刑，惹出乱子之后，又善于幕后捣鬼。法外用刑时，能叫人笑破肚皮，而幕后捣鬼则可让人气炸了肺。你若不信，请先欣赏一下那法外用刑的滑稽相：

> 次日早堂，头一起带进来是一个偷鸡的积贼，知县怒道："你这奴才，在我手里犯过几次，总不改业！打也不怕，今日如何是好！"因取过朱笔来，在他脸上写了"偷鸡贼"三个字，取一面枷枷了，把他偷的鸡，头向后，尾向前，捆在他头上，枷了出去。才出得县门，那鸡屁股里啯喇的一声，屙出一抛稀屎来，从额颅上淌到鼻子上，胡子沾成一片，滴到枷上，两边看的人多笑。(第四回)

这是牛肉案之前的一起偷鸡案的审判情形，如同前奏曲一样，意在嘲讽汤知县法外用刑的一贯性，让读者知道此官积习难改。

关于盗窃罪，清代的法律规定是："初犯，并于右小臂膊上刺'窃盗'二字。再犯，刺左小臂膊。三犯者，绞。"（《大清律例》）汤知县明明知道这个偷鸡贼屡犯不改，却有法不依，放过应有的死刑判决，而自作主张地在其脸上写红字，再搞恶作剧式的示众表演。严惩犯罪的刑法与不思悔改的犯罪，就这样一同成了民众娱乐的材料。

到审判牛肉案时，汤知县如法炮制，又来了个法外用刑的恶作剧表演，不料闹出了致死人命的严重结果：

> ……大骂一顿"大胆狗奴"，重责三十板，取一面大枷，把那五十斤牛肉都堆在枷上，脸和颈子箍的紧紧的，只剩得两个眼睛，在县前示众。天气又热，枷到第二日，牛肉生蛆，第三日，呜呼死了。(第四回)

牛肉案的起因，是奉旨禁宰耕牛之后，有回民给汤知县送来五十斤牛肉，意思是请照顾回民的牛肉生意。汤知县审案前，曾请教过张乡绅，能否接受这些牛肉。张某表示万万不可，并让他如此这般对待送牛肉的回民。殊不知，法外用刑正是汤知县的习惯与特长，于是就出现了上面示众的闹剧以及死人的惨剧。

法定的刑罚方式，只有笞、杖、徒、流、死五种。把活鸡捆在人头上、把牛肉堆在枷上示众之类，是汤知县违法的发明创造，可追究其罪责。尤其是致人死亡的牛肉案，汤知县应依“决罚不如法”的规定加以惩处。该法条云：

> 凡官司决人不如法者，笞四十，因而致死者，杖一百，均征埋葬银一十两。(《大清律例》)

为了逃脱罪责，汤知县就在幕后捣鬼，大玩权术：从后门悄悄放走出谋划策的张乡绅，派部下出面安抚为死人而鸣锣罢市的数百名回民，自己则到省里去寻求上司的保护，尤为阴险、毒辣的是请求上级批准自己回县里严惩那些带头罢市示威的回民。经过这一系列的幕后动作，汤知县果然回高要县把五个带头罢市的回民问成“奸民挟制官府”的罪名，公然予以处罚。

此案中，汤知县法外用刑，致死人命，构成犯罪，上级衙门不仅不追究其罪责，反倒授权惩处无辜的回民五人，这属于以权压法。民间历来有“官官相卫”之说。究其实，官官相卫的背后，往往是各级官员滥用职权践踏法律，于是导致吏治腐败。汤知县在省里的上级官员的庇护下，完全颠倒了罪与非罪的界限，把高要县弄得乌烟瘴气，为我们认识中国古代乃至当今权力滥用破坏法律的问题，提供了又一个典型个案实例。

这里要讨论一个法律技术问题：送牛肉给汤知县的老回民，是否犯罪呢？在县衙前示威的人群中，曾有人说：“我们就是不该送牛肉来，也不该有死罪！”这是很可贵的自觉法律意识的表现，更是对法外用刑致死人命的罪行的一种抗议。文学人若昧于法理，讲不清送牛肉者到底有罪无罪的法律技术问题，等于宣告其法律意识大大不如九百年前文学名著中的普通百姓。

翻开《大清律例》，“有事以财请求”的法律条文迎面而来：“凡诸人有事，以财行求，得枉法者，计所与财，坐赃论。若有避难就易，所枉重者，从重论。其官吏刁蹬，用强生事，逼抑取受者，出钱人不坐。”这就是说，百姓给官吏送钱财是否有罪，不可一概而论，应当以官员是否受财、若受财就要看他是不是在执法中有受财枉法的表现、受财的态度和手段等条件为转移，对具体情况作具体结论。于是乎，送钱财者就有轻罪、重罪、无罪等区分。本牛肉案中，老回民送牛肉五十斤确有请汤知县手下留情的要求，但汤知县拒绝接受，当然也就没有受请求而干枉法的事情。这样，五十斤牛肉不能视为“赃”物，对老回民“坐赃论”的法律审判也就无从成立，也就是他无罪可言。既然无罪，汤知县把他当作罪犯，进而法外用刑致其死亡，就是瞎胡闹。此种颠倒罪与非罪的关系的执法弊端，清代法律视为官员的职务犯罪，其罪名是“官司出入人罪”。在《法说红楼梦》等书中，我们已几次讲过这种犯罪，这里不再重复。需要补充和强调的是，汤知县以执法官员自居，其实他本人罪行多多，完全失去了当官执法的资格。这种严峻事实，该是对封建法律流于一纸空文的多么尖锐、深刻的讽刺。

七　行贿买官的一起窝案

小说第五十回所写的行贿买官的一起窝案，本被笔者依先后次序排在第八十二号，现在提前来谈此案，是出于媒体报道的两件买官大窝案的强烈刺激。是的，时隔几百年的文学虚构买官案与现实生活中的真实买官案，确有值得深思的某些相似之处。这叫我备受震撼的现实案例，媒体是这样报道的：

6月18日，兰州市中院宣判：甘肃省华亭县原县长、县委书记任增禄因收受贿赂991万余元，另有411万元巨额财产来源不明，而被判处无期徒刑。不同寻常的是，同案居然牵涉了129名华亭县官员，几乎覆盖该县县委、县政府以及各乡镇政府机关，交织出一张触目惊心的“行贿买官”网。

无独有偶。8月14日，合肥市中院审理了安徽省萧县原县委书记毋保良收受贿赂案。检方指控，其在任职萧县副县长、县长、县委书记期间，共收受贿赂109起，价值共计2000余万元。同样令人震惊的是，毋保良案起诉书涉及66名行贿者，几乎覆盖了萧县所有的乡镇和县直机关，还包括萧县四大领导班子的成员。（《华商晨报》2013年8月21日B04版。）

时下所谓窝案，指的是案中有案的连环式案件复合体。仅以案件的外在形式而论，《儒林外史》所描写的八十多起案件中属于窝案的有好几起：严贡生身负八案，潘三包揽官司无数，凤四老爹以武犯禁的案子接连不断。现在要谈的买官窝案，既是凤四老爹其人身负的大案之一，又是使一大帮官民脱不了干系的窝案。

现在着重讨论的是在法律内涵上这起买官窝案的现实启示意义。首先，行贿者之所以行贿买官，无非是为了谋取个人的名利、地位。万中书，原来只是一个秀才，穷得买不起官，就干脆自命中书，不料这假中书被另案牵连，遭到逮捕。万中书在另案中无罪，只担心在受审时冒充中书之事露馅。若假中书变成真中书，就安然无恙了。万某充当买官角色，就出于趋利避害的考虑。他在诈骗案露馅的时刻，对一心要“营救”他的凤四老爹交了实底：“不瞒老爹说，我实在是个秀才，不是个中书。只因家下日计艰难，没奈何出来走走，要说是个秀才，只好喝风痾烟。说是个中书，那些商家同乡绅财主们，才肯有些照应。”现实案例中的那些下级、部属向县长、县委书记行贿，同样是为了保官、升官，然后名利双收。

有趣的是小说中直接出钱买官的不是万某，而是秦中书。他为什么要为万某买官呢？答曰：完全是为了面子。万某被逮捕的场面，出现在秦中书正在看戏的客厅里。观众席上，有秦中书的儿女亲家高翰林、朝廷高官施御史、走南闯北的江湖大侠凤四老爹等人。在众人和秦中书心目中，这种场合闹出了大官司，太丢人现眼了。秦中书当时就埋怨说：“姻弟席上被官府锁了客去，这个脸面却也不甚好看！”就为了“脸面好看”，秦中书一举拿出了一千二百两银子作为行贿买官的巨资。这就是说，一个清白的真中书，顿时陷入了行贿罪的泥坑。

为这起买官事件出谋划策的是威名远扬的武侠凤四老爹。他的所作所为，一不为名，二不为利，而是由武侠的本性——仗义行侠所决定的。以法律论之，“侠以武犯禁”是先秦时代祖传的老病，凤四老爹身上的老病重得很，以后将专门谈论。这一回出馊主意买官，却是大侠们少有的动用心机之事。由此，可以补充说明一点：武侠们有时候也会像文儒一样，以文坏法。正因为如此，儒者秦中书才对凤四老爹这个大侠言听计从。

拿钱上朝廷买官的掮客角色，是高翰林。高某充当买官掮客，没有实利的诉求，而是出于抹不开同秦中书的儿女亲家的情面，故一听说此事，不假思索就表态说：“这个我就去。”这一去，就跌进了犯罪歧途。

最后受贿卖官的，是施御史。那一千二百两银子，由高翰林送到施御史家中，再由施御史连夜打发人进京办手续。在这里，施御史受贿的犯罪性质，较为隐晦。清代有捐官制度，出钱买官是合法的。施御史若依法办事，这一千二百两买官钱得如数上交国库。从小说所描写的拉关系、走后门、连夜出发进京等一系列隐秘、诡诈的行径来看，他们根本没有走公事公办的光明大道。尤其要注意的是，买主万某是已经被官方逮捕的案犯，公开走捐官门径，是根本走不通的。施御史作为受贿卖官的罪犯，应当说是毫无疑问的。

明白了小说中行贿买官的全过程，此案的现实启示意义的又一重要方面，就凸显出来了。如今根本不存在捐官制度，故一切买官卖官行为，一律属于犯罪。官场中人谁都明白这一浅显道理，但又抑制不住钱权交易的欲望，于是买卖双方都转入地下，在不见阳光的角落蠢蠢而动，从而不需要军师、掮客的角色，一切勾当显得比古代更隐蔽、更狡猾。这就是经过两类案例的比较，能够认识到的买官卖官内幕。惟其如此，只有等到有权卖官的某个大官落入法网，才可扯牵出一大串行贿买官的小官们。

党和国家在当前反腐败斗争中提出的“苍蝇和老虎一起打”的方针，经过研读上述案例故事和新闻报道，笔者的一个深刻体会是：此方针对于预防和打击买官卖官的犯罪行为来讲，具有特别突出的针对性。试想，某个收受巨额赃款的大官，如同老虎，而不约而同行贿买官的小官，恰如苍蝇，不一起依法打击行吗？这就是此案的又一现实启示意义之所在。

八　范进法外开恩的考试案

范进中举而喜得发疯的故事，广为人知。日后他考取进士而当了学官在考试案中法外开恩的故事，却从不见有人谈论，这对了解范进其人的全貌是莫大的损失。尤其是在认识以人情干扰法律的多种表现形式上，忽视这一案例故事，就失去了一个极好的视角与例证。为欣赏、研究的需要，不妨将此案例故事全文抄录如下：

> 次早发出案来，传齐生童发落。先是生员一等、二等、三等都发落过了；传进四等来，汶上县学四等第一名上来是梅玖，跪着阅过卷，学道作色道：“做秀才的人，文章是本业，怎么荒谬到这样地步！平日不守本分，多事可知！本该考居极等，姑且从宽，取过戒饬来，照例责罚！”梅玖告道：“生员那一日有病，故此文字糊涂，求大老爷格外开恩！”学道道：“朝廷功令，本道也做不得主。左右！将他扯上凳去，照例责罚！”说着，学里面一个门斗已将他拖在凳上。梅玖急了，哀告道：“大老爷！看生员的先生面上开恩罢！”学道道：“你先生是那一个？”梅玖道：“现任国子监司业周蕢轩先生，讳进的，便是生员的业师。”范学道道：“你原来是我周老师的门生。也罢，权且免打。”门斗把他放起来，上来跪下，学道吩咐道：“你既出周老师门下，更该用心读书。像你做出这样文章，岂不有玷门墙桃李？此后须要洗心改过。本道来科考时，访知你若再如此，断不能恕了！”喝声：“赶将出去！”（第七回）

这里的学道，就是山东省学道范进。故事讲的是他在秀才岁考中对名列第四等的考生梅玖进行法定处罚半途而废的情形。法律寓意，渗透在这段故事的字里行间，值得细品。

首先，范进先后两次所强调的“照例责罚”就是依法处罚的意思。其中的“例”，指的是清代的法律形式之一。《大清律例》中的所有法律条文，分为律与例两大类，具有同等效力。在“贡举非其人”的律文之后，例文多达七条，内容全是关于科举考试中考官、考生违法犯罪进行处罚的各种具体规定。范进口头宣言的“照例责罚”不仅有法律上的依据，同时也表明他有执法办案的责任感。这一点，是应当肯定的。

且说他严厉指斥考生“文章”的“荒谬”到了不堪容忍的“地步”，就深得例文的精神。上述七条例文中，就有一条明确规定：若试卷内有“文理荒谬”而侥幸过关的，一经发现，考生与考官就将“一并严加议处”。尽管范进糊涂得不知苏轼是宋代大文豪，但他作为学官而学法懂法并用法，是不错的。

其次，本案所写秀才岁考中的法律细节，可弥补《大清律例》所未反映出的法律内容。一个突出方面，就是例文只规定惩处科考中违法犯罪者，而范进执法办案时，连没有违法犯罪但考试成绩低劣者也要受处罚，这就使我们大长见识了。

当时秀才岁考成绩划分为六等。一、二、三等可平安无事，四、五等则受责罚，而六等的则开除秀才资格。法律就这样处罚合法而成绩劣等的秀才。应当说，有关立法精神是严厉的。很显然，作为讽刺小说，《儒林外史》不仅无意于讽刺这种严厉的立法、执法精神，相反倒用法律细节描写增长了读者从法典中看不到的活生生的法律知识。

最后，也就是本文要着重强调的一点，就是本案例故事所讽刺的东西，在于范进执法上虎头蛇尾，不了了之的软弱和不作为。之所以在短短的执法过程中发生大逆转，从口口声声“照例责罚”到毫无作为，祸根在讲人情的伦理情感抑制、破坏了他知法执法的理性追求。逆转点，就是梅玖当场求情，宣称自己是现任国子监副长官周司业的学生。而范进，也是周老师的学生。尤其要注意的是，范进就任山东学道前夕，曾专门前往周老师处告别。周老师告诉他：山东是我的故乡。这就是说，眼前的执法者范进与被执法受罚的梅玖之间，凝聚着由来已久的师生之情、同窗共师之情以及都在山东之处的乡情。三股人情的合力，一举俘虏了信誓旦旦的范进，他连忙改口说话了：“你原来是我周老师的门生；也罢，权且免打。”

处罚成绩低劣的考生，既然是当时的规定，又是司法执法实践中的习惯，那么从法理上讲，就得无条件让考绩为劣等的梅玖吃一顿皮肉之苦。然而，执法者范进不曾作任何努力就轻易成为人情的俘虏，放弃了严于执法的职责与追求。以此受到讽刺，当然并不委屈。

不过，以当今的犯罪构成理论来看，处罚成绩低劣的考生的立法，是不科学的。秀才们没有考好，虽不如人意，但毕竟他们主观方面没有危害社会的故意，客观方面也没有造成危害社会的后果，将其视为犯罪，只能认为是立法上蛮不讲理。这种法理，不是横蛮立法时代的作家们所能知晓的，故小说绝对不会从这样的法理层面去嘲讽范进。而当代文学欣赏者若能通过古今法律的比较，读出本案例故事的固有法理，并讲出法律比较上的可以联想到的法理，那么不失为一种明智的创造性阅读。我们当今的涉法文学阅读，实在离这种明智的法理阅读太遥远了，谓之望尘莫及，是恰如其分的。

九　两个部级高干参与的巫术案

扶乩，是中国古代的一种巫术。大体做法是行此巫术之时，让丁字形木架下垂部分在沙盘上画图形或写文字，将其作为所请来的某个神的训示，借以预测信奉者的凶吉、祸福。清代法律明文禁止此种巫术，称之为“扶鸾祷圣”。扶鸾，是扶乩的口语表述，因传说中的神降临时，驾风乘鸾，故把扶乩通俗地称为扶鸾。《大清律例》的相关法律术语，采用的正是口语的“扶鸾”二字。

小说第七回所写的扶乩巫术案，唯有究明了上述文化、法律背景，才有可能读出其中的讽刺意味。否则，充其量只会是将其当作一个对封建迷信活动有微词的故事罢了。为什么历来学人不谈这一情节，原因就在这里。

本案的作案人，是江西南昌的陈礼。他在观音庵的住房门上贴着“江右陈和甫仙乩神数”的招牌。案发之日，正是荀玫和王惠考取进士，一起当了工部主事又转为员外郎之时。这两位部级高干正在居住的地方闲坐，陈礼这不速之客登门拜访，极力推销自己高超的仙道，各路神仙都可请来，连“帝王、朝师、圣贤、豪杰，都可以启请”。紧接着，陈礼讲了他所干预的一起钦案的神奇经历和美妙结果——

> 切记先帝弘治十三年，晚生在工部大堂刘大老爷家扶乩，刘大老爷因李梦阳老爷参张国舅的事下狱，请仙问其吉凶，那知乩上就降下周公老祖来，批了“七日来复”四个大字。到七日上，李老爷果然奉旨出狱，只罚了三个月的俸。

这段自我吹嘘的话一讲完，陈礼就犯下了一宗罪，罪名为“术士妄言祸福”，该条法律规定是：

> 凡阴阳术士，不许于大小文武官员之家妄言祸福。违者，杖一百。（《大清律例》）

该条文字在“祸福”之家有“国家”二字的修饰语作为立法解释。皇帝是封建国家的象征和代表，钦案案犯的审判结果，应属于国家的祸福的表现之一。陈礼以术士身份闯入两个部级高干家中公开借巫术讲国事，显然触犯了上述法律，该将其送进公堂“杖一百”。

更加严重的还在于，陈礼接下来的自我吹嘘中，连明惠帝即建文皇帝的亡灵，都被他在扶乩时请了出来，沙盘上出现了“朕乃建文皇帝是也”几个字。荀、王两个高干不仅对发生在眼前的罪行无动于衷，反倒对陈礼敬佩得五体投地，当即表示要向陈礼询问自己升迁的事情。就这样，小说不露痕迹地讽刺了两个高干热衷于个人功名而昧于国家法律的官僚心态。

在两个高干请求之下开展的扶乩活动中，陈礼“请二位老爷两边扶着乩笔”，自己则念咒、烧符、献茶、解释沙盘上出现的诗句，真是忙得不可开交。这一大段扶乩场景的真切描述，如同活灵活现的罪状，把以陈礼为主，荀、王二位高干为从的严重罪行披露在读者眼前。有兴趣的读者，若将这一场景同《大清律例》关于“禁止师巫邪术”的条文相对照，这三个当事人的罪行不仅立即得到法律上的定性，而且连应当受到的刑事处罚也很清楚了。该法条云：

> 凡师巫假降邪神，书符咒水，扶鸾祷圣……煽惑人民，为首者，绞；

为从者，各杖一百、流三千里。

很清楚，陈礼等三人分工合作所进行的这场巫术活动，尽在该法条对此罪的概括之中，陈礼在巫术中充当主角，荀、王二位高干扶乩笔处处听从指挥和密切配合的从属地位也清楚明白，故为主的陈礼应判死刑，而为从的两个高干则“杖一百”之后再流放到三千里外的荒蛮之地。可笑的是，罪行严重的三个作案者若无其事，丝毫没有犯重罪的恐惧感。不言自明：小说在这里讽刺的是他们的麻木不仁。

请注意，巫术活动结束之后，这三个作案者又有新一轮的罪行。阅读之际，稍不留神，这新罪行就会被忽视。小说写道：

又焚了一道退送的符，将乩笔、香炉、沙盘撤去，重新坐下。二位官府封了五钱银子，又写了一封荐书，荐在那新升通政司范大人家。陈山人拜谢去了。

这里的新罪行，为二位高干所犯。须知，在上述法条之后，有好几条相应例文，其中第一条就明文规定，“各处官吏军民人等”，若对从事“扶鸾祷圣”之师巫“荐举引用”，就当“参究治罪”。荀、王二位官老爷“写了一封荐书，荐到那新任通政司范大人家”，正是触犯此例的行为。明白了这罪行的性质，小说再次反讽两位部级高干的法律寓意也就在不言之中了。

整合上述几点意思，有关法律的形同虚设的大话题、老话题、症结话题，就又一次突现在我们的密切关注和忧虑之中。笔者每到这种场合，总免不了多唠叨几句，生怕大家放过了这不该放过的话题。

十　富有法律哲学意味的共同犯罪案

上述荀玫和王惠这两个部级高官刚刚从巫术案中脱身，立即又卷入一起共同犯罪的案件。解读此案，用技术性的定罪量刑方法谈其固有法理完全行不通。当笔者对中国古今法律的某些异同作一番比较后，再来研读这一案例，竟意外发现其中寄寓着又有趣味又较深刻的法律哲学理念。先请看有关故事情节：

> 到晚，长班进来说："荀先爷家有人到。"只见荀家家人挂着一身的孝，飞跑进来，磕了头，跪着禀道："家里老太太已于前月二十一日归天。"荀员外听了这话，哭倒在地。王员外扶了半日，救醒过来，就要到堂上递呈丁忧。王员外道："年长兄，这事且再商议。现今考选科、道在即，你我的资格，都是有指望的。若是报明了丁忧家去，再迟三年，如何了得？不如且将这事瞒下，候考选过了再处。"荀员外道："年老先生极是相爱之意，但这件事恐瞒不下。"王员外道："快吩咐来的家人把孝服作速换了，这事不许通知外面人知道，明早我自有道理。"一宿无话。
>
> 次日清早，请了吏部掌案的金东崖来商议。金东崖道："做官的人，匿丧的事是行不得的，只可说是能员，要留部在任守制，这个不妨；但须是大人们保举，我们无从用力。若是发来部议，我自然效劳，是不消说了。"两位重托了金东崖去。到晚，荀员外自换了青衣小帽，悄悄去求周司业、范通政两位老师，求个保举，两位都说："可以酌量而行。"
>
> 又过了两三日，都回复了来，说："官小，与夺情之例不合。这夺情，须是宰辅或九卿班上的官，倒是外官在边疆重地的亦可。若工部员外是个闲曹，不便保举夺情。"荀员外只得递呈丁忧。（第七回）

此案涉及的罪名，就是上面谈过的范进犯的"匿丧"，只是有关适用的具体条款不同罢了。"若官吏父母死，应丁忧，……不丁忧者，杖一百，罢职役不叙。"（《大清律例》）这就是本案适用的法律条款。荀玫的母亲去世，他有隐瞒不报的意向，并开始了隐瞒丧事的活动，故以此论罪是没有错的。

然而，综观案情的每一个关键性细节，就会看出如此运作起来，经不住理性的追问。看来，还应以这法条为进一步探讨的起点，把相关法律细节讨论清楚。

首先一点，是此次的匿丧行为是由王员外提议，得到荀员外认同的。荀员外本打算立即“到堂上递呈丁忧”，就是去办理合法手续来从事丧葬之礼的全部活动。可王员外认为，若如此，就失去了官员升职的考试机会，不如先隐瞒丧母之事，等考选官员过后再治丧。由这一点看，此次匿丧为荀、王二人共同的行为，古代称之为“共犯罪”，今天的法律称之为共同犯罪。依《大清律例》，王员外罪行比荀员外重。有关规定是：“凡共犯罪者，以造意一人为首，随从者，减一等。”王员外是名副其实的“造意者”，荀员外是名副其实的“随从者”，以此论二人罪责的重与轻，无可争议。

其次一点关键性细节，是前一天晚上开始动议、出笼的匿丧活动，到第二天早上就因为请吏部官员金东崖来商议之后，就中止了。接下来的活动，便转向了办理合法手续，以使治丧与应考互不妨碍。这样，我们有理由认为作为上述共同犯罪的行为，合乎现代刑法认定的“犯罪中止”。犯罪中止的要义，是在犯罪过程中自动中止犯罪活动或自动有效地防止犯罪结果发生。荀、王二人在金东崖明确告诫“做官的人匿丧的事是行不得的”道理之后，的确中止了犯罪活动，并积极办理合法手续去了。

但，犯罪中止论毕竟是超前的、现代化的刑法精神，在古代中国还没有这种法律的理论与立法实践。这里的法律哲学意味，在于中国古代社会现实生活中客观地存在有犯罪中止的现象，因而《儒林外史》才作出了相应的反映，遗憾的只在于法律意识滞后，立法实践滞后，法学研究的理论滞后，致使历代学人从根本上失去了对本案例中的犯罪中止的故事情节作正确解读的可能性。明白了这一点，本文所谈不仅有成立的理由，而且不失为一种创新解读文学名著法理内涵方法的尝试。

最后一点，对荀、王二人的回复意见中反复提到的“夺情”概念及“夺情之例”，是专业性极强的法律术语，均出自《大清律例》。就在上述“匿丧”法条中，有一款云：“夺情起复者，不拘此律。”回复意见准确道出了这一款律文的意思。此款律文针对的现象是职位高、权力大的高官，若碰上父母丧事，国家事务的迫切需要又使其不能脱身服丧，那么通过一定合法手续，可以不服丧，即合理逃避“匿丧”罪名的追究。这种立法精神，本身就含有辩证法，避免了因丧礼绝对化、一刀切地束缚所有官员带来的损失和危害。

本案中，因为荀员外虽是部级高官，但属于没有实权的副职，故依“夺情律”或“夺情例”来处理其母的丧事，未能获准。原本无意于匿丧的荀员外，闻讯就即时办理了遵制服丧的必备手续。

十一　宁王谋反与王道台投降难以分割的案件

就是上文谈到的给荀玫出馊主意犯匿丧罪的王惠，时来运转，很快就当上了南昌府太守，上任后以贪婪、残酷威慑一方，被官方誉为江西第一个能员。极具讽刺意义的是，在宁王谋反，形势严峻之际，朝廷推升他任南赣道台，到宁王统兵攻破官军时，王道台逃到江中被捉住，从而投降，当了伪官。小说是这样描述谋反与投降难分难解过程的：

> 次年，宁王统兵破了南赣官军，百姓开了城门，抱头鼠窜，四散乱走。王道台也抵当不住，叫了一只小船，黑夜逃走。走到大江中，遇着宁王百十只艨艟战船，明盔亮甲，船上有千万火把，照见小船，叫一声“拿”！几十个兵卒跳上船来，走进中舱，把王道台反剪了手，捉上大船。那些从人、船家，杀的杀了，还有怕杀的，跳在水里死了。王道台吓得撒抖抖的颤，灯烛影里，望见宁王坐在上面，不敢抬头。宁王见了，慌走下来，亲手替他解了缚，叫取衣裳穿了，说道：“孤家是奉太后密旨，起兵诛君侧之奸。你既是江西的能员，降顺了孤家，少不得升授你的官爵。”王道台颤抖抖的叩头道：“情愿降顺。”宁王道：“既然愿降，待孤家亲赐一杯酒。”此时王道台被缚得心口十分疼痛，跪着接酒在手，一饮而尽，心便不疼了。又磕头谢了。王爷即赏与江西按察司之职，自此随在宁王军中。（第八回）

宁王与王道台各自的罪行，在这里都暴露得很清楚。宁王谋反，并非小说作者虚构，而是有案可查的历史事实。明武宗正德十四年（公元1519年），宁王宸濠乘武宗出游之机，在南昌起兵谋反，后攻陷南康、九江，东线则攻打安庆。不久，王守仁（即大哲学家王阳明）率兵打败宁王，终于平息了这次叛乱。小说所写宁王谋反，有史书记载的历史事实作为依据。有意思的是，小说中的宁王并不认为自己有罪，其理由是“奉太后密旨，起兵诛君侧之奸”。这种当众美化自己的言辞，丝毫掩盖不了谋反大罪的本质和真相。例如说，宁王在王惠投降的现场，迫不及待任命他担任江西按察司的职务，就是目无武宗皇帝的欺君大罪，这种授官行为是非法的，是谋反的一个重要证据。

王惠投降和担任伪职，犯有何罪呢？明朝推升他当南赣道长官，非同寻常，兼有专门对付宁王谋反军队的军事任务，如同官军的司令员，握有调兵遣将的军权。令朝廷失望的是，等到宁王带兵攻城时，这位王司令员没有在城中指挥作战，而是在“抵当不住”之际，“叫了一只小船，黑夜逃走”。这样一来，弃城弃军而临阵脱逃，就犯有死罪。对其治罪的法律依据是：

> 凡守边将帅，被贼攻围城寨，不行固守而辄弃去，及平时守备不设，为贼所掩袭，因而失陷城寨者，斩。(《大清律例》)

担任伪职后的王惠，因为宁王流动与守军交火，没有固定官衙所在地，故只能“自此随在宁王军中”。小说如此平淡交代此事，不可小瞧，已在读者不留心处点明了王惠所犯的又一罪名——谋叛。有法条指出：当事人若“拒敌官兵者，以谋叛已行论”。王惠处身叛军之中，处处同明朝廷军队对阵打仗，已表明他成了谋叛者。谋反与谋叛，都是十恶不赦的大罪。

宁王的下场，是兵败之后，当了王守仁的俘虏。而王惠则畏罪潜逃了。在这种结局的案例中，军事上对谋反者的打击，往往先于法律的惩罚。阅读本案的法律寓意，一定要抓住这个关键。因为，无论是古代还是现代，无论是中国还是世界各国，不义战争的发起者尚在诉诸武力的过程中，代表正义的法律没有落实的必备条件，唯有到战争结束，正义者对不义者的法律审判才可实现。中国和国际社会在第二次世界大战后，对日本、德国、意大利的罪犯的审判，就是典型事例。在中国解放战争结束之后，才有条件及时宣告蒋介石是头号战犯。

正是出于这种原因，中国古代的正义战争，对于不义战争的领导者和指挥者，每每有“伐罪”的诉求和功能。先秦时代的“伐有罪”战争观与实际行动，因而往往得人心并打胜仗。日后这种战争观念依然存在，元末的谋反活动此起彼伏，唯独朱元璋的军队被《儒林外史》誉为“王者之师”，应当说就有这种历史原因。

朱元璋的军事暴动，对于元朝法律来讲，的确属于谋反，但他打败群雄，统一中国，建立明朝，却是符合中国历史前进的潮流，具有进步意义的。从这个意义上看，史家及《儒林外史》站在拥护明代法律的立场上，无可非议。《明史》中的朱元璋，在与臣下谈到当年剿灭张士诚和陈友谅时，的确自认是正义的代表，而把对方称之为“二寇”，流露出“二寇既除，北定中原，所以先山东，次河洛”等一系列军事行动的指挥者特有的自豪感。小说对宁王谋反与王惠投降合而为一的案件的设计、描写与评价，就这样既有尊明的法律意识，更有“伐有罪”的军事思想与历史意识，多学科融汇的文化元素格外浓郁。若仅仅作法理的赏析，将是单调而肤浅的，应予防止。

单一的法律分析对于研读本案还有一种偏颇，就是容易忽视文学上的艺术创造因素。对小说接下来的情节安排来讲，此案为相关几起案件的起始和贯穿的线索，它们共同构成了整部小说叙述案件的基本模式之一，可称为串联式。以下将一一解析这一组串联的所有案件。孤立、割裂、静止而单一的阅读方式，会与这种法律描写的艺术失之交臂。

十二　王惠潜逃引发的案件（一）

王惠畏罪潜逃，留下了一条祸根，引发出好几起刑事犯罪案件。首发的案件，真可谓恩将仇报，把一个祖孙三代有恩于他的官员之家的第三代未成年人拉下水，使其成了犯罪之人，可惜之至，也可恶之至。

这少年姓蘧，其祖父是南昌府太守，王惠任南昌太守正是从蘧太守手中接过职位来的。老太守是个清官，省吃俭用省下二千余金，白白送给王太守作为急用的开销，这是蘧家第一大恩惠。第二大恩惠，是太守的儿子蘧景玉，替年迈的父亲来府办理新旧太守的交接班手续，乘机介绍父亲“讼简刑清”的执法经验，回答了王惠关心的几个问题，如同雪中送炭。第三大恩惠，就是十七岁的孙子辈蘧公孙，像他祖父、父亲一样助人为乐，大方地出手二百两银子，送给穷得路费都没有的王惠，使其得以租船逃往太湖。

本文所谈王惠潜逃引发的案件，指的就是蘧公孙送银子给王惠作畏罪潜逃路费的这件事。以上行文中有“可惜”“可恶”“恩将仇报”“好心不得好报”等措词，表现的是此案在道德层面上给笔者的感受。对法律淡漠又陌生的读者和学人，若要他就此案发表评论意见，所讲的也只是以上一些道德话语。

那么，为什么说蘧姓少年公子送二百两银子给王惠作路费有罪呢？原因是法律不允许这样做，其适用法条是“知情藏匿罪人”：

> 凡知人犯罪而事发……资给衣粮，送令隐匿者，各减罪人罪一等。（《大清律例》）

王惠与蘧公孙在旅途偶然相遇于一个点心店，经过同桌交谈，才得知彼此的身世、遭遇以及两家三代人的交往史。王惠只明言自己弃城而逃这一点，而投降宁王当伪官之事则只字未提。可贵之处，是蘧公孙并非法盲，而是懂得这弃城逃跑行为已构成犯罪，但仍然对王惠表示关心。此案中双方的法律上的是是非非，尽在以下交谈的话语之中——

> 王惠附耳低语道：“便是后任的南昌知府王惠。”蘧公孙大惊道：“闻得老先生已荣升南赣道，如何改装独自到此？”王惠道：“只为宁王反叛，弟便挂印而逃；却为围城之中，不曾取出盘费。”蘧公孙道：“如今却将何往？”王惠道：“穷途流落，哪有定所！”就不曾把降顺宁王的话说了出来。蘧公孙道：“老先生既边疆不守，今日却不便出来自呈，只是茫茫四海，盘费缺少，如何使得？晚学生此番却是奉家祖之命，在杭州舍亲处讨取一桩银子，现在舟中，今且赠与老先生为路费，去寻一个僻静所在安身为妙。”（第八回）

把这段对话描写同上述法条加以对照，可立即明白，蘧公孙此时此刻还不知道王惠投降当伪官的事情，但对其作为军事指挥官弃城而逃，构成犯罪的严重性质，是很清楚的，对他不到官府去自首也有微词。在这时，蘧公孙的过错，在于跟他的祖父、父亲一样，仁慈为怀，对落荒而逃的王惠同情有加，致使所作所为，恰恰是法律所禁止的罪行。那出手相送的二百两银子，即“资给衣粮”，建议与资助其“去寻一个僻静的所在安身”，即“送令隐匿”，都是蘧姓少年的犯罪行为，无可怀疑。

这里应讨论两个法理问题。一是应弄清楚，蘧公孙的犯罪动机，并非故意做坏事，相反倒是在行善做好事。这种用心本身是不错的。错只错在对一个逃犯行善做好事，让他逃得无影无踪，这就是弄错了行善的对象。成语有“助纣为虐”，讲的就是因弄错对象而干了坏事的情况。还有农夫与蛇的寓言，讲的是对歹徒行善到头来只能是祸及自身。蘧公孙的教训就在这里。

应讨论的第二个问题是：如果依法处罚，蘧公孙因为只有十七岁，还未成年，是不是有从轻论处的可能性呢？用法律术语来讲，此案涉及到刑事责任的年龄问题。用我国当今的刑法看，不满十八岁的人犯罪，应从轻或减轻处罚。而在中国古代，则在许多具体法律条文中指明“老”或“小”的年龄从轻或免刑。据笔者查阅《大清律例》发现，从轻发落的下限到十六岁为止。蘧少年已满十七岁，法律认为应跟成人一样受罚，不在恤刑年龄范围之内。

在受到资助后，王惠逃到太湖流域，从此改名换姓，出家当了和尚。这个结局，意味着这个死刑犯终于逃脱了法网。读到此处，应联想到，蘧公孙好心做错事而犯罪所造成的社会危害性，就在于致使死刑犯漏网，刑法落空。

对于此案有清醒的法律意识，并得知王惠畏罪潜逃的是蘧公孙的祖父，他对回到家乡嘉兴的孙子说，你碰到的这个王惠，曾“降顺了宁王”，“他虽犯罪朝廷，却与我是个故交”，因而对孙子的资助王惠逃跑有赞许之意。若读不懂本案的法理法意，我们对蘧太守的复杂心理是难以理解的。

十三　王惠潜逃引发的案件（二）

上述案件中的蘧公孙不仅资助王惠逃避法律追究有罪，而且受其请求，替他保管随身携带的枕箱，也是犯罪行为。大家知道，罪犯的涉案财物，法律视为赃物赃证，明知对方有罪而自觉自愿替他保管，就有充当窝赃角色的嫌疑。现今中国法律如此，古代中国法律也如此。《大清律例》明文规定："凡彼此俱罪之赃，及犯禁之物，则入官。"就在这一条文中，夹有两处立法解释。其一是"俱罪之赃"，指的是"与受同罪"之赃。意思是，同一赃物，给予之罪犯和接请托的人双方都犯有同等性质的罪行。其二是"犯禁之物"，指禁用的兵器和禁书之类。蘧公孙接受保管并带回家保管起来的枕箱，恰好兼具这两种违法犯罪性质。枕箱本身可作枕头用，属于有实用价值的赃物；而枕箱里面藏有明代文人高启的手抄诗文，因高启得罪被处死而成为明初的禁书。就这样，蘧公子在犯资助王惠逃跑的罪行的基础之上，又犯有窝赃罪。更严重的是他私下刻印这禁书多达几百部，若追究起来，也是罪责难逃。在专门谈私藏禁书罪的时候，还将追溯到此处，这里且按下不表。

单讲窝藏枕箱之事，小说采取了节外生枝的办法，即在一案中串联另一案的同时，又旁生枝蔓，加进蘧公孙控告自己的丫头双红被宦成拐逃的案件，从而为下一起串联的诈骗案埋下伏笔。

这双红喜欢诗，在侍奉主人之余，时常拿些来请主人加以讲解，故颇讨蘧公孙喜爱，于是情不自禁地把枕箱的来历讲给她听了，并把这枕箱送给她装针线。不料宦成与双红从小就相好，竟跑到嘉兴来把她拐走了。公孙大怒之下，到秀水县控告，官方将男女二人暂寄一个差人家中，听候发落。这个差人就利用这个机会敲诈宦成，使他身上的银子花光了，衣服也当尽了。在走投无路之际，这对吃官司的情人不免打起了变卖枕箱的主意。

下面差人偷听双红与宦成私下谈话的情节，一举四得：既反映了宁王谋反失败后被皇帝处死的结局，又接着交代官方对王惠罪案的追查，还写出正在吃官司的两个情人自我救赎的努力，更为差人乘机诈骗钱财的新案子的出笼作铺垫。这段妙文不可不抄出来供大家欣赏、研究：

> 那晚在差人家，两口子商议，要把这个旧枕箱拿出去卖几十个钱来买饭吃。双红是个丫头家，不知人事，向宦成说道："这箱子是一位做大官的老爷的，想是值的银子多，几十个钱卖了，岂不可惜？"宦成问："是蘧老爷的？是鲁老爷的？"丫头道："都不是。说这官比蘧太爷的官大多着哩。我也是听见姑爷说，这是一位王太爷，就接蘧太爷南昌的任，后来这王太爷做了不知多大的官，就和宁王相与。宁王日夜想要杀皇帝，皇帝先把宁王杀了，又要杀这个王太爷。王太爷走到浙江来，不知怎的，又说皇帝要他这个箱子，王太爷不敢带在身边走，恐怕搜出来……我想皇帝都想要的东西，不知是值多少钱！你不见箱子里还有王太爷写的字在上？"宦成道："皇帝也未必是要他这个箱子，必有别的缘故。这箱子能值几文！"
>
> 那差人一脚把门踢开，走进来骂道："你这倒运鬼！放着这样大财不发，还在这里受瘟罪！"（第十三回）

这件案子，原告、被告以及代表官府的差人三方，各有各的意向：原告公孙，希望官方将丫头断归自己，挫败宦成拐女的阴谋；被告宦成，只求公孙答应自己的婚事，甚至准备拿出双红的身价钱，求她的主人开恩放人；而这个差人，一心想捞钱，不断勒索，使宦成无奈万分。如今差人偷听到枕箱之事，如获至宝，下手大捞一把的势头已经显露出来。就这样，蘧公孙告状的案子就被差人一手操纵，并且从中行骗，构成一起由婚姻纠纷的民事案件产生的公差行骗捞钱的刑事犯罪案件。

且说本案作为民事案在差人的恶意利用与操作之下的过程与结局，无不以差人的捞钱骗钱手段的使用力度和方式为转移，因而其落脚点既在于以案说法，又在于用案写人，借以暴露以小说第一回中的秦头役为鼻祖的下一代差人的贪婪。从以案说法这一点看，此案表明，官府衙门里即使一个无名无姓的小差人，只要他一旦沦为金钱的奴隶，那么他的所作所为，就有架空法律的可能性与危害性。法律、法律程序、赃物等，都会形同虚设。

这个差人坏法的性质，的确如此恶劣。宦成作为被告，天天被敲诈，连衣服都拿去典当换钱来应付差人的勒索。原告蘧公孙，一直被哄骗，不知内幕，去催问官司进程，差人“只腾挪着混他，今日就说明日，明日就说后日，后日又说再迟三五日”，以致公孙要写状子去控告差人。等到拖不下去了，差人连原告也不放过，要寻找合适的攻击点，达到狠捞一把的目的。

此案的结局，恰在差人借鸡生蛋式的诈骗案大功告成之后。小说写道：“宦成被他骂得闭口无言，忙收了银子，千恩万谢，领着双红，往他州外府寻生意去了。”（第十四回）这骂宦成的“他”，就是差人。此时此刻，这差人形同法官，作威作福，骗了几十两银子，竟让被骗者对其感谢不尽。尤其荒谬的是，一个小小的衙役，胆大包天，瞒着长官私下了结了一起官司，法律被弃之如敝履。此案披露的法律症结，就在这里。

十四　王惠潜逃引发的案件（三）

上述差人利用王惠寄存在蘧公子家中的枕箱进行诈骗的案件，重在鞭挞其骗术的诡诈性和欺骗内幕始终不为被骗者所知晓的隐蔽性。

当今中国曾流行一首讽刺警察、法官贪腐的打油诗：大盖帽，两头翘，吃了原告吃被告。此案中的差人，相当于警察，他的的确确是“吃了原告吃被告”。

综观此案的作案者差人行骗的全过程，他的行骗手段有以下六个方面：

（一）向有黑色经验的老差人请教。这个差人尽管岁数不小，但在骗术上还欠火候，就找一个有经验的老差人请教。这请教并非一般性地问这问那，而是把自己已经琢磨出来但没有十足把握的要害问题提出来商议：要不要把事情弄“破”？不料一提出话头，就被臭骂了一顿，从而明白高招就在于把所有当事人蒙在鼓里。

（二）用带法律术语的行话、狠话进行威胁。枕箱作为本案赃物、赃证，始终是差人费尽心机、口舌和计谋的对象。行骗伊始，他就用法律行家的口吻威胁被诈骗的对象，迫使就范的气焰很嚣张。他对宦成说的一番行话、狠话是：

> “我昨晚听见你当家的说，枕箱是那王太爷的。王太爷降了宁王，又逃走了，是个钦犯，这箱子便是个钦赃。他家里交结钦犯，藏着钦赃，若还首出来，就是杀头充军的罪，他还敢怎样你！”（第十三回）

表面上看，这番话是在威胁当初接受并保管枕箱的蘧公孙，实际上针对的是宦成，因为枕箱如今在其情人双红手中，两人还有将其变卖的打算。宦成果然一听就吓坏了，立即表示要去官府告发这件事。

马二先生是蘧公孙的好朋友，差人得知这一消息决定将他作为放血出钱的猎物，于是对他也加以威胁。马二先生有意出钱从双红手中赎回枕箱，差人为加大行骗数额，就又拿出一套法律行话讨价还价相威胁：

> “这奴才手里拿着一张首呈，就像拾到了有利的票子。银子少了，他怎肯就把这钦赃放出来？极少也要三二百银子。还要我去拿话吓他：‘这事弄破了，一来，与你无益；二来，钦案官司，过司由院，一路衙门，你都要跟着走。你自己算计，可有这些闲钱陪着打这样的恶官司？’——是这样吓他，他又见了几个冲心的钱，这事才得了。我是一片本心，特地来报信。我也只愿得无事，落得‘河水不洗船’，但做事也要‘打蛇打七寸’才妙。你先生请上裁！”（第十四回）

看似在吓唬宦成，实则是威胁马二先生：你的钱若出少了，就对付不了这场“恶官司”。果然，马二先生打算尽力而为。

（三）撒谎。既然整个案件是一个骗局，为了不露馅，就得说假话，用言辞虚构使当事人信服的事实。上文讲过，差人为应付蘧公孙追问案子审理的进程，就不断撒谎进行遮掩。对宦成和马二先生所讲的假话更多。为了瞒过秀水县知县，差人编出的假话都将构成动人的故事，只不过小说无意于画蛇添足罢了。

（四）造假。除了说假话，差人还做假事，他一共造假三次。第一次，叫宦成写“首呈”，即起诉书，并非要送进官府，而是用来压服马二先生，证明事态紧急而严重。第二次造假，是让马二先生写一份婚书，表明收到双红的身份钱一百两银子。这一假事，意在骗马二先生，暗示他所出的银子都给了宦成，成全了他们的婚事。第三次造假，是差人自己动手造假账，记载着办事所花费银子共计七十多两，出示给宦成看，让他知道赎枕箱的钱只剩下十多两银子。经过三次造假，马二先生倾囊拿出的九十二两银子，差人从中渔利七十多两，只用十几两打发宦成两口子。

（五）造花钱消灾的舆论。差人把马二先生作为行骗对象之后，造了不少花钱消灾的舆论。“钱到公事办，火到猪头烂。”是差人所造舆论之一。在这之后，差人加大舆论力度，同马二先生之间有一场以花钱消灾为主题的口舌战，他引用“瞒天讨论，就地还钱”的古语、“戴着头笠亲嘴，差着一帽子”等歇后语，“打开板壁讲亮话”等俗语，加上自己的即兴发挥，彻底打败了对手。马二先生只得乖乖把所有的九十二两银子一点不剩拿出来了。

（六）往自己脸上贴金。以上五大骗术都是为了得实利。大凡骗人者，除了骗取实利，往往还要骗取虚名。为此，就不得不干往自己脸上贴金的骗术。差人在骗得七十多两银子的同时，不断美化自己，企图使被欺骗的人们都把他当作好人。对于宦成，差人美化自己的手段是施舍小恩小惠，使几文小钱让他不断吃肉喝酒，所以宦成在案子中不时表示感谢差人。对马二先生，差人的手段换成表示自己尽做好事，没有私心。他在马二先生面前一再声称“我们公门里好修行”“我是一片本心”，弄得一心为朋友排忧解难的马二先生对他也是感激不尽。

以上六大骗术及其所骗七十多两银子的赃款究明之后，其贪赃枉法的罪行就不言自明了。他所触犯的罪名，是“诈欺官私取财”。该法条云：“凡用计诈欺官私，以取财物者，并计赃，准窃次论，免刺。”（《大清律例》）再查“窃盗”条，可知赃款达“七十两”，该“杖八十，徒二年”。

不用说，差人又是小说中逍遥法外的罪犯大军里的一员。

十五　一个细节写出的三连环趣味案

在上述差人的行骗案中，有一个法律细节描写场景，包含着一组三连环的趣味性很强的案件。这个法律细节是——

说着，一个人在门首过，叫了差人一声“老爹”，走过去了。差人见那人出神，叫宦成坐着，自己悄悄尾了那人去。只听得那人口里抱怨道：“白白给他打了一顿，却是没有伤，喊不得冤；待要自己做出伤来，官府又会验的出。”差人悄悄的拾了一块砖头，凶神似的走上去把头一打，打了一个大洞，那鲜血直流出来。那人吓了一跳，问差人道：“这是怎的?”差人道：“你方才说没有伤，这不是伤么？又不是自己弄出来的，不怕老爷会验，还不快去喊冤哩!”那人倒着实感激，谢了他，把那血用手一抹，涂成一个血脸，往县前喊冤去了。

宦成站在茶室门口望，听见这些话，又学了一个乖。(第十三回)

这段话，不足三百字，却道出了一个三连环案件组合体，吴敬梓高超绝伦的法律描写艺术，实在令人叹服。与此同时，其中的法律内容别有风味，启人心智门扉的力度强劲。

第一个环节的案件，是陌生过路人被打的案子。挨打无伤，想去告状，就没有受伤的证据，自己弄伤自己，再去告状，官府容易检验出来，这一案情是由过路人自言自语讲出来的，当时在谈他们自己的事情的差人与宦成，是这一案情的见证人。此案的法律意味，主要是告诉我们，这过路人是打人案件的受害人，知道怎样通过打官司来为自己讨回公道；同时对打人凶手加以处罚；他还知道法律讲究证据，而自己作伪证容易被官方查出来，对自己不利。

第二个环节的案子，是差人用地上的一块砖头作凶器，把过路人头上打出一个洞，血流不止。过路人莫名其妙，差人解释说：这样做是为了帮助你打赢官司，因为现在有了不怕官方检验的伤痕。此案中差人的行为，如今的法律视为故意伤害，可在古代中国法律视为打人罪行，跟第一个环节的案子性质一样，只是被打者的无伤与有伤的结果不同，法律上的定罪量刑因而就有区别。

第三个环节的案子，是过路人听了差人的打人理由之后，顿时化埋怨(起初之时)、吃惊为喜悦，对此次挨打将有法律上的证据效力而表示认同，于是用当场流出来的脑血涂满了脸，再到县衙门告状去了。不过，他要告的并不是真正的凶手差人，而是第一次使其挨打不成伤的那个打人者。

有意思的是当我们作为旁观者一一反观三个案子，同时又考察三者的内在联系，那么就有以上解释未能指出的新的法理法意。

首先，我们要问：挨打者无伤痕，就绝对不能告状，告了也不能胜诉吗？请看有关法律规定：

> 凡斗殴，以手足殴人不成伤者，笞二十。(《大清律例》)

有关立法解释紧接着指出："但殴即坐。"可见，那个过路人认为自己没有伤痕难以告状的看法，似是而非。小说对这个过路人的一知半解的法律认识状态，表现了善意的讽刺。

其次，我们要问：差人在过路人头上打出一个血洞，是在帮助他呢，还是在损害他？过路人对差人的行为表示"感激"对不对？依法理，差人犯有打人致伤的罪行，所受惩罚比打人不成伤者重。在上述法条之中，接着有这样的规定："成伤者……笞四十。"这里的"成伤"，指的是用"他物殴人"。差人所用的砖头，即法定的"他物"。关于受伤流血，立法解释云："若止皮破、血流及鼻孔出血者，仍以成伤论。"所以，单讲头破流血这一点，差人就该受"笞四十"的处罚。

还有一个更重要的问题，是差人把自己打人所造成的伤痕，当作是过路人挨打案中的证据，这种弄虚作假的勾当，足以构成伪证罪。查《大清律例》，没有伪证罪，但在"诬告"律和有关条例中，针对作伪证的行为，有着相应的举措与处罚的规定。为鉴别证据的真伪，法律规定"两造同具甘结"，即原告、被告同时认定的证据才被认为是有效的证据。差人用砖头打过路人头部造成的伤痕，到公堂上显然难以得到被告认可，因为他根本没有用砖头打过其头部。这样，过路人“不言实情之证佐”一经查实，他自己就得“按律治罪”。在这里，过路人对法律的一知半解的心态，又一次暴露出来。因此，他对差人有意伤害自己而制造伪证的行为，好歹不分，是非未明，就盲目表示“感激”，实属该加以讽刺的愚昧。

最后，是过路人信心十足地到县衙门告状的结果，小说无意于披露，但我们可以而且应当作出法律上的预测：假如秀水县的知县是一位知法的清官，他就会依法判处，既对那个打人不成伤的凶手“笞二十”，又要对差人“笞四十”，还要对在“证佐”上“不言实情”的原告（过路人）按“诬告律治罪。”

在《儒林外史》的世界里，如此又清廉又懂法律的官员，堪称奇缺。因之我们的法律预测，只不过表达了笔者的一种法律期盼罢了。在吴敬梓的文学创作心态上，他除了借这个法律细节巧妙叙述一组三连环案件，借以讽刺过路人、差人的糊涂和狡诈之外，他对官方的执法并无任何一点奢望，而只有冷嘲热讽、无情鞭挞。

十六　每一环节都糊涂不清的案件

我们已经谈过的贾雨村所审判的一起糊涂案，糊涂之处主要在于贾雨村作为执法官员却不依法律行事。这里要谈的杨执中被控告的案子，也是一起糊涂案，不过它的特点是每一个环节都糊涂不清，故被讽刺的不仅仅是一个糊涂县官，而是与案件有关的所有人物。

先谈被告杨执中的糊涂。他是个手不释卷的书生，为人忠厚老实，关心国家大事，而受东家委托管理盐店却糊涂万分：在店里只知道看书，一切账目全不过问，任凭伙计们胡整，全店都称为“老阿呆”。东家闻讯亲自下店查账，发现亏空了七百多两银子，问杨执中怎么一回事，他竟咬文嚼字，指手画脚，说不清楚。就这样，他稀里糊涂当了被告。

再看东家告状糊涂。东家恼怒之下，一纸诉状，把杨执中告到了县衙门。其诉状说："商人杨执中，累年在店不守本分，嫖赌穿吃，侵用成本七百余两，有误国课，恳恩追比"。（第九回）。这状词除了"七百余两"四个字属实，其实全是不实之词，故有诬告嫌疑。尤其是"有误国课"，简直是老板在告自己！所谓"国课"，就是国税。盐店果真有偷税漏税劣迹，若追查下来，老板本人得吃官司。这一纸诉状，真可谓尽是荒唐言语。

接下来就是受理此案的德清县县令糊涂不清。小说用一句唯有行家才能看出其中奥妙的专门技术话语来揭示其糊涂之处："县主老爷见是盐务的事，点到奉承，把这先生拿到监里坐着追比。"到娄三公子、娄四公子出面营救之时，杨先生已在监牢里关押了一年半了。这个时间的交代，表明了知县犯糊涂已持续许久而没有得到纠正，同时还强调性地暗示着其糊涂的法律性质很严重。何以见得呢？这县官犯糊涂是从看诉状开头就发病了。其开头是"新市镇公裕旗盐店呈首"这样一行字。县令一见有"盐店"二字，就断定此案所陈诉的内容属于"盐务"，至于诉状内容是否属实，是否涉及"盐务"，他就不管不顾了。

依清代法律，所谓"盐务"，实质上指的是私盐罪的处罚实务，包括有违法的食盐生产、运输、销售、纳税等活动。从将杨执中关押在监狱达一年半之久来判断，县令的确是在按逃盐税的法条来加以处罚的。有关法律将盐税等加以量化，划为十个等级，称为"十分"，从亏欠一分至十分，依次递进加重处罚力度。其中有云："欠六分者，将该商杖六十，徒一年半"（《大清律例》）。县令大约是按这条法律来对付杨执中的，这就大错而特错了。

思考杨执中经管盐店的过错，应在考察他所亏空的七百两银子所该负的法律责任。作为主管，杨执中的确对这亏空的七百两银子负有不能推卸的责任，应负民事责任，予以偿还。杨执中一时拿不出这笔钱，就形成了私人债务。既已诉诸法律，本案就应适用债务的有关法律进行审判，知县却当作"盐务"上的偷漏税六分论处，执法上适用法律错误，把民事官司误作刑事官司。这就是知县糊涂的法律上的实质。

好心解救杨执中出狱的娄三公子和娄四公子在对案子的法律性质认识上，

也犯糊涂。四公子不知案子深浅，却有正义感，想救人却没有办法，就问哥哥三公子："我们可以商量个道理救得此人么?"三公子很有把握地回道："他不过是欠债，并非犯法；如今……替他把这几两债务弄清了就是。"这答案并不圆满。视作欠债的说法，正符合我们的理解，但认为欠私债不犯法，却与法律不符合。在《大清律例》中，有条例明文规定，"凡负欠私债"若债主到衙门起诉讨债，程序不对，将对起诉债主"问罪"。这就证明，欠付私债不还，是犯法的，可通过打官司来讨债。两位公子的法律知识有待增加。

娄家仆人晋爵，在把两位主人拿出的救人银子七百五十两据为己有上，用尽心计，似乎不糊涂。殊不知，这种人肉体为主人的奴仆，心灵成了金钱的奴仆，因贪巨额银两已犯有死罪却一点也不明白，不是糊涂虫是什么？县衙的秘书是晋爵的拜盟兄弟，就凭这一层关系，他从打听消息到从牢中放人的全过程中仅拿出二十两银子给了秘书，而那还债的七百三十两则全数私吞了。秘书打出娄府的王牌，声称杨执中是娄府的人，知县就碍于情面而放人了。至于欠债，知县用盐商们给衙门的津贴来偿还，根本不知晋爵私吞债款之事。这就是说，在晋爵的骗局中，知县又一次犯糊涂。

晋爵私吞主人七百多两银子，可依前面谈到的"诈欺官私取财"法条治罪，同时还适用于"窃盗"律。该条指出，所取赃款达到"一百二十两以上，绞"(《大清律例》)。晋爵死罪难逃，可他一点也不明白其中的法理。

最后，杨执中从牢中出来，许久没有明白到底是谁营救了自己。所以说，他从坐牢到释放，都是糊涂的。如果他懂法，就会知道，知县将自己关进监狱达一年半之久，是违法的错误判处。欠私债，属于民事官司。虽然古代法律与司法实践有"民刑不分"的特点，但毕竟有区分的底线。以欠私债这一点来说，法律明文规定是：负欠私债"百两以上，违三月，笞三十，每一月加一等，罪止杖六十，并追本利给主"。可见，无论所欠私债数额如何巨大，违约还债所延误的时间多长，一旦诉诸法律，充其量是对欠债被告"杖六十"，然后责令还付本利罢了。杨执中坐牢一年半的错误判处属于执法的县令犯"出入人罪"的罪行，杨作为受害人，有权向上级衙门提出控告。这一法理，自然也是老杨糊涂而不明白的。关于"出入人罪"，我们已经谈过，这里不必重复。

十七　深夜里的行骗

《儒林外史》中的行骗不在少数，前面讲过的差人行骗，是实例之一。这里再讲一个发生在深夜里的行骗。请看原文：

看看二更多天气，两公子将次睡下，忽听一片声打的河路响。这小船却没有灯，舱门又关着，四公子在板缝里张一张，见上流头一只大船，明晃晃点着两对大高灯：一对灯上字是“相府”，一对是“通政司大堂”。船上站着几个如狼似虎的仆人，手拿鞭子，打那挤河路的船。四公子吓了一跳，低低叫：“三哥，你过来看看，这是那个？”三公子来看了一看：“这仆人却不是我家的！”说着，那船已到了跟前，拿鞭子打这小船的船家。船家道：“好好的一条河路，你走就走罢了，行凶打怎的？”船上那些人道：“狗攮的奴才！你睁开驴眼看看灯笼上的字！船是那家的船？”船家道：“你灯上挂着相府，我知道你是那个宰相家！”那些人道：“瞎眼的死囚！湖州除了娄府还有第二个宰相！”船家道：“娄府？罢了，是那一位老爷？”那船上道：“我们是娄三老爷装租米的船，谁人不晓得？这狗攮的，再回嘴，拿绳子来把他拴在船头上，明日回过三老爷，拿帖子送到县里，且打几十板子再讲！”船家道：“娄三老爷现在我船上，你那里又有个娄三老爷出来了！”

两公子听着暗笑。船家开了舱板，请三老爷出来给他们认一认。三公子走在船头上，此时月尚未落，映着那边的灯光，照得亮。三公子问道：“你们是我家那一房的家人？”那些人却认得三公子，一齐都慌了，齐跪下道：“小人们的主人却不是老爷一家。小人们的主人刘老爷曾做过守府，因从庄上运些租米，怕河路里挤，大胆借了老爷府里官衔，不想就冲撞了三老爷的船，小的们该死了！”三公子道：“你主人虽不是我本家，却也同在乡里，借个官衔灯笼何妨。但你们在河道里行凶打人，却使不得。你们说是我家，岂不要坏了我家的声名？况你们也是知道的，我家从没有人敢做这样事。你们起来，就回去见了你们主人，也不必说在河里遇着我的这一番话，只是下次也不必如此。难道我还计较你们不成？”众人应诺，谢了三老爷的恩典，磕头起来，忙把两副高灯登时吹息，将船溜到河边上歇息去了。(第九回)

前文所说的娄三公子、娄四公子以朋友的名义从牢中救出杨执中后一个多月，二人坐船去拜访杨执中，不料亲眼看到一起发生在深夜的行骗案的全过程，并当时私下了结此案。该议的法理实在丰富得很。

首先，要弄明白的是，这是一种什么性质的罪行。刘老爷家的大米船，在高挂的船灯上写着“相府”“通政司大堂”的字样。接着，又有行凶打人的仆人出面声称这大米船是娄宰相家的，还扬言要拿敢不服从的小船上的人到衙门去问罪。所有这些，其具体触犯的罪名是“诈假官”，包括有伪造官员身份的证件、假冒官员的名义、冒充官员的亲属等手段，其目的在于顺利办成行骗者既定的事情，法律上称为“有所求为”。此案中，这“有所求为”的东西，表现在一路上让别的航船躲避大船从而一路顺畅无阻。

其次，娄三公子和娄四公子的父亲的宰相名义被假冒，他俩就属于此案的受害人家属，被侵犯的是官员的尊严和名誉。依法，他们可以到官府去控告刘氏之家诈假官的共同犯罪行为。若追究罪责，出谋划策的家长该负主要刑责，而驾船的仆人们，只是“随从者”，应“减一等”治罪。但两位公子很大度，只是当场把直接行凶作恶的仆人们教训了一顿，制止了“诈假官”的行为，就把此案私下了结了。

最后需要指出的是，两位娄公子私下了结公案之事一旦被官方发觉，就将按“减犯人罪二等，罪止笞五十”的规定治罪。(《大清律例》)

究明了这起“诈假官”的案件，细心的读者会联想到小说第六回中的一个类似的细节：严贡生的二儿子与巢县前县令的女儿结婚后返回高要县，也是坐船之时，他借了一副“巢县正堂”的金字牌，一副“肃静”“回避”的白粉牌，都插在船上，令所租用船只的老板望而生畏。不错，能联想到这一类似细节，是深得相关法理要义的明智之举。严贡生在这里的所作所为，跟刘老爷运米大船的做法在法律性质上完全一样，犯案者“有所求为”的目的也完全相同：借他人官名官威来为自己乘船航行顺利服务。因此，严贡生“诈假官”的罪名与罪责同刘氏案件也高度一致，只不过他没有雇用一大帮如狼似虎的仆人大打出手罢了。

“若无官而诈称有官有所求为……者，杖一百，徒三年。”刘老爷与严贡生的“诈假官”案如果进入公堂进行审判，就可依这条法律规定进行处罚。我们看到的只是先后两个行骗人都安然无恙，因而不免感到有关法律就如同干打雷不下雨一样，盼求“法雨”滋润的心灵土地，只得持续干旱下去。

十八　发生在夜晚的诈骗案

说来凑巧，娄三公子和娄四公子继目睹上述发生在深夜的“诈假官”之后，不久又一起发生在夜间的诈骗案把这兄弟俩卷了进来。这一次，他们受损的不仅仅是名誉，而且还有五百两银子的财富。他们的名誉之所以受损，有三个原因：一是行骗者名叫张铁臂，曾到娄公子家中做客饮酒、当众表演十八般武艺；二是骗局就设在娄公子家中，两兄弟一同被蒙进鼓里，根本不曾预料张大侠会骗到熟人身上来；三是娄氏兄弟俩本打算在宾客满堂的盛大场面上为张大侠完成谢恩大业召开“人头会”，不料骗局当众露底，叫兄弟俩丢脸又破财。就这样，这起诈骗案对娄氏兄弟所造成的精神伤害，远远超过了五百两银子的损失。

要谈这找上门来设置的骗局，在其穿帮露底之前，恐怕很少有人能够识破。换言之，那骗术未曾露馅时颇有引人上当的欺骗性。让我们到作案现场去身临其境——

又忙了几日，娄通政有家信到，两公子同在内书房商议写信到京。此乃二十四五，月色未上，两公子秉了一枝烛，对坐商议。到了二更半后，忽听房上瓦一片声的响，一个人从屋檐上掉下来，满身血污，手里提了一个革囊，两公子烛下一看，便是张铁臂。两公子大惊道："张兄，你怎么半夜里走进我的内室，是何缘故？这革囊里是甚么物件？"张铁臂道："二位老爷请坐，容我细禀。我生平一个恩人，一个仇人。这仇人已衔恨十年，无从下手，今日得便，已被我取了首级在此。这革囊里是血淋的一颗人头。但我那恩人已在这十里之外，须五百两银子去报了他的大恩。……只有二位老爷，外此，那能此等胸襟？所以冒昧黑夜来求，如不蒙相救，即从此远遁，不能再相见矣。"遂提了革囊要走。两公子此时已吓得心胆皆碎，忙拦住："张兄且休慌。五百金小事，何足介意！但此物作何处置？"张铁臂笑道："这有何难？我略施剑术，即灭其迹。但仓卒不能施行，候将五百金付去之后，我不过两个时辰，即便回来，取出囊中之物，加上我的药末，顷刻化为水，毛发不存矣。二位老爷可备了筵席，广招宾客，看我施为此事。"两公子听罢，大是骇然。弟兄忙到内里取出五百两银子付与张铁臂。铁臂将革囊放在阶下，银子拴束在身，叫一声多谢，腾身而起，上了房檐，行步如飞，只听得一片瓦响，无影无踪去了。当夜万籁俱寂，月色初上，照着阶下革囊里血淋淋的人头。（第十二回）

此情此景，谁都会信以为真。张铁臂的言行，酷似江湖大侠言必信、行必果的风格。好心的娄氏兄弟备了酒席，请来几个朋友，专等张大侠返回做"人头会"，让大家一起观赏用药将人头化为水的奇景。谁料等了七八个小时还不见人影，两公了心里焦急，待打开皮囊一看，里面竟是一个猪头！

就这样，娄氏两兄弟又丢脸面，又失钱财，吃了大亏。怎么办？他们若无其事，忍气吞声罢了。要知道，当时除了张铁臂的骗局被揭之外，同时还发生了一件窝囊事，就是权勿用从娄氏客厅里被衙役逮捕归案去了。两件刑事案件同时发生在堂堂宰相府里，说出去太丢人了。在官本位的旧中国，一个小知县被百姓恭奉为父母，朝廷宰相可知神圣多少倍，岂能容忍罪犯上门行骗，公差进屋抓人的事情出现！因此，封锁消息便成了两兄弟的最佳选择，自认倒霉就是最好的对策。

事后才知道，权勿用被捕，出于一帮歹徒的诬告。问题是，不明真相时的抓人之事出现在宰相府，非同小可。

更让娄氏兄弟吃不消的是张铁臂的诈骗罪行很严重。在谈到杨执中吃冤枉的官司的案件时，我们已指出过，“欺诈官私取财”赃款达到一百二十两银子以上，就该判绞刑。这一规定对此案同样适用，依此张大侠也死罪难逃。宰相府发生了死刑犯上门骗走巨款的大案子，意味着罪犯根本没有把国法、大官和政府放在眼里。

查《大清律例》，有关官吏之家法律诉讼问题，发现有这样一条规定：“官吏词讼家人诉”。其条文如下：

> 凡官吏有争论婚姻、钱债、田土等事，听令家人告官对理，不许公文行移，违者笞四十。(《大清律例》)

其立法精神，在于抑制官吏利用职权干预家庭中的法律诉讼活动，提倡官民在打官司时地位、权利平等，自有积极意义。但这里留下一个空白，就是一旦发生“婚姻、钱债、田土”等民事纠纷之外的刑事案件，怎么办呢？有没有因双方的特殊地位而做出特殊规定？该法条未能正解。笔者查阅该法典多年，至今也没有看到相关法条。据此，笔者提出上述法律疑问，实质上是有这样的阅读联想：吴敬梓是对清代法律颇为熟悉的作家，在他用近九十起案件全方位思考、讽刺法律不能落实的形形色色的弊端的社会工程中，以本案思考朝廷高官之家发生大刑事案件如何告状是立法上的空白这个问题，应符合作家主观意图。如果这种联想不错，那么我们对娄氏兄弟之所以不出面控告张大侠的诈骗罪行，就会有更深层的理解。

从文学的创作、阅读心理而论，笔者对本案的这种法律疑问的提出以及有关推论的形成，是足以成立的。但从法律上看，清代立法上是否存在笔者窥见到的漏洞，还有待于法学家来指教。换言之，法学家可从本案提出的法律疑问找到一个新的研究课题。本案法律上的认识价值，仅此一点就不可小瞧。

十九　诈骗万两银子未遂的案件

《儒林外史》中诈骗案接二连三不断出现，这起诈骗万两银子未遂的案件在法律上的认识价值，不在传播法律知识，而在于揭露行骗者的骗术内幕，同时也总结了上当受骗的人们之所以受骗的教训。

行骗者名叫洪憨仙。他对外号称有一种“烧银”绝活，能够把煤块、铜锡等物烧成白银、黄金，从而诱惑他人前来学习这种发财致富的绝活，达到从中骗钱的目的。其确定的行骗对象是胡尚书家里的三公子，所骗赃银数额达一万两之巨。

为确保骗术成功，洪憨仙先物色马二先生充当签订假合同的中介人。这物色过程本身就是骗局。洪憨仙为显示自己烧银术的奇妙可信，先后两次把一些黑煤送给马二先生，让他回去自己烧了看有什么奇迹出现，结果是马二先生一共烧出了八九十两银子，从而对这绝活深信不疑。

取得马二先生信任之后，洪憨仙就对马二说：你我以表兄弟相称，在与胡三公子合作做大生意时，要签合同，马老兄当中介人就行了。于是，胡三公子与洪、马二人见面谈生意，达成了“先兑出一万两银子，托憨仙修制药物，请到丹室内住下”的口头合作意向，只等签书面合同，时间在三五天之后。

至此，这起诈骗钱财数额极为巨大的刑事案件已经发生。只是几天后，还没来得及签合同，洪憨仙就因病死亡，致使诈骗未遂。

洪憨仙死后，他的女婿对马二先生揭露了丈人行骗的内幕。所谓烧银绝活，纯属无稽之谈。原来，他把自己的真银子，用煤灰包裹好，再送给马二先生去烧，煤烧完了银子就出来了。如此而已。胡三公子之所以深信不疑，大约也像马二先生一样先尝到了小甜头。可见，马、胡先后上当，共同弱点是尝到行骗者的小甜头之后，利令智昏，根本不去考虑小甜头后面是否有大苦头，是否有等你掉进去的陷阱。

当今的许多经济诈骗案，不管骗术如何花样翻新，像洪憨仙那样先让你尝一点小甜头，是万变不离其宗的基本手段。媒体报道的若干诈骗款高达亿元的大案件，行骗者几乎都是用高额利息作诱饵，等你将几十万元、几百万元、上千万元现金转到他的账上，他就溜之大吉。识破洪憨仙的骗术，在今天的现实警示意义不可忽视。

本案的现实启示意义，还有一点就是使人认识到受骗者之所以受骗，并不仅仅是贪图小甜头、小实惠的心理在作怪，而且有着理智思考、判断上失误的大缺憾。这一教训，实在太深刻了。马二先生作为读书人，沦为这起诈骗巨金未遂的从犯，的确有对现实生活中的人与事缺乏正确判断的理性失误。小说写此案，在很大程度上是为了针砭他的这种书呆子病。

最可笑的一点，是他对洪憨仙其人年龄的认定上，就是自作聪明，结果闹出了缺乏人生常识的笑话。马二先生看到“天台洪憨仙题”的一首七言绝句：

南渡年来此地游，
而今不比旧风流。
湖光山色浑无赖，
挥手清吟过十洲。

他抓住诗中“南渡”二字做文章，以为指的是宋高宗南渡到南京当皇帝，建立南宋朝廷这件事。那么推算起来，这洪憨仙从见闻此事到眼下，已历时三百多年了。活了三百多岁！一定是神仙无疑。这就是马二先生对洪憨仙其人毕恭毕敬的心理原因。实际上，这种推算出来的年龄，是违背人类寿命的规律性的谬误。然而，马二先生坚信洪憨仙活了三百多岁，为此，在洪憨仙去世后，马二先生专门就此事与其女婿有过一场对话：

> 马二先生道：“你令岳是个活神仙，今年活了三百多岁，怎么忽然又死起来?”女婿道：“笑话！他老人家今年只得六十六岁，那里有甚么三百岁！想着他老人家，也就是个不守本分，惯弄玄虚，寻了钱又混用掉了，而今落得这一个收场。不瞒老先生说，我们都是买卖人，丢着生意，同他做这虚头事。他而今直脚去了，累我们讨饭回乡，那里说起！”（第十五回）

洪家女婿，就这样揭穿了马二先生的年龄臆断迷雾。更妙的是，“累我们讨饭回乡”的抱怨声中的“回乡”二字千万不要放过，因为从中可以窥见洪憨仙上述诗中“南渡”并非是什么宋高宗南渡的历史事件，只不过洪憨仙一行人外出做生意，到达杭州，要“南渡”钱塘江罢了。也就是说，诗中“南渡”二字，指的是作者本人从台州故乡来杭州，南渡钱塘江的历程。马二先生不考虑眼前的事实，而依自己碎片似的历史记忆来牵强附会地理解诗句，从而弄出了当事人活了三百多岁的大笑话。这样迂腐的书呆子，哪有不上当的？是的，直到坦诚的洪家女婿一一揭破丈人的骗术，马二先生才恍然大悟，惊叫道：“他原来结交我是要借我骗胡三公子”。

此案中的马二先生，食古不化，脱离现实，自作聪明，不无贪小便宜发大财的世俗追求，这便是他成为一起诈骗万两银子未遂案件中的从犯的教训之所在。

二十　两起冲撞官轿的案件

在中国古装戏剧舞台上，时常能看到这样的场面：仪仗队在前面开道，举着写有“回避”“肃静”四个大字的牌子，后面就是官员乘坐的轿子紧跟而上。这种情形，是依有关法律规定而出现的。如果有人莽撞地冲撞过来，就视为犯罪，要进行处罚。《大清律例》云：“军民人等遇见官员引导即须下马躲避，不许冲突，违者笞五十。”

《儒林外史》先后描述有两起违犯这一法条而发生的案件。有趣的是，依法对犯者“笞五十”的处罚过程都没有出现，而是被案情中别的动态所取代，这就使我们有别样的法理可谈了。

先看第一件案子：

> 他本来不会走城里的路，这时着了急，七首八脚的乱跑，眼睛又不看着前面，跑了一箭多路，一头撞到一顶轿子上，把那轿子里的官几乎

撞了跌下来。

那官大怒，问是甚么人，叫前面两个夜役一条链子锁起来。他又不服气，向着官指手画脚的乱吵。那官落下轿子，要将他审问，夜役喝着叫他跪，他睁着眼不肯跪。这时街上围了六七十人，齐铺铺的看。内中走出一个人来，头戴一顶武士巾，身穿一件青绢箭衣，几根黄胡子，两只大眼睛，走近前向那官说道："老爷且请息怒。这个人是娄府请来的上客，虽然冲撞了老爷，若是处了他，恐娄府知道不好看相。"那官便是街道厅老魏，听见这话，将就盖个喧，抬起轿子去了。

权勿用看那人时，便是他旧相识侠客张铁臂。（第十二回）

冲撞官轿的案子发生了，肇事者是权勿用，正在接受官方训斥，即刻就有受鞭笞的可能性。由于武侠张铁臂出现说情，言辞提到了"娄府"，乃是尽人皆知的宰相府，地方官员老魏一听，顿时像泄了气的皮球，再也蹦跳不了，找个借口抬起轿子离开了案发现场。

为什么此案在处罚环节上虎头蛇尾，不了了之？小说不曾明言的秘密在于：官场的职权拼比中，小小的地方官老魏斗不过朝廷大宰相老娄，因而失去了坚持执法的勇气和力量。这起案子本是小事一桩，可它折射出来的法理却闪耀着不灭的光芒。在中国文学和世界各国文学中，法律与权力的关系历来是作家们共同关注的一大焦点，笔者为此所作的解读也记不清有过多少回。此案又一次让我旧话重提，实在是因为它在不经意的瞬间又闪出了真理之光，深深吸引我在不应绕开的老话题上再次饶舌。

再看第二件案子——

匡超人与支剑峰、浦墨卿、景兰江同路。四人高兴，一路说笑，勾留顽耍，进城迟了，已经昏黑。景兰江道："天已黑了，我们快些走！"支剑峰已是大醉，口发狂言道："何妨？谁不知道我们西湖诗会的名士！况且李太白穿着宫锦袍，夜里还走，何况才晚？放心走！谁敢来？"正在手舞足蹈高兴，忽然前面一对高灯，又是一对提灯，上面写的字是"盐捕分府"。那分府坐在轿里，一眼看见，认得是支锷，叫人采过他来，问道："支锷！你是本分府盐务里的巡商，怎么黑夜吃得大醉，在街上胡闹？”支剑峰醉了，把脚不稳，前跌后撞，口里还说：“李太白宫锦夜行。”那分府看见他戴了方巾，说道：“衙门巡商，从来没有生、监充当的，你怎么戴这个帽子！左右的，挝去了！一条链子锁起来！”浦墨卿走上去帮了几句，分府怒道：“你既是生员，如何黑夜酗酒？带着送在儒学去！”景兰江见不是事，悄悄在黑影里把匡超人拉了一把，往小巷内，两人溜了。转到下处，打开了门，上楼去睡。（第十八回）

这一案中的支剑峰，没有权勿用那么幸运，当场被逮捕了。不久，传来消息：他“巡商”的职务被革除了。对照上述法条可知，支巡商酒后冲撞官轿，只应“笞五十”，被革职属于执法者法外用刑，处罚过重。这盐捕分府的长官滥用职权，执法犯法的过错一目了然。

两起冲撞官轿的案件，案情类似，性质一样，本应对冲撞者予以相同的笞刑处罚，却出现了完全不同的结果，而造成这不同结果的终极原因又是相同的，即官员的职权左右着法律，或使它落空，或使它误用，总难以使它不折不扣地实现。

以上所谈，仅着眼于有关法律之所以在这两起案件中都不能落实的共同原因。其实，这两起案子以其有趣的故事情节启发我们思考的法律问题，还有一个重要方面，就是以法律保护官员外出这件事本身的立法是否成立，大有从立法学上进行讨论的必要。我对此持否定意见。古代官员与百姓，现在干部与群众，在人格上是平等的，人格尊严和生命安全同样都应受到法律保护。不许冲撞官轿的立法，公然保护官员而压抑百姓，这种法律本身是不平等的。被冲撞的官员本人直接对冲撞者进行处罚，在法律程序上意味着被冲撞者处在受害地位，同时又处在执法地位，并且没有法定的“告状”环节，这些都是讲不通的。由这些不通法理的弊端，可以作出的结论是：禁止冲撞官轿的法律自身，反映了封建时代立法思想的不科学与立法技术的粗糙。正因为有这致命性的毛病，所以无论是否依法处罚冲撞官轿的肇事者，今天的读者都很反感，都会持否定态度。

在《法说红楼梦》中，我们将倪二冲撞贾雨村的官轿一案，放在“法律与语言”的话题中进行了讨论。这里可以补充说，本文所谈上述法理与态度，对于《红楼梦》中的这一案件来说，完全用得上，也是案中应有之法理，同样是使人们反感的案例故事。

二十一　遭到百姓反对的知县罢官案

乐清县知县李本瑛被革职，属于行政处罚性质，有别于犯罪官员的革职(开除公职)。这是本案所极力向读者明示的基本法理之一。何以见得？理由是可以从立法事实和法制史研究成果找到如此立论的依据。也就是说，我们认为有两类不同性质的革职，古代立法与当今法学研究可以证明这种观点。以立法事实看，确有关于犯罪官员受刑事处罚时还革职的规定。《大清律例》在“文武官员犯私罪”这一法条中指出，其罪行达到“该杖”一百时，“革职离任”。此外，清代行政法的重要内容之一，是对在职官员定期进行考绩，被列入“贪”“酷”名单的就有被视为犯罪的危险，而被列入“不谨”“罢软无为”名单的，受革职处分。(曾宪义《中国法制史》)两种不同性质的革职，在执法程序上也有所区别。罪官的革职，举措强硬，宣布革职就完事。而行政处分的革职，则进程缓慢，且有“摘印”仪式，并有得到皇上宽恕的机会。有关条例指出：“凡在外任各官……应行革职者，该督抚题参时，即行摘印委员署理，俟奉旨之日再行开缺。若有奉旨宽宥者，仍准复还原任。”(《大清律例》)

小说所写乐清县知县李本瑛被革职，在“摘印”仪式或程序上，分明体现了上述法律规定。其摘印官是“委”派的温州府的二太爷，而他前来“署理”的活动很不顺利。正是在这个骨节眼上，此案的重点法理启示出现了。请看匡超人进县城目睹的“摘印”场景及其往下延续的一连串画面：

> 匡超人次日换了素服，进城去看。才走进城，那晓得百姓要留这官，鸣锣罢市，围住了摘印的官，要夺回印信，把城门大白日关了，闹成一片。匡超人不得进去，只得回来再听消息。第三日，听得省里委下安民

的官来了，要拿为首的人。又过了三四日，匡超人从坟上回来，潘保正迎着道："不好了！祸事到了！"匡超人道："甚么祸事?"潘保正道："到家去和你说。"当下到了匡家坐下，道："昨日安民的官下来，百姓散了，上司叫这官密访为头的人，已经拿了几个。衙门里有两个没良心的差人，就把你也密报了，说老爷待你甚好，你一定在内为头要保留，是那里冤枉的事！如今上面还要密访，但这事那里定得！他若访出是实，恐怕就有人下来拿。依我的意思，你不如在外府去躲避些时，没有官事就罢，若有，我替你维持。"（第十七回）

这里重点的法理启示有三点：一是李知县被革职的行政处罚，未能得到广大百姓的认同与支持，官方不顾民情把拥护李知县的民意倾向视为反抗政府，要惩治带头罢市的人，这种大是大非摆在读者面前，请读者自行分辨的用意很明显。二是由匡超人的见闻与遭遇来显现"摘印"程序上出现的官民矛盾，实质上是把读者已知的受李知县关爱的匡超人推到读者的身边，让他作为知情人、见证人和评判此案的法律是非的一个参照系。匡超人是一个穷人家的孩子，深夜苦读诗书的情形，被因公出差投宿在村里的李知县所得知，从此多次资助他读书、应考，被村人认作是李知县的学生。这些案前铺垫的故事情节表明，李知县是一个勤于职守、爱惜人才和培养人才的好县官。官方革其职务，应为考绩官员的工作出了偏差。百姓要他留任，反对摘印，带有我们今天行政法等法律规定的"行政复议"的意义，是小说超前的进步法律意识的形象表达。不知好歹的官方维持革职决定，惩治有异议的百姓，实质上是小说讽刺寓意的外泄。三是县衙有人告密，把匡超人作为百姓罢市的带头人之一揭发出来，纯属诬告。尽管日后匡超人沦为罪犯，但此时此刻的匡超人是一个清白的书生，事先对李知县被革职以及百姓反革职一无所知。县衙出现这种诬告，证明这种看上峰眼色行事的官吏，在明辨法律的大是大非上，远远比不上平头百姓。

一个受百姓拥护的好县官，竟然莫名其妙地被革职，从政治上看是政府的政治昏聩，吏治腐败，这是文学家所惯用的评价话语，自然不算错误，但相当偏枯，过于笼统。准确地说，此案不宜于用这偏枯的话语来谈论，而应从行政法的特有角度去看问题的症结之所在。

中国法制史学家对清代的行政法的立法成就作出了这样的高度评价：“相比较而言，清朝是中国历史上行政立法最为丰富、行政制度最为严密的一个朝代。”（曾宪义《中国法制史》）这一评价，立足点在行政立法事实以及有关制度的建立，而本案作为文学反映社会生活的手段，它关注的是有关立法与制度在运用于生活实际中所出现的偏差与弊病。当我们把本案置于同当今法制史学研究成果相比较的角度进行赏析的时候，就会又一次清楚地认识到，文学作家对生活中的法律现象与问题的描写与思考，总是指向法学家所不曾留意的法律实施的层面，因而其所得所成，恰恰与法学家的所见所议呈二元互补之势。李知县革职案，在这里的认识价值非常突出，对补充、完善法学家的有关研究成果的学术意义非常重要。

幸好以后此案在进一步审理之后，发现李知县被参的事实都不存在，故复任知县，不久升任给事中。实践证明，百姓反对官方将李知县革职的立场是正确的。

二十二　潘三包揽的轮奸案

潘三是省政府布政司里的一个小官吏。布政司的职责是管理民政工作，其长官也无权过问刑事案件。可这潘三，却胆大包天，包揽了不少刑事案件，从中渔利，后来终于落入法网。这里先考察一起他所干预的轮奸案，看看里面有哪些应当曝光的阴暗面。

仿佛送货上门一样，凡是潘三插手的刑事案件，都是不三不四的老熟人找上门来的。这起轮奸案也不例外，开赌场的王老六找上门来说——

“如今有一件事，可以发个小财，一径来和三爷商议。”潘三问是何事。老六道：“昨日钱塘县衙门里快手拿着一班光棍在茅家铺轮奸，奸的是乐清县大户人家逃出来的一个使女，叫做荷花。这班光棍正奸得好，被快手拾着了，来报了官。县里王太爷把光棍每人打几十板子放了，出了差，将这荷花解回乐清去。我这乡下有个财主，姓胡，他看上了这个丫头，商量若想个方法瞒的下这个丫头来，情愿出几百银子买他。这事可有个主意?”潘三道：“差人是那个?”王老六道：“是黄球。”潘三道：“几时去的?”王老六道?:“去了一日了。”潘三道：“黄球可知道胡家这事?”王老六道：“怎么不知道?他也想在这里面发几个钱的财，只是没有方法。”潘三道：“这也不难，你去约黄球来当面商议。”那人应诺去了。(第十九回)

这起轮奸案在钱塘县衙审理的本身，存在有执法错误，加上潘三的介入，就错上加错了。不一一梳理出是非头绪，此案就只能是当作茶余饭后的谈资罢了。依照法律规定，凡轮奸案件，一定要审出谁是主犯，谁是从犯；在此基础上，对主犯的处罚是斩立决，从犯则处以绞监候。可见，轮奸是处以极刑的恶性犯罪。钱塘知县的做法，却是不分主从，每个作案者都“打几十板子”，然后将罪犯释放。这种严重的违法判处，本应受到法律追究，而潘三们对此不感兴趣，他们感兴趣的是此案的受害人荷花。在他们眼中，荷花无异于商品，可从倒卖中赚钱。

殊不知，当他们一伙人躲在酒桌边谈这人身买卖的时候，就已堕入了犯罪泥坑。“若得在逃奴婢而卖者，各减良人罪一等。”(《大清律例》)这就是潘三们拿荷花做生意所触犯的法条之一。

当潘三指使王老六去找知情差人黄球来议论具体买卖方法时，这伙人又触犯了其他法律。荷花是乐清县逃出来的奴仆，钱塘县派人送她回原籍是不错的，那么潘三采取的办法，就是对这两个县的衙门都进行欺骗，其骗术是：在钱塘县这一头，通过熟人弄一个假紧急文书，送给两个押送荷花回乐清县的公差过目，从半路上把荷花截获过来；而在乐清县那一边，依然通过熟人关系，弄一个回批文件，声称人已解到交给失主家。瞒过两边县衙之后，潘三们再把截获的荷花以二百两银子的价钱卖给买主胡姓财主。如此欺骗府衙来做人身买卖的生意，触犯了哪些法律呢?

首先，伪造钱塘县和乐清县两县的公文，应当“杖一百，流三千里”，其罪名是“诈为制书”(《大清律例》)。

其次，潘三一伙在犯“诈为制书”即伪造公文罪的基础之上，另行将荷花卖给胡财主，比上述一般性的人身买卖的性质更严重，属于“诱拐”性的“典卖”，为首的潘三应“拟绞监候”，即犯了死罪。

以上所说，都在于揭示从钱塘知县到小官吏潘三，或昧于法律执法有错，或知法犯法谋取钱财，各有罪责可以追究。此外，这起轮奸案还抨击了潘三其人犯罪的狡诈与阴险的手段，昭示了犯罪生涯中磨炼出来的沉着与老到的习性。当王老六找上门来的时候，潘三了解案情只用了几个关键问句——“差人是哪一个”“黄球可曾自己解去”“几时去的”“黄球可知道胡家这事”……就恰到好处得知要义，从而提供了作对策的依据。此时此刻的潘三，不啻一个高超的侦探，向知情人作法律调查功夫娴熟。而在同黄球见面落实卖人行动之际，潘三因为面对的是执法差人，为避免同行之间的猜疑、结怨，就说假话，扬言找熟人、凭关系去弄两县衙门的假公文。背后，却是让前来投靠他的匡超人一手制造了两县衙门的假公文。至于公文上要用的县衙官印，潘三早就准备好了:“家里有的是豆腐干刻的假印，取来用上”就完事。

在这里要注意的是，对本文所谈潘三在制造假公文上当面一套而背后另搞一套的犯罪手段，不可作孤立、静止的理解。犯罪手段，有可能本身就是一个完整的犯罪行为。这样，当案犯取某一手段去达到另一犯罪目的之时，就意味着罪上加罪，有数罪并出而并罚的情况出现。此案中，潘三拐卖荷花是为首之主犯，背后制造假公文又是新罪行的主犯，同时他一贯制造出的大量假公章则构成另一罪行，罪名为“伪造印信”。按清代法律，“凡伪造诸衙门印信”者，该“斩”。相关条例的规定升格为“拟斩立决”。仅此一罪，潘三的脑袋就该立刻搬家。

潘三们还有一宗罪行，不容易看出来。依照法律，荷花作为婢女从主人家私自逃出，是犯罪行为。“若婢背家长在逃者，杖八十”。唯有先确认了荷花出逃的犯罪性质，才可知道钱塘县将她解往原籍乐清县属于解押罪犯的意味；唯有知道这一意味，才可进而懂得潘三们设计从半道将她拐走带有“劫囚”因素，即所犯新罪行就在这里。其为首劫囚之人，“拟斩立决”。这样，潘三又犯了死罪。

二十三　潘三包揽的卖弟媳变抢老婆的案中案

就在上述拐卖荷花的案件叙述中，插入了另一起案中有案的叙事，大包大揽的主角，依然是潘三其人。这一案，是在潘三坐等黄球来谋划拐卖荷花一事时，又有人找上门来提供案情的——

> 潘三独自坐着吃茶，只见又是一个人，慌慌张张的走了进来，说道："三老爹，我那里不寻你，原来独自坐在这里吃茶！"潘三道："你寻我做甚么？"那人道："这离城四十里外，有个乡里人施美卿，卖弟媳妇与黄祥甫，银子都兑了，弟媳妇要守节，不肯嫁。施美卿同媒人商议着要抢。媒人说：'我不认得你家弟媳妇，你须是说出个记认。'施美卿说：'每日清早上是我弟媳妇出来屋后抱柴，你明日众人伏在那里，遇着就抢罢了。'众人依计而行，到第二日抢了家去。不想那一日早，弟媳妇不曾出来，是他乃眷抱柴，众人就抢了去。隔着三四十里路，已是睡了一晚。施美卿来要讨他的老婆，这里不肯。施美卿告了状。如今那边要诉，却因讲亲的时节，不曾写个婚书，没有凭据，而今要写一个，乡里人不在行，来同老爹商议。还有这衙门里事，都托老爹料理，有几两银子送作使费。"潘三道："这是甚么要紧的事，也这般大惊小怪！你且坐着，我等黄头说话哩。"（第十九回）

这上门来讲案情的人，名叫郝老二，其要求看似很简单，仅仅是请潘三起草一份婚书，实际上还有不见于文字的"这衙门里事"相托，交换条件是送银子给潘三作报酬。事情的结局，是郝老二一手交银子，潘三一手交婚书，钱货两清。

有人可能会说，潘三在此案中不过是当了一回律师，代写了一份法律文书罢了，并无多少法理可议。乍一听，这话似乎不错。然而，把郝老二讲出来的案中有案的故事再仔细研读一番，就会发现这种看法只是停留在故事信息的表层，而案中人物行为的法律性质，由此引发的诉讼活动中的法律是非，都是蕴含在其中的不曾用文字表述的东西。

小说无意于表现潘三起草、匡超人撰写的婚书的内容，而只是将其急于用婚书交换银子的贪婪摹写出来，让读者体会：潘三“起了一个婚书稿，叫匡超人写了，把与郝老二看，叫他明日拿银子来取。打发郝二去了”。不通法理的读者，大约都只能从这里读出一个结论：潘三只认钱不认人，他讲究的就是生意人的一手交钱，一手交货。对纸张上的信息作如此解读是必然的。

现在要探究的是，摆在读者面前的案中案，到底涉及什么样的法律，潘三以捞钱为目的的那份婚书对所涉及的法律将起到什么作用。这是小说所讲案情隐含的东西，非揭示出来不可。

施美卿把亡弟之妇卖给黄祥甫，因弟妹不从而有两个触犯法律的地方：其一，是犯有“居丧嫁娶”的罪名。该条有这样一款规定：若夫丧服满，妻妾“果原守志”，而嫁或夫家长非“强嫁之”，就该“杖八十”，若是“期亲”参与“强嫁”，则“加一等”治罪。（《大清律例》）施美卿作为兄长，正在“期亲”之列，故依此加重处罚他，恰如其分。其二，这种“强嫁”行为中，还伴随着人身买卖活动，应按“略人略卖人”罪名治罪。“略卖良人”给他人“为妻妾”者，“杖一百，徒三年”。施美卿罪行很重，除了大吃皮肉之苦，还得坐三年牢。

再看黄祥甫，买妻活动受阻后，就用武力抢亲，从而犯有“强占良家妻女”罪。“凡豪势之人，强夺良家妻女，奸占为妻妾者，绞，妇女给亲。”有读者会问：此案中抢亲时弄错了对象，不是抢来施某的弟媳，而是抢来施某之妻，这种过错性抢亲行为，是否影响对黄某的定罪量刑呢？我以为，一点也不受影响，依然应依此对他定死罪。同时，黄氏应无条件把抢来的施氏妻放还施家。

最后，案情中求潘三写婚书之事，还有法理可议。从上述引用原文可知，托郝老二来找潘三写婚书的一方，是被告黄某，就凭托人求写婚书这一点，就可以肯定黄某是个法盲，对法律一知半解，甚至是一窍不通。要知道，写婚书，是合法婚姻所要求履行的一种法律手续，故法典中关于婚姻的许多条款的行文都规定有“写立婚书”“报婚书”“立婚书”的活动。而黄某的买卖婚姻和抢亲行为，都是犯罪勾当，有什么“写婚书”可言呢！

当然，施某因老婆被抢走而告状，是理直气壮之事，但他不曾想到自己犯了上述两种罪名，县衙若认真审案，一定会把这两种罪行抖露出来。综合看来，施某在法律上也不比黄某高明。

此案在案情叙述上，只止笔于原告与被告双方的控告与辩解，又捎带出借以谋利的潘三，还不曾写到受理此案的官府是否能够正确落实上述一系列法律。因此，本案的法律讽刺锋芒，指向的是民间在法律争讼上是非不分的混乱，而官吏潘三包揽词讼以谋利的非法行径，大大加剧了这种法律混乱程度。仅从这一点来看，潘三随意写婚书的行为，相当于不良律师的知法犯法，干着对当事人坑蒙拐骗的勾当，而不是律师应有的尊重法律、宣传法律、助人守法。

二十四　潘三包揽的代考案

匡超人背井离乡，来投靠潘三，原本是因为李知县革职案发受到诬告而外出求一条生路，不料所投靠之人并非推荐者所说的那种本分、忠义之士，而是一个以上两案所揭示的罪行累累的歹徒，从而使这个农村青年跟随潘三误入犯罪歧途。这里要谈的潘三包揽的代考案，枪手就是匡超人。

此案充当掮客送货上门的人，是学道衙门里的李四。曾在朝廷当官的金东崖有个蠢儿子金跃，妄想进学当秀才，就托李四前来与潘三谈花五百两银子买人来代考的事情。小说写此案的意图，在于暴露科举考试制度的流弊之一：代考的买卖行为，形成了明码实价的黑色交易市场。在绍兴，代考秀才一名，成交价为一千两银子，“走小路”半价五百两。经过一番讨价还价，潘三开出的价码是五百两代考费，外加三十两盘费——潘三要带人从杭州到绍兴去代考，至于李四本人的中介费则让他去向买主金氏索取。如此这般，代考如同商场的其他生意一样充满了生意经散发的铜臭味。换一句话讲，代考的犯罪现象已形成了商业化、职业化倾向。科考制度的腐败，由此可见一斑。

此案暴露出来的科考制度的流弊之二，是考场上的监考环节，貌似严肃、认真，实则漏洞百出。在潘三的精心策划与运作之下，匡超人与被替考者金跃如同登台演戏一样，不仅化装为衙役混进考场，而且二人又交换穿戴出场，使匡的冒名顶替活动滴水不漏，神不知鬼不觉。到发榜时，金跃名列秀才榜上。

学界虽有人谈到此案的代考现象，但都止于案情的概括，并未论及行为人李四、潘三、匡超人以及幕后的金东崖等人的法律罪责，这就属于就事论事了。若对潘三所包揽的所有案件要么不置一词，要么就事论事，那么后来他落入法网的结局，就变得不可解释了。由此可见，照例进一步讨论此案涉及的法律问题，实在是正解潘三这一文学人物的迫切需要。“像潘三这类的差役，也处处为非作歹，把持官府，包揽词讼。”这是一本发行量达两百万册的文学史著作对潘三其人的评价。它告诉广大读者，此人是“坏人”——如此而已。道德评价永远把文学人物置于好与坏、善与恶的概念天平上，不可能获得应有的法理上的准确定位。

本文认为，综观潘三包揽的上三起案件，可以清楚知道此人是中国古代文学中一个犯罪小吏的典型形象，其法律上独特的认识价值，就是文学界从不谈论、法学界也少见谈论的官吏犯“私罪”的问题，在潘三其人身上突出存在。也就是说，弄清了潘三的全部罪行，中国古代的官吏犯“私罪”是怎么一回事，我们也就由此获得了清晰答案。

查《大清律例》，设有“文武官犯公罪”和“文武官犯私罪”这两个法条。其立法解释是：“凡一应不系私己而因公得罪者，曰公罪”；“凡不因公事，己所自犯，皆为私罪。”潘三身为民政部门的小吏，其公职决定着他的公事，只能是该部门的民政事务，而我们连续谈到的轮奸案、卖弟媳变抢老婆的案子和代考案，全部在他的职责范围之外，故属于他本人“自犯”，所以他所犯的罪都是“私罪”。

综观关于官吏犯罪的所有法律规定，犯“公罪”与犯“私罪”在刑事处罚上的实质意义，在于对犯公罪者处罚较轻，而对犯私罪的处罚较重。一个明显区别是，犯公罪者受处罚后，即使降级使用也不革职，但犯私罪的，罪重达“杖一百”时，就“革职离任”。对潘三这种“吏典犯者”，则“杖六十以上，罢役”。

此外，犯罪官吏受处罚时，在区分公私罪名的基础之上，还依种种不同案件中的具体罪行进而接受相应的处罚。以上已谈到潘三在轮奸案、卖人案中的罪责，就是以罪论罚的。这里，再看看本文所谈代考中潘三的罪责。请看下列条例：

> 学臣考试有积惯随棚代笔之枪手，察出审实，枷号三个月，发烟瘴地面充军。其雇请枪手之人，及包揽之人，并与枪手同罪。（《大清律例》）

可见，此案中枪手匡超人、在幕后雇请枪手的金东崖、出头包揽的李四和潘三，罪行等同，受罚一样，即都该在戴枷示众三个月后，再送到荒蛮之地去充军。然而，日后案发落入法网的，只有潘三一人，其余同案犯均漏网了。

对于匡超人来说，最具讽刺意味的，是他拿到的二百两银子的“笔资”，实为犯罪所得赃款，而又用这赃款来作为非法婚姻的聘礼和新房的租金。我们从中认识到的一条重要法理，是法律与经济（金钱）的关系，在匡超人身上的体现，发人深思。关于这一点，待谈他的非法婚姻案时再详谈，此处从略。

二十五　潘三落入法网的案件

以上三篇短文表明，潘三包揽三起官司，罪行很严重。惟其如此，他很快落入法网就是罪有应得的下场。第十九回末尾所写这起案件，着重突出了法律程序的不同寻常。清代法律规定的一般法律诉讼程序，是由当事人自下而上逐级告状，然后才是进入诉讼过程，罪犯被捕受审。潘三落入法网，动用的是特别程序，即省衙门下达任务，由钱塘县衙执行逮捕任务，将其逮捕归案。这就意味着潘三罪行累累，严重至极，已引起高层官衙的注意。

小说用景兰江与匡超人谈论此案并亲自到县刑房作调查的方式，让读者从现场景物、气氛，目睹和体验这罕见的法律诉讼程序，增长了见识。

景兰江道："潘三昨晚拿了，已是下在监里。"匡超人大惊道："那有此事！我昨日午间才会着他，怎么就拿了？"景兰江道："千真万确的事。不然，我也不知道。我有一个舍亲在县里当刑房，今早是舍亲小生日，我在那里祝寿，满座的人都讲这话，我所以听见。竟是抚台访牌下来，县尊刻不敢缓，三更天出差去拿，还恐怕他走了，将前后门都围起来，登时拿到。县尊也不曾问甚么，只把访的款单掼了下来，把与他看。他看了也没的辩，只朝上磕了几个头，就送到监里去了。才走得几步，到了堂口，县尊叫差人回来，吩咐寄内号，同大盗在一处。这人此后苦了。你若不信，我同你到舍亲家去看看款单。"匡超人道："这个好极，费先生的心，引我去看一看访的是些甚么事？"当下两人会了账，出酒店，一直走到刑房家。

那刑房姓蒋，家里还有些客坐着，见两人来，请在书房坐下，问其来意。景兰江说："这敝友要借县里昨晚拿的潘三那人款单看看。"刑房拿出款单来，这单就粘在访牌上。那访牌上写道：

访得潘自业（即潘三）本市井奸棍，借藩司衙门隐占身体，把持官府，包揽词讼，广放私债，毒害良民，无所不为。如此恶棍，岂可一刻容留于光天化日之下！为此，牌仰该县，即将本犯拿获，严审究报，以便按律治罪。毋违。火速！火速！

那款单上开着十几款：一、包揽欺隐钱粮若干两；一、私和人命几案；一、短截本县印文及私动朱笔一案；一、假雕印信若干颗；一、拐带人口几案；一、重利剥民，威逼平人身死几案；一、勾串提学衙门，买嘱枪手代考几案；……不能细述。匡超人不看便罢，看了这款单，不觉飕的一声，魂从顶门出去了。

这里多处出现的一个"访"字，是关键性的法律术语，指的是上级司法机关对案情的调查，而不是下级、百姓向上的陈述。换一句话说，潘三的案子，没有经过通常的起诉程序，直接由省里下达办案子的任务。事态既然如此严重和紧急，县官只能是诚惶诚恐地半夜就去抓人。

将潘三抓获之后，县令吩咐将他与“大盗”关押在“一处”，这是不可忽视的法律细节。清代法律对强盗处罚极严，只要作案，不管得赃多少，也不分首从，一律处死刑。明白了这一立法精神就懂得了县令这个“吩咐”中没有说出来的潜台词：潘三活不了几天，等待他的是死刑判处。

所谓“访牌”，就是上级对案情的调查记录。所谓“款单”，就是罪状。从罪状所列罪行看，除我们谈过的三件案子之外，潘三还有不少小说没有写出的其他罪行，如“私和人命”“威逼平人身死”等。

我想特别提请读者注意的是，从本案启用的特别法律诉讼程序，到“访”“访牌”“访得”“私和人命”“威逼平人身死”法律术语的运用，绝不是什么巧合，也不是什么虚构，而是有清代立法事实作依据。也就是说，吴敬梓读过《大清律例》这部法典，故笔下才能出现有案可查的法律行话。以特别程序而论，至少有两条法律可证，其一是：“讼师教唆词讼，为害扰民……经上司访拿，将该地方官照奸棍不行查拿例，交部议处。”其二是：“缉捕官役，惟于京城内外，察访不轨、妖言、人命、强盗重事；其余军民词讼，及在外事情，俱不许干预。”（《大清律例》）逮捕潘三归案，与这两条特别程序法的规定，是吻合的，那些带“访”的法律术语也出自法典。再看“私和人命”“威逼平人身死”等罪名，在《大清律例》中也都可查可找。如此明显的事实，有力证明吴敬梓的法律意识的自觉性，法律描写的真实性、权威性，都来自他对《大清律例》的熟悉和成功运用。由此也可知道，《儒林外史》全书之所以描述了大大小小的杂件近九十起，绝非偶然，完全取决于他对偌大一部法典实施的不如人意的种种流弊的深切感受在迫使他一吐为快。

想到吴敬梓的自觉法律追求，本案之所以启用法律诉讼的特别程序的原因，就会有一种合理的解释。综观全书，各种刑事罪犯落入法网的为数寥寥。潘三这罪大恶极的歹徒落入法网，竟然由上司“访得”，这岂不意味着法律无用、基层衙门无能、老百姓无知吗？是的，我读此案，并不因为潘三入狱而欣慰，相反倒感到失落、悲哀。

尤其发人深思的还在于，潘三只不过被捕而已，日后能否受到严惩，尚且是一个未知数。小说为什么没有进一步交代这个罪魁祸首受到死刑判处的结局？我以为，当是作品故意留下一个疑问，让读者自己去猜测、去解疑。狡猾的潘三很可能最终逃过了法律的惩罚，也许这正是作品对此案不画圆满句号的真实意图之所在。

二十六　匡超人两次结婚都犯罪的案件

匡超人自从离开家乡到省城投靠潘三，就一直没有摆脱犯罪的厄运。参与包揽官司、充当代考枪手之外，就连两次结婚也犯罪。结婚也犯罪，这话说起来难以置信，然而事实的确如此。

充当枪手得二百两银子的横财之后，潘三充当媒人，把父亲在衙门当差的郑小姐嫁给匡超人，后生有一个女儿。仅此而已，这里有什么犯罪可言呢？不错，当今的读者很难看出这里的法律奥妙。奥妙就在匡父之死还不到两年。谈到婚事，匡父临终前特别叮嘱说："我死之后，你一满了服，就急急的要寻一头亲事，总要穷人家的儿女，万不可贪图富贵，攀高结贵。"所谓"满了服"，指的是儿子为父亲守孝三年（实为二十七个月）。匡超人在父亲死后来到杭州，不到两年就与郑小姐结婚了，这从家庭来说是没有遵从父亲的遗嘱，而从法律上讲，就构成了犯罪。依"居丧嫁娶"条规定，匡超人该"杖一百"。

匡父临终遗言强调儿子在满服之后结婚，表明他懂得"居丧嫁娶"有罪的法律规定。同时，媒人潘三也懂这条法律，因为他说过这样的话："你现今服也满了，还不曾娶个亲事。"问题在当事人匡超人不懂礼法和刑法，或者虽然略知一二，但不把法律当一回事，这才导致犯罪。

小说写这场犯罪性质的婚事之前，有意在行文叙事时突出了"不觉住了将及两年"的时间界限。懂得儿为父守孝三年的礼法和"居丧嫁娶"的刑法的读者，就会意识到这是画龙点睛之笔，断定匡超人结婚犯罪，就是因为有这时间界限的提示。

第二十六回的鲍廷玺，跟匡超人一样犯有"居丧嫁娶"罪。他结婚时，其父鲍文卿才死半年。为不露痕迹地强调这婚事的犯罪性质，小说行文造语采取的是在该回的标题上做文章，有意把“丧父娶妻”并列在一起，明眼人一看就可意识到这里有法律讽刺意味的巧妙表达。

匡超人和鲍廷玺所犯罪名，在中国法制史上有特殊的学术认识价值。这应是我们解读这两个类似案件的重心之所在。中国古代两三千年的法制史的一个基本特点，是礼刑并用，即礼法与刑法结合，共同用以维护社会秩序。而礼刑并用的表现形式之一，是把礼法引进刑法，规定违背礼法的行为就构成刑事犯罪。这两个犯罪性质的婚姻案所触犯的刑法，即是引进了儿女为父母守孝三年的礼法，规定服丧期的婚姻构成刑法上的犯罪。这种罪行，在世界其他国家不存在。

日本、朝鲜、越南等国受中国法律影响而成为中华法系的成员国，它们的古代法律中是否有此罪名，不得而知，其文学是否描写过这种犯罪也不得而知。有兴趣的读者可从这里作一些研究，兴许会有意料不到的收获。

匡超人第二次结婚又犯罪的案件，是因为他隐瞒了与郑小姐结婚的既有事实。这一回的媒人就是当年多次资助他进学的李知县，如今他已升任给谏。女方，则是李给谏的外甥女，是一位十九岁的辛姓小姐。有读者可能产生疑问：既然古代中国的婚姻是“一夫多妻”，那么匡超人再娶一位辛夫人，谈不上什么犯罪。其实不然。“一夫多妻”，是现代人的说法，在古代叫作一夫一妻多妾制。如果辛夫人的名义是妾，这次婚姻就不存在犯罪之说。现在既然是以不曾结婚的未婚男子的身份娶辛小姐为妻，那么这就构成犯罪了。法律上的罪名是：有妻更娶妻。依法，匡超人应“杖九十”，后娶之妻“离异”（《大清律例》）。

有文学教授谈到了匡超人的两次婚姻，大讲爱情，认为《儒林外史》写婚姻都回避爱情。这是以现代人的生活经验来解读古代小说中的婚姻描写所必有的失误。要想避免这种失误，就得弄清楚古代法律对男女婚姻如何进行规范的情况，这就需要读一读法典。对《大清律例》一无所知而企图谈清匡超人的两次结婚的犯罪性质，就如同拔着自己的头发要离开地球一样，是根本办不到的事情。

此外，匡超人两次结婚都犯罪的案件在昭示法律与道德的复杂关系上，颇有新意。潘三作为罪大恶极的歹徒，对匡超人的婚事予以关心，主动充当媒人，应当说关爱之情是可信的，匡超人对其感激不尽也很自然，但婚事本身触犯了礼法和刑法，从而使道德与法律处在对立境地。

尤其是与辛小姐的婚姻，匡超人在道德上深深伤害了他的恩人李给谏。当初，是身为知县的李大人关照匡超人读书、进学，如今又是李大人当媒人，好心把外甥女辛小姐嫁给他。李大人做梦也想不到，这个匡超人竟敢做出隐瞒婚史、犯下有妻更娶妻的罪行，这既坑害了辛小姐，也使李大人脸上无光。此案一旦败露，李大人和他的外甥女该多难堪、多痛苦。在这里，匡超人本人道德失范，导致犯罪结果；对李给谏来讲，好心无好报，受到白眼狼的莫大欺骗与坑害：法律与道德的双边关系也呈复杂态势。

犯有同一种罪行——有妻更娶妻的人物，还有牛浦、季苇萧等，读者可参看第四十三号、第五十三号案，此处不另行谈论。

二十七　三起夭折的不伦不类的案件

说起来，叫人觉得好笑的官司，在《儒林外史》中共有三起。在书末附录的《案件一览表》中，我们只登记了第二十二号案，案名是《郭铁笔私了的尴尬案件》，还有两起类似案件，没有登记——理由是有一个代表让读者知道即可，若全都录入表中，显得有琐屑的味道。但要谈其中的法理，却不可偏废它们中的任何一件，故这里一视同仁地谈谈这三起不伦不类而在旁人的劝说之下夭折的案件。

为什么说这三起案件都不伦不类、令人好笑呢？因为，三起案子的双方当事人，分不清谁是原告谁是被告，也不知道上公堂去有怎样的法律诉求，要达到什么样的诉讼目的，只是谁也不服谁地叫喊、拉扯着要去见官。三个相似的场面一一出现，我总不免感到滑稽、幽默、好玩，但从不认为它们在小说中可有可无，甚至感到把三者放在一起认真加以讨论，会有一种特别的收效。

先不急于说出这可能有的特别收效是什么，只是平心静气来欣赏小说所写故事就行了。

第一起可笑的官司出在第十七回开头。匡超人的哥哥匡老大，在街上做小生意，占了另一个小贩的摊位，为此双方各不相让，致使对方追上家门，两个人还在纠缠不休。这时，匡太公发话教训儿子，潘保正又出面制止那个小贩，这才使硬要“见官”的小官司消失了。

第二起可笑的官司，因被商店老板郭铁笔劝止而夭折在县衙门前。双方当事人一方是十八岁的小青年牛浦，另一方是他的妻舅卜诚和卜信两兄弟。卜氏兄弟为区区小事争议不休，闹得两兄弟拉扯牛浦去见官，在县衙门口碰到郭老板，被好言劝止。

第三起可笑的官司，发生在第二十四回开头。当事人一方仍然是牛浦，另一方则是他在芜湖县的一个旧邻居石老鼠。这石某是一个流浪汉，到处流窜缺钱花，就以牛浦“停妻娶妻”相威胁，扬言不借钱就到安东县衙里去告发他的罪行。牛浦因冒充诗人牛布衣而被安东县董知县拜见，并特地离开芜湖来安东投奔董知县。大约仰仗这层危险的关系，牛浦居然毫不害怕对方告发，两人又揪又扭离开妻子黄氏之家，来到了县衙门口，碰到两个差人，一顿劝说，又给了石老鼠一点钱，官司就又平息了。

当我们被这三个笑话般的案件逗乐，轻松陈述后，再回味综合考察一番，会发现三者在法理上有几个共同点：

一是当事人双方是亲属或熟人，有的是竞争对手，因些许小事争执不下而闹着见官，这就表明下层社会的平民百姓有着一知半解的法律意识，对官府存盲目信任的趋向，以为自己解决不了的难题拉扯到官府衙门就有解决的希望。

二是一旦上了公堂，谁是原告，谁是被告，争议焦点何在，为什么打官司，要求法官干什么，他们并不清楚。即使清楚，如石老鼠要告牛浦“停妻娶妻”，也不是他真正的诉讼要求、目的之所在，只不过另有所求，见官只是借以威胁对方的手段罢了。

三是双方当事人浅薄的法律知识和柔弱的官府信仰，在任何第三者的介入、劝说之下，都不免被冲洗得一干二净，于是那当初扬言死活要见官的雄心壮志，刷地一下不见踪影。官司也就一风吹了。这平息法律纷争的第三方力量，并非法律的规范性与威慑力的表现，而是民间的传统道德观念，正是这种道德观念强烈地冲击、压抑和化解了本来不成气候的法律知识和争讼意向。

小说之所以一再用近似的流产的案例故事来暗示这样几点共同的法理，不嫌重复和累赘，并且乐此不疲，我以为作家吴敬梓在这里有一种良苦用心：把底层社会平头百姓念念不忘见官、打官司的法律意识作为一种法律寓意的基准线，让读者站在这基准线的起点上，一一观照、反思近九十个案例故事，从而逐步升级和定位，看看那些偷盗、抢劫、贪赃、人命、轮奸、代考、造反、破坏礼法等罪案该怎么打官司，怎么判处。也就是说，有这基准线作参照，小说的法律主题的纵深开掘，就有了明确进路和目标。

谈到这里，我可以坦率地说，写作本辑案例法理赏析之初，自己尚未细读细品这三则可笑的半拉子案例故事，自然也就无从发现这里所指出的法律寓意的基准线，更不知吴敬梓有设置这条基准线的良苦用心，而只是依前几本书细读案例故事的固有套路和习惯一直往下写罢了。不料至此有了不曾预想的一种收获。

现在，以这刚刚悟出的基准线和作家主观追求的新收获来反思上述二十多篇文章，我感到很欣慰。因为，这二十几篇短文所谈案件反复证明：底层百姓对官府的信任的确是肤浅、脆弱的，无论什么样的案子，官府真正依法判处的几乎一件也没有。这就是说，官府的执法办案的可信度极低。

以下将要谈到的一些典型案例的审判会怎么样呢？笔者可以预告：只能让读者一再失望与叹息。

二十八　向知县审理的和尚告状案

安东县向知县所审理的三起案子以及他本人被参革职的案子，因其法律意蕴丰富而都值得讨论。先谈他审理的和尚告状案。其告状缘由、审理过程和判处结果是——

> 这和尚因在山中拾柴，看见人家放的许多牛，内中有一条牛见这和尚，把两眼睁睁的只望着他。和尚觉得心动，走到那牛跟前，那牛就两眼抛梭的淌下泪来。和尚慌到牛跟前跪下，牛伸出舌头来舐他的头，舐着，那眼泪越发多了。和尚方才知道是他的父亲转世，因向那人家哭着求告，施舍在庵里供养着。不想被庵里邻居牵去杀了，所以来告状，就带施牛的这个人做干证。向知县取了和尚口供，叫上那邻居来问。邻居道："小的三四日前，是这和尚牵了这个牛来卖与小的，小的买到手，就杀了。和尚昨日又来向小的说，这牛是他父亲变的，要多卖几两银子，前日银子卖少了，要来找价，小的不肯，他就同小的吵起来。小的听见人说：'这牛并不是他父亲变的。这和尚积年剃了光头，把盐搽在头上，走到放牛所在，见那极肥的牛，他就跪在牛跟前，哄出牛舌头来舐他的头。牛但凡舐着盐，就要淌出眼水来。他就说是他父亲，到那人家哭着求施舍。施舍了来，就卖钱用，不是一遭了。'这回又拿这事告小的，求老爷做主！"向知县叫那施牛的人问道："这牛果然是你施与他家的，不曾要钱？"施牛的道："小的白送与他，不曾要一个钱。"向知县道："轮回之事，本属渺茫，那有这个道理？况既说父亲转世，不该又卖钱用。这秃奴可恶极了！"即丢下签来，重责二十，赶了出去。(第二十四回)

我相信读者读完这则案例的第一印象，就是立即联想到中国的一句俗话：恶人先告状。的确，和尚明明是一个诈骗他人钱财的罪犯，却胆敢上公堂控告别人。经过公堂调查，向知县在认定原告"可恶极了"的大方向上并无过错。

可议的是，当场将和尚"重责二十，赶了出去"，失之于没有法律依据，造成罚不当罪的过错。依案情，和尚的罪行是用诡诈的行为和虚假的言辞，先把别人的耕牛骗到手，然后转手出卖得利。据当场揭发材料证实，如此这般的欺诈取财行为已发生多次。对其定罪量刑，一是要以这客观犯罪事实为依据，二是要寻求作为准绳的法律的有关规定。做这两项工作，用时下流行的法律行话来讲，就是进行法律的技术性分析。

笔者试图作这法律技术性分析时，发现应采用两条相关法律。首先，和尚采用计策，欺诈私人财产，可依“诈欺官私取财”定罪。而这条法律并无具体处罚规定，只是原则性地指出：“凡用计诈欺官私，以取财物者，并计赃，准窃盗论，免刺。”（《大清律例》）于是，第二步骤就是查阅“窃盗”条，可找到最切合案情的下面的条例：

> 窃盗三犯，除赃至五十两以上照律拟绞外……如银不及十两，钱不及十千者，俱杖一百，流三千里。（《大清律例》）

由此可见，和尚至少应“杖一百，流三千里”。向知县显然没有顾及犯罪事实和法律准绳，是一种随心所欲式的滥罚，从而将自己置于执法犯法的地位。

从向知县当堂批驳和尚宣扬的佛教“轮回”说的虚妄不实，以及佛教信仰同违法犯罪行为的互相抵牾的矛盾来看，他并不是糊涂官，可惜的只在于对法律没有用心学习，导致判案找不到适用的具体法律条文。

再从牛吃了盐之后容易流眼泪这一点考察，本案提出了一个可作法医学上进一步研究、核实的疑问：果真如此吗？若确有其事，不仅证明吴敬梓的法律描写经得起生物学、药物学上的科技手段的检验，而且为法律上的调查取证提供了可信的个案资料。笔者对此无研究，也一时没有可资参考的工具书，故存疑，以求教于行家。

此外，本案中和尚犯诈骗罪除了触犯国家刑法之外，同时还违犯了佛教戒律。关于这一点，此处略而不论，留待讲“法律与宗教”的法文化现象时，再加以说明。

二十九　向知县审理的医疗纠纷案

此案原告是胡赖，被告是医生陈安，诉状出语惊人，有道是“为毒杀兄命事”。向知县升堂审理此案时依然是先向双方作法律调查式的谈话。特别有意思的是，这一次的审判活动结束于公堂的调查环节，没有判决与处罚出现。于是，要想解读此案的法理法意，作为原始材料的法律调查过程的描述，就一个字也不能忽略过去。

> 向知县叫上原告来问道："他怎样毒杀你哥子？"胡赖道："小的哥子害病，请了医生陈安来看。他用了一剂药，小的哥子次日就发了跑躁，跳在水里淹死了。这分明是他毒死的！"向知县道："平日有仇无仇？"胡赖道："没有仇。"向知县叫上陈安来问道："你替胡赖的哥子治病，用的是甚么汤头？"陈安道："他本来是个寒症，小的用的是荆防发散药，药内放了八分细辛。当时他家就有个亲戚——是个团脸矮子——在傍多嘴，说是细辛用到三分，就要吃死了人。《本草》上那有这句话？落后他哥过了三四日才跳在水里死了，与小的甚么相干？青天老爷在上，就是把四百味药药性都查遍了，也没见那味药是吃了该跳河的，这是那里说起？医生行着道，怎当得他这样诬陷！求老爷做主！"向知县道："这果然也胡说极了！医家有割股之心，况且你家有病人，原该看守好了，为甚么放他出去跳河？与医生何干？这样事也来告状！"一齐赶了出去。（第二十四回）

以上就是小说提供的全部原始材料。在我看来，向知县在调查结束时发表的谈话，是我们作法律解读的关键对象，而最后一句"这样事也来告状"的感叹之词，是关键中的关键，表明在向知县心目中，此案原告的告状之事，没有达到立案的起码要求。因此，这是一起没有立案的案件。之所以没有判决与处罚的情形出现，原因就在未能立案。

接着应当讨论的问题，自然就在于向知县不予立案的主观认定，是否合乎案情的实际。而这个问题，属于传统中医治疗寒症的实践问题和理论问题，其中"细辛"这味中草药的药性与功能，又属于中医药物学专门知识，故专业性极强，不通中医中药的有关学问，是破解不了的。向知县是不是中医中药行家，不得而知。他赖以作不立案结论的依据，完全是被告医生陈安的一面之词，且事前事后没有相关调查、研究工作。因之从认识论、方法论的一般原理上看，向知县的结论是缺乏说服力的。

当今的医疗纠纷案，除了在法庭作公开调查之外，更重要的一点在于法庭之外动用现代科技手段作法医鉴定。古代的法医，常被称为仵作。向知县断此案，起码也该找县衙门里的仵作来问一问吧，可他懒得这样做，就自以为是将告状者拒之门外了。审案方式方法上的简单、粗暴做派，大大有失执法者的风范。

被告陈安医生的陈述，是否客观公正，没有虚假呢？向知县的不立案结论，是建立在充分信任陈医生的基础之上的。只要我们能够证明陈安没有讲假话，那么向知县对此案不予立案的理由就无可非议。

笔者不懂中医，采取“平时不烧香，临时抱佛脚”的方法，实用主义地翻查有关工具书，果真找到了判断此案医学是非的材料。陈安依据胡氏病的“寒症”症状，下的药方为“荆防发散药”，其中加了一味“细辛”。据笔者查阅工具书所得，陈医生做到了对症下药，没有误诊过错。所谓“荆防发散药”，指的应是“荆芥”及其花穗，它们的功用相同，“发散力量较强”；而“细辛”的功用同样是“祛风散寒”，二者都可用来治疗感冒风寒之类的症候。(《中医大辞典·中药分册》) 陈医生在公堂上的确是讲的真话，故证明向知县虽不免偏听偏信（方法上），但并无实质性错误（内容上），故对案件的原告之无理而告状加以拒绝，是无可指责的。

解读本案中医药上的是非之时，笔者还有一个意外收获，就是发现了人民文学出版社出版的《儒林外史》中的有关注释不确切。陈安医生提到了《本草》这部书。该书注释说，指“古代的一部药物学书”。这失之于太笼统。古代带“本草”二字的药物学书，不在少数，除大家熟知的《本草纲目》之外，还有《神农本草经》《救荒本草》《本草拾遗》《本草衍义》《吴谱本草》等。若按陈安所讲“荆防发散药”和“细辛”这两味中药的出处的具体语言环境来讲，可更具体地认定：前者为《吴谱本草》，后者为《神农本草经》。惟其如此确指，才可有力证明陈医生虽为文学人物，但其公堂上的中草药、中医学上的陈述经得起科学考证。同时，现实主义文学的细节真实的理解与理论建构，也能从这里找到生动有趣的个案实例。

原告诉状声称医生毒杀人命，实际上医生用药正确，同患者就医多天后投水淹死没有内在联系，向知县断然拒绝告状无可非议——本文的基本观点，可归结为这一句话。

三十　向知县审理的“杀夫”案

向知县审理的“杀夫”案与下面将要读到的他本人的革职案，血肉相连，唯有先将此案的法律是非弄清楚了，才可进而读清连环套似的下一案件。

所谓“杀夫”，是从浙江到芜湖来寻找丈夫牛布衣的牛奶奶在补交的诉状中的虚拟之词。客观事实是，她丈夫病死在所寄居的甘露庵，其灵柩安放在庵内柴屋。牛奶奶一直寻找到甘露庵，也亲眼看见了那口大棺材，但不知里面躺着的死者就是她丈夫牛布衣。牛奶奶之所以认定牛浦是杀死丈夫的凶手，是因为他冒充牛布衣，住进甘露庵读书。以此作为牛浦杀人的证据，显然不能成立。

在升堂审案之时，向知县着重调查了牛浦与牛布衣是否相识这个根本问题，得到的回答是牛浦同死者及其妻子都是不曾谋面的陌路人，从而排除了仇杀的可能性。至于牛布衣是死是活，向知县不曾过问，只是命她到别的地方去找她的丈夫。牛奶奶依旧哭啼，叫喊申冤，迫使向知县采取了如下应对举措——

> 缠的向知县急了，说道：“也罢，我这里差两个衙役把这妇人解回绍兴。你到本地告状去，我那里管这样无头官事！牛生员，你也请回去罢。”说罢，便退了堂。两个解役把牛奶奶解往绍兴去了。(第二十四回)

向知县审理此案的法律问题，有四点可议。

第一点，原告身处浙江省，被告身处安东县，受理此案必然碰到管辖权问题。有关法律规定是：“若词讼原告，被论在两处州、县者，听原告就被论官司告理归结”(《大清律例》)。向知县一听说有外地女人前来衙门喊冤，就立即叫“补词”写起诉书，又升堂调查，这都是依法听任原告投诉的表现，应予肯定。

第二点，既然受理了此案，那么就应坚持到底，予以结案。向知县却半途而废，把案子推诿给原告的原籍浙江，并派人将原告“解”往原籍，从而违犯了有关法律规定。“若追问词讼，及大小公事，须要就本衙门归结不得转行批委，违者……以坐其罪。”向知县把此案称为“无头官事”，让原告回本地去告状，即没有依法“归结”案件，这应受到批评。但要追究他未能结案的罪责，是不合理的，这一点下面再说。

第三点，想“归结”此案，并不困难，只要往牛布衣灵柩安放的甘露庵去作一番实地考察，就可得知死者并非死于他杀，而属自然死亡。参与办丧事的老和尚虽然已外出，但其余几个庵邻都在，很容易找他们查证落实牛布衣死亡的真相。向知县只满足于坐公堂，不愿出衙门作实地调查，是致使案件夭折的基本原因。这种官老爷习气和作风，当然在作品嘲讽、鞭挞之列。

第四点，牛奶奶告牛浦杀死了自己的丈夫，可以认为是诬告，应追究其诬告罪责。但我以为更准确地讲，应是错告。为什么？牛浦到甘露庵里住下来读书，是牛布衣死后发生的事情。而此后牛浦又做了两件有损于牛布衣的事情：其一是冒充牛布衣的姓名，在社会上招摇撞骗，董知县前往拜见就是一大例证；其二是把牛布衣的两本诗作窃据己有，私刻了牛布衣图章盖在上面，声称是自己的作品。替他刻图章的郭铁笔一听说牛浦就是牛布衣，当即连“笔资也不敢领”，表示了异常恭敬。这是牛浦犯罪、侵权产生社会危害性的又一证明。这两件事，初来乍到的牛奶奶自然无从得知，因而也就无从控告，而她能控告的事情——丈夫的死亡——与牛浦毫无关系。因此，她的告状实属错告。

那么，向知县能否发现、纠正这种错告呢？回答是：不能。法律明文规定：百姓告状只能一事一告，不得连续换事告状。这就决定了牛奶奶本人难以纠正自己的错告。从官府来讲，实行的是不告不理原则，既然没有告牛浦的诈骗、侵权行为，那么官府也就无从追究其法律责任了。

以上所说四点法理，为此案方方面面的事实所昭示。若要谈向知县审理此案的法律过错，即可依法追究其有失法官职责的地方，他唯一的过错，在于没有查明牛布衣是死于疾病，从而“归结”此案。然而，他的过错，也只停留在执法上打了折扣，但要追究相应罪责，则无从着手，理由就在于牛奶奶的状告“杀夫”属于错告。一起错告的案子，怎么“归结”呢？法律没有明文规定。那么，没有将错告案件最后“归结”，法官不应因此受到指责。因此，本文在谈上述第二点法理启示时认为，追究向知县在此案程序上无“归结”，向浙江省“解”原告的做法的法律责任是不应当的，不合理的。

三十一　向知县被革职的案件

关于官员革职的案件，我们已有第二篇、第二十一篇两文谈及。这里所谈安东县向知县被革职的案件，如同异峰突起，既不是借以讽刺皇帝，也不是用来彰显百姓的正确立场，而是要为戏剧演员鲍文卿纠正这一错案的奇迹作一种法律哲学的打探，让读者思考一个有趣的法理课题：为什么法定的贱民有时竟能像皇上一样把革职错案纠正过来？中国古代法律上的不平等，有许多具体表现。其中突出一点，是法律公然把全社会的百姓区分为良民和贱民两大类，权利、义务、刑事处罚上无不是良贱之间存在许多差异。受歧视的所谓贱民，主要是四种人：娼、优、隶、卒。法律歧视贱民的历史，至迟可以追溯到唐代。清代的法律，把这种不平等的传统推向了极致，除了传统的四大贱民，更把乐户、丐户、疍户等视为贱民。本案中的鲍文卿被称为“戏子”，即法定的“优”人，亦即是今天所说的戏剧演员，属贱民之一。

我读鲍文卿力挺向知县，终于保住他的乌纱帽的故事，深受感动的地方主要有两点。第一点，他根本不认识向知县，但他从七八岁学戏，在师父手下念的曲子，署名向鼎，知道他就是现在的向知县。鲍文卿据此认定，向知县“是个大才子，大名士”。他从主人崔大官人（任按察司）那里得知向知县被参革职的事情，感到向知县很可怜，二十多年才当上知县，如今还要被革职。崔大人正在灯下看有关革职文件，忽然发现自己门下的戏子鲍文卿正跪在灯下，替向知县求情，立即感到这个戏子很“爱惜人才”，就决定取消参奏革职的案子。

鲍文卿作为戏剧演员，从戏剧词曲中能辨识作者向鼎有才气，又从一个有才气的文人不会当官的历史中感知这大才子可惜、可怜，分明表现了这个演员从练童子功开始，就不是把戏剧当作纯粹的技术来操练，也不是当作混饭吃的工具来掌握，而是当作了修身养性的艺术和陶冶情操的美好事业，于是才有为一个陌生官员排忧解难的纯净追求，也就是无私心、无功利目的主持正义。一个戏剧演员，对自己童年时代就知名的戏曲作家的这份深情，让那些为艺术呕心沥血的创造者不能不由衷感佩。这里有艺术创造与艺术阅读、表演中的诸多环节上的心灵共鸣，被世俗功利束缚得喘不过气来的人们，是难以理解这份赤子之心的。当革职的法律运作过程偶然与这艺术家的赤子之心相碰撞，从而改变了这运作过程的既定轨道，难道不是一件让读者动心、难忘的事吗?

鲍文卿使我深受感动的第二点，是他做了好事之后，不图回报，甘心情愿过他作为法定贱民的谨小慎微的日子，半点侥幸心理都没有。他的主人崔按察司认为，鲍文卿挽救了向知县，应当让对方知道这种好事，以便拿几百两银子来作为谢礼，于是就写了一封信，派一个衙役把鲍文卿送到向知县那里去。谁知鲍文卿一见知县就下跪叩头，对向知县行礼请安。向知县则把鲍文卿当作上级衙门里的人，丝毫不敢怠慢；而鲍文卿却叫坐不敢坐，请他吃饭不敢入席，拿五百两银子感谢他分文不敢收，其拒绝理由是：

> “这是朝廷颁与老爷们的俸银，小的乃是贱人，怎敢用朝廷的银子?小的若领了这项银子去养家口，一定折死小的。大老爷天恩，留小的一条狗命。”（第二十四回）

鲍文卿自称“贱人”，并非一般的客套话，实质上是对自己法定“贱”民的社会身份的自觉意识，他在向知县面前的自我定位，绝对不是保住对方官职的有恩之人，而是“贱”民受到官大老爷住几天的招待，乃是对自己的“天恩”，相形之下自己不过是“一条狗命”罢了。唯有世世代代饱受社会底层之苦的人，才有这叫人揪心裂肺般的痛切言辞的自然流露，才让读者感受到他一心救向知县，使他免受革职之苦，完全是出于淳朴善良的惜才考虑，没有掺杂一丝一毫的奢望，也没有借机提升世代相传的贱民地位的任何动念，甚至连对歧视贱民的法律都没有一点点非议。我真想大呼：鲍文卿太好了！

歧视贱民的法律，只能损害贱民的社会地位和名声，丝毫不能损害他们美好的内心世界和人格魅力。我认为此案是在热情讴歌鲍文卿的美好心灵与高尚的人格。

与此同时，此案的另一面，是辛辣嘲讽官方的昏聩与腐朽，愚昧和荒唐。上司欲将向知县“参处”革职的唯一理由，是上述牛奶奶错告“杀夫”的案子没有审理完毕。我们已经说过，向知县在此案中并无实质性的执法错误，而上司不作调查研究，仅凭“传”言，就启动官员革职的法律程序，岂不是拿官员的政治生命开玩笑吗？再说，大小官员的革职与否，最后都得由皇上定夺，可此案中皇上缺席，全由崔大官人一个人说了算，这成何体统！从小说极为简略的案情发生与结束的叙述中，我们不难窥见官方执法办案的一系列漏洞与弊端，这一切同上述鲍文卿的感人行为与情操形成了鲜明对比，故作品不动声色的讽刺艺术特色再一次从这鲜明对比中得到彰显与强化。

鲍文卿的结局，是其主人崔按察司升任京官后，把他带到了京城。不料崔大人随即病故，他只得返回故乡南京去了。曾力挽狂澜的人物，在此案后的悄然返乡，是不是预示着被法律歧视的这个戏剧演员又将碰到新一轮的不平之事呢？

三十二　卖儿与把儿过继给异姓人都犯罪的案件

有文学史家认为《儒林外史》所写“卖了儿子的倪老爹”是生活痛苦的民众代表之一，“作者都以深切的同情，描绘了他们活不下去的惨境”（游国恩《中国文学史》第四册）。殊不知，就是这个倪老爹，先卖了四个儿子，后又把一个小儿子过继给鲍文卿当义子，而这两种行为都属于触犯刑法的罪行。在这里，倪老爹其人其事蕴含的严峻法理，同学人解读的人道主义同情的伦理，极不协调。也就是说，文学家的道德性解读，阻断了通往文学文本自身的法理之路。

先看倪老爹的卖儿之事。老倪二十岁就当了秀才，三十七年过去了还是个秀才，不得已靠修理乐器养家糊口。五十七岁的老倪见到要雇请他修乐器的鲍文卿，就情不自禁地诉说了穷得卖儿子的经历——

“不瞒你说，我是六个儿子，死了一个，而今只得第六个小儿子在家里，那四个……”说着，又忍着不说了。鲍文卿道：“那四个怎的？”倪老爹被他问急了，说道：“长兄，你不是外人，料想也不笑我。我不瞒你说，那四个儿子，我都因没有的吃用，把他们卖在他州外府去了！”鲍文卿听见这句话，忍不住流下眼泪，说道：“这四个可怜了！”倪老爹垂泪道：“岂但那四个卖了，这一个小的，将来也留不住，也要卖与人去！”鲍文卿道：“老爹，你和你家老太太怎的舍得？”倪老爹道：“只因衣食欠缺，留他在家跟着饿死，不如放他一条生路。”（第二十五回）

这种万般无奈中的接二连三出卖亲生儿子的穷困潦倒的苦楚，催人泪下，谁也不能不同情之至，然而同情的泪水并不能洗刷卖儿作为犯罪行为的污点。法律的思考，应当在承认老倪犯罪的基础上，进而寻找之所以犯此罪的经济拮据的原因。这才是解读此案的正确途径与应有结果之一。

关于人身买卖，清代刑法有一系列规定。以这种买卖的方式而论，分为“略卖”与“和卖”两种类型。所谓“略卖”，指的是出卖者以阴谋诡计的手段诱骗性地拐卖他人或者亲属，其罪行严重；所谓“和卖”，指的是卖人者和被卖者之间关系友好，不存在设计陷害的情况，其罪行较轻。请看有关法条：

和卖者，减一等。……被卖卑幼不坐，给亲完聚。（《大清律例》）

依法，倪老爹四次卖儿均属“和卖”，其罪行比“略卖”轻一等，被卖的儿子们都无罪，应当还给倪家。实际情况，都是有罪的老爹一直逍遥法外，而被卖掉的儿子们没有一个回归倪家，这些等于宣告了上述法律的落空。这是倪老爹卖儿罪案在法律上的又一认识价值。

再看老倪将小儿子倪廷玺过继给鲍文卿当义子之事，看似办了正儿八经的法律手续，实际上是一宗罪行。经过双方商议，终于形成一份民事法律文书，全文抄录如下：

立过继文书倪霜峰，今将第六子倪廷玺，年方一十六岁，因日食无措，夫妻商议，情愿出继与鲍文卿名下为义子，改名鲍廷玺。此后成人婚娶，俱系鲍文卿抚养，立嗣承祧，两无异说。如有天年不测，各听天命。今欲有凭，立此过继文书，永远存照。嘉靖十六年十月初一日。立过继文书：倪霜峰。凭中邻：张国重，王羽秋。（第二十五回）

这一纸过继文书，有法律效力吗？没有。因为，法律明文规定，无子之人若想有名义上的儿子，就得履行“立嗣”的法定手续，而立嗣的对象，只能在同姓同宗族的相应辈分的人们中去寻求，以异姓之子弟立嗣属于非法性质。

其乞养异姓义子以乱宗族者，杖六十。若以子与异姓人为嗣者，罪同。其子归宗。（《大清律例》）

依此，不仅倪氏又一次犯罪，连鲍文卿也连带地犯了相同的罪，同时倪氏小儿子只能回倪家去。上述法律文书因同这法律矛盾，故不能算数。

此案的反讽意味在于：明明有效力的法律形同一低空文，而非法的一纸空文却有了被执行、被遵守的效力。现实生活中，法律的地位如此尴尬，法理如此扭曲；文学作家作品的法律思考就这样把法学家们不大关心，不曾留意的法律智慧赐予广大读者，令人眼前一亮。

当然，关于立嗣的法律之所以排斥异姓人氏的原因，还可作深入探讨。在我看来，这条刑法，是为维护中国传统的宗法服务的。宗法的实质，是崇尚家庭伦理，维护天然的血亲人伦关系的代代相传。直到今天，农村社会依然存在着宗法思想习惯及其因袭的强大势力。这一点，中国文化人都不陌生。文化人陌生的东西，只在于中国封建法律对宗法传统采取保护与强化的立场。其弊病，在于同现代化法治提倡的民主、自由、在法律面前人人平等之类的先进人文精神背道而驰。以倪、鲍两家的上述过继之事而言，双方商议而来的皆大欢喜之事，可封建法律偏要认定当事人都有罪，这种落后的法律退出历史舞台真是大快人心。

总之，我对老倪是深深同情的，对其犯罪的事实也不否认，同时对法律落后于时代的问题也作了理性分析。在我看来，唯有从这几个方面综合解读倪老爹的故事，才可能形成合乎作品实际的结论。上述文学家囿于伦理一隅的评论，离法律的意蕴实在太远了。

三十三　鲍文卿致使秘书犯罪中止的案件

向知县遭遇革职厄运被鲍文卿解救之后十多年，时来运转，后升任四川知州，如今又升任安庆知府。鲍文卿得知这个好消息，便带着过继得来的儿子鲍廷玺坐船前往安庆去拜访向知府。同船的有安庆府的两个秘书（书办），他们听说鲍文卿与向知府有交情，竟想托这层关系来私下处理两件公事，不料碰了钉子。我们从双方的全部对话中可以清晰地看到鲍文卿所化解的两个秘书犯罪案的来龙去脉及其寓含的全部法理。

> 晚上候别的客人睡着了，便悄悄向鲍文卿说："有一件事，只求太爷批一个'准'字，就可以送你二百两银子。又有一件事，县里详上来，只求太爷驳下去，这件事竟可以送三百两。你鲍太爷在我们太老爷跟前恳个情罢！"鲍文卿道："不瞒二位老爹说，我是个老戏子，乃下贱之人。蒙太老爷抬举叫到衙门里来，我是何等之人，敢在太老爷跟前说情？"那两个书办道："鲍太爷，你疑惑我这话是说谎么？只要你肯说这情，上岸先兑五百两银子与你。"鲍文卿笑道："我若是欢喜银子，当年在安东县曾赏过我五百两银子，我不敢受。自己知道是个穷命，须是骨头里挣出来的钱才做得肉，我怎肯瞒着太老爷拿这项钱？况且他若有理，断不肯拿出几百两银子来寻人情。若是准了这一边的情，就要叫那边受屈，岂不丧了阴德？依我的意思，不但我不敢管，连二位老爹也不必管他。自古道，'公门里好修行'，你们伏侍太老爷，凡事不可坏了太老爷清名，也要各人保着自己的身家性命。"几句说的两个书办毛骨悚然，一场没趣，扯了一个淡，罢了。（第二十五回）

吴敬梓不愧为设计和描写法律诉讼案件的高手，仅这起用谈话方式道出的秘书犯罪中止案，不仅在形式上是案中有案的三连环案件组合，而且在法律内涵上有相当大的解读空间。

以形式上的三连环案中案而言，两个秘书私下企图通过金钱交易和熟人关系，私下处理衙门公务，社会危害性在于干扰司法公正，由于遭到鲍文卿严词拒绝，他们的犯罪活动在着手用金钱诱惑当事人的起始状态就泡汤了，构成了犯罪中止。而那极力相托欲办的两件"事"，实质上是两起案子。清代的府衙，属于二审机关，受理县衙上报的各种刑事案件，有权批准或驳回上报案件的判决。由此可知，两个秘书所要通过非法渠道办的这两件案子，一件属于企图得到批准的，另一件则属于企图得到驳回的。鲍文卿一口回绝，将这些不法行为都消灭在萌芽状态。否则，就会出现这样的恶果——两个秘书沦为罪犯，两件案子遭到错办，鲍文卿也被拖下水成为罪人。

从这三连环案件的法律内涵来看，首先可议的是两个秘书的犯罪性质、危害和根源。两个秘书身为向知府的下级，理应帮助长官公正执法，而他们的所作所为却反其道而行之，故属于执法犯法。这种行径，不仅破坏了法律，歪曲了政府衙门的形象，同时将会使鲍文卿、向知府一并卷入犯罪泥坑，原有两起案件的是非和当事人的得失将发生根本的倒错，危害甚多。若追究两个秘书犯罪的根源，除了他们主观认识上有过错之外，在客观法律因素上来说，法律从诞生于文明社会之后，从来不是孤立的存在，总不免受种种其他社会力量的牵扯，从而使法律人以及任何与法律打交道的社会成员都自觉或不自觉地产生对法律的离心力或向心力。正因为这样，纸张上书写的法律条文在社会生活中的实施，就成了千奇百怪、复杂万状的艰苦社会工程，绝对不同于按数学公式来解方程式那样的纯粹智力活动。因此，两个秘书的犯罪意向的产生以及即将付诸行动的言谈活动，不是简单斥责、辨别正误所能济事的。

其次要谈的是，鲍文卿难能可贵的地方，恰恰在于对两个秘书犯罪的上述性质、危害和根源这一要害而复杂的问题，有着基本正确的认识思路，故对他们的一番批评，看似平淡无奇，实际上充满了法理上的洞察力，看得准，说得对，颇有战斗力。法律与人情、法律与金钱、原告与被告的法律是非、法律与道德、执法队伍中上下级应有的分工合作彼此尊重的关系、法律工作的名与实等法律问题，在鲍氏一番话中都有所涉及，义正词严，势不可挡。两个秘书听得“毛骨悚然”，感到自讨“没趣”，并非夸大其辞，实为作家设身处地在感受鲍氏言辞的良好效果的精当表述。

鲍文卿舌战两个有犯罪意向的秘书，将他们从邪道上拉回正道，正在鲍文卿不惑之年。而他的职业是戏剧演员，即今天在社会上走红、吃香的文艺工作者，这种年富力强的中年文艺工作者并非法律人，却能讲出使法律工作者口服心服、当即认错的内行话，不免使我在解读此案时产生了对现实中许多文化人不通法律、一谈法律就出错的状况产生了联想，加深了惯有的忧虑。我甚至这样作比较：两百多年前的一个文艺工作者，尽管法律歧视他，诬之为贱民、戏子，他也意识到自己是贱民、戏子，但他却坦然面对，依旧主持公道，维护着法律与衙门的尊严，讲了叫行家心悦诚服的内行话；而今天的文艺工作者，受全社会拥戴，若成了大明星，则会拥有数百万粉丝，然而他们往往不通法律，甚至以身试法，成为违法犯罪者，或为违法犯罪者奔走呼号鸣不平。这种反差是不是可以理解为新中国的高高在上的文艺工作者在法律修养上反不如旧中国受歧视的文艺工作者呢？如果是这样，其深刻教训何在呢？

三十四　方孝孺被夷十族的大血案

方孝孺被夷十族的大血案，发生在明成祖朱棣登基当皇帝的永乐元年（公元1403年）。吴敬梓描述此案的触发点，是南京的一处法律文化遗址——夷十族处，而案情及对此案的评论则通过杜慎卿这个被反讽的人物的一番谈话加以表现。作品借此到底对这一大血案要发表怎样的见解，就关系到正确评价杜慎卿言论的是非了。

杜慎卿在夷十族处当众谈话的全文如下：

“列位先生，这‘夷十族’的话是没有的。汉法最重，‘夷三族’，是父党、母党、妻党。这方正学所说的九族，乃是高、曾、祖、考、子、孙、曾、元，只是一族，母党、妻党还不曾及，那里诛的到门生上？况且永乐皇帝也不如此惨毒。本朝若不是永乐振作一番，信着建文软弱，久已弄成个齐梁世界了！”萧金铉道：“先生，据你说，方先生何如？”杜慎卿道：“方先生迂而无当。天下多少大事，讲那皋门、雉门怎么？这人朝服斩于市，不为冤枉的。”（第二十九回）

这番话毛病不少。首先，是法制史上有关法律知识有的含糊不清，有的不合事实。夷族，是古代中国死刑判处的方式之一，就是除了处死当事人，还要把清白无辜的亲属也一并处死。而夷三族、夷九族、夷十族，则是株连范围逐层扩大的具体化，亦即是无辜而处死的人数的不断增加。这反映出的是古代刑法的野蛮、残酷和无理。

“汉法最重”，完全是无稽之谈。据《史记·秦本纪》记载，秦文公“二十年”（公元前746年），“法初有三族之罪”。杜某把夷三族的历史推迟了五百多年。从此之后，衍生出夷七族、夷九族、夷十族等具体夷族方式。

“这夷十族的话是没有的”，是指法制史上不曾出现过“夷十族”之事，还是指明代对方孝孺不曾“夷十族”呢，话语含糊不清。应当说，“夷十族”是永乐皇帝搞扩大化的绝作，远远超过了鼻祖秦文公。

其次，在具体评价方孝孺被夷十族的大血案时，杜慎卿不免前后矛盾：先谈到“永乐皇帝也不如此惨毒”，似对当权者有微词，而后又谈到方孝孺之死，“不为冤枉的”，又似乎对当权者表示认可。这种矛盾，反映的是杜某对如此大血案终究缺乏准确的价值判断。

在我看来，小说正是在讽刺杜某对本案既无正确历史知识，又无正确价值判断，却硬要附庸风雅而哗众取宠的基础之上，重启思考、探究门径，留下让有兴趣的读者刨根问底的好机会。

此案的要害，在于方孝孺是否犯下弥天大罪？司法公正在刑法的执行上的一个根本表现，是罪与罚相当。方孝孺被夷十族一案，除其宗亲九族之外，还有一族是他的学生，被处死的共八百七十余人。难道方孝孺本人果真有不可饶恕的罪恶吗？否。方孝孺是明惠帝即建文皇帝的侍讲学士，《太祖实录》

总编辑。当燕王朱棣兵入京师（南京市）后，他不愿为成祖起草登基诏书，于是被视为罪大恶极。就法律事实而言，真正有罪的是燕王朱棣本人。因为，他不满于建文皇帝，自己要取而代之，以当权皇帝的法律视之论之，这是犯谋反大罪，该夷族处死。方孝孺不愿为他起草登基诏书，恰恰是维护当权皇帝和法律权威的典型表现，当以功劳论之视之。

遗憾的是，燕王谋反得逞，当了永乐皇帝，他的法律就把建文皇帝时代的功与罪的关系全盘颠倒过来了。这就是方孝孺罪行的真相。法律仍然都是《大明律》，但随着掌权皇帝的下台与上台，被统一的明代法律认定的法律关系——尤其是功与罪的关系，就势必发生逆转。法律与兵权的微妙二元关系及其转化，在此案中得到了极其深刻、尖锐的表现。方孝孺大血案的法律认识价值当在这个骨节眼上。

说到这里，笔者不能不对《中国法制史》谈论此案的结论提出一点批评。在这本教科书中，编者引用了《明史》中不少材料，对本案采用酷刑折磨当事人的具体情形有较多说明，而在作结论时，仅只有一句话："这不能不使明代法制遭到极大破坏。"（曾宪义《中国法制史》）我以为，这样反思方孝孺大血案失之于就事论事，使人感觉到只是执法行刑时过了头而已。若从法律哲学的高度回顾这一历史旧案，其最发人深思的地方，的确在封建皇权的更替所引发的原有法律关系的大逆转，至于使用种种酷刑，只不过是新的掌权者疯狂发泄对维护原有皇权的人们的扼制不住的仇恨，就更证明了当初谋反和夺权的狂妄、野蛮。方孝孺们丢掉的只是肉体生命，永乐皇帝却丢掉了精神人格。

三十五　两起处罚原告的刑事案件

《儒林外史》中先后出现了两起处罚原告的刑事案件，从而一再把公堂上的法律荒诞现象暴露在读者面前，让人感到那种不可思议的法律处罚仿佛从天而降，不知何方神圣在幕后操纵着人间的这种滑稽表演。

近几年来，在“法说”系列书稿中，我一直在谈论明清小说经典中的法律幽默，同时也不停地批评文学工作者不通法律的法理荒诞。本文所谈的这两起处罚原告的刑事案件，似乎有意将法律幽默与法律荒诞融炼得难分难解，从而使我们的研究获得进一步的个案材料与理性空间。

我们说过，李逵在寿张县临时举办了一次模拟法庭的活动，审判了一起假案子，在一系列引人发笑的环节上再爆猛料：判定行凶打人的被告是英雄，而挨打的原告有罪，立即枷号在县衙门前示众，弄得围观百姓大笑不止。这里所要谈的两起处罚原告的刑事案的荒唐可笑之处，恰如李逵在模拟法庭上的滑稽表演，在《儒林外史》所描写的真正审判公堂上，竟然接连出现了两次！

李逵处罚原告，本是闲耍逗乐，故只属于法律幽默，令人发笑而已。而本文要谈的两件案子，既有李逵式的法律幽默，更是新创造了前所未有的法理荒诞，令人啼笑皆非。这里的法理荒诞是什么呢？

先看第一案。卢信侯有藏书爱好，连禁书《高青邱文集》也收藏在家，不料被人告发，中山王府派了几百兵来捉拿他。当时，卢信侯正在庄尚志家里做客。这庄尚志住地非同寻常，乃是皇上赐给的南京元武湖。这几百大兵尾随卢信侯，渡水将庄尚志的花园团团围住。指挥官附耳低声通报捉卢信侯的事情。庄尚志担保说：我明天叫他自己去投监，不必你们动手。果然，卢信侯自觉坐牢去了。然而，不几天，卢信侯被释放，而最后被问罪的竟是原告。出狱后的卢信侯成了庄氏花园的座上宾。

为什么会发生原告受处罚的怪事呢？难道告状者所告之事不实而成了诬告才得罪吗？原来，是庄尚志在搞法律之外的暗箱操作，这才导致原告无错而受处罚的奇闻出世。庄尚志受礼部侍郎徐基推荐，入朝受到嘉靖皇帝接见，表现出卓越的才学，虽最终没有当上官，但名声已在朝廷和社会上传开。就凭借这人脉，庄尚志写了十几封信，托人进京找朝廷的权势者释放卢信侯。果然，卢信侯迅速出狱了。至于“反把那出首的人问了罪”是怎么一回事，庄尚志恐怕就弄不明白了。是的，小说在这里有意留下一个未解的悬念。只要我们往官员手中的大权凌驾于法律之上的要害处去思考、求证，大约就不会有什么差错。换一句话说，这悬念里面所包含的法律理念，大约就是朝臣大权破坏法律而产生了惩治无错原告的怪胎。

再看第二案。万雪斋的两条盐船，在江中遇大风浪搁浅。这时，从各处涌来两百只小船，把大盐船上的盐包哄抢一光，逃得无影无踪。船员们只好到彭泽县衙去告状。那知县在公堂上听了原告陈述之后，大怒说：

“本县法令严明，地方清肃，那里有这等事！分明是你这奴才揽载了商人的盐斤，在路伙着押船的家人任意嫖赌花消，没途偷卖了，借此为由，希图抵赖。你到了本县案下，还不实说么？”不由分说，撒下一把签来，两边如狼如虎的公人，把舵工拖翻，二十毛板，打的皮开肉绽。又指着押船的朝奉道：“你一定是知情伙赖，快快向我实说！”说着，那手又去摩着签筒。可怜这朝奉是花月丛中长大的，近年有了几茎胡子，主人才差他出来押船，娇皮嫩肉，何曾见过这样官刑。今番见了，屁滚尿流，凭着官叫他说甚么就是甚么，那里还敢顶一句。当下磕头如捣蒜，只求饶命。知县又把水手们嚷骂一番，要将一干人寄监，明日再审。（第四十三回）

这知县分明是一个地方保护主义者。他的所说与所为，出发点与落脚点，不在依法打击彭泽县境内的罪犯，而在先验性地保护地方利益，包庇境内罪犯，无理指责与处罚外来商客。法律在他手中，变得连儿戏都不如。这种法律荒诞，在荒诞小说和戏剧问世之后，读者不会感到吃惊，而出现在两百多年前的现实主义小说中，则是罕见的。

如此怪事出现的原因，除了权力滥用对法律的干扰、破坏的普遍、共同流弊之外，就彭泽县知县而言，是不是由于他糊涂呢？在莎士比亚的戏剧里，的确有一个糊涂警官道格培里，他也迷糊得分不清原告和被告，尽讲错话、做错事。细看小说，这彭泽县令似乎糊涂，其实明白。他一开口就是自吹自擂：“本县法令严明，地方清肃”，接着就否认盐船被哄抢：“哪里有这等事！”再往下，就是诬陷船员拷打舵工，还打算关押大家等明天“再审”。这一切逻辑严谨，不像低智商或智障者的做派。所以，彭泽县令闹出的法律荒诞，根子在权力滥用和地方保护主义。这两样东西一旦联姻，千奇百怪的紊乱现象就会层出不穷，法律荒诞剧就会随时随地上演。

三十六　虞博士监考失职案

苏州府常熟县的虞博士其人，在小说中被公认为大贤人，在当今出版者的导读文章中被誉为作家所描写的理想人物，在中国文学史教科书中被认为是作家所言定的正面人物。这些道德评价虽然都是正确的，但并非全面而完美的不刊之论。一个发人深省的事实，是这位德高望重的人士固然不失宽厚待人的道德风范，然而在法律视角之下，却大煞风景——应当追究其严重失职的刑事法律责任！

这个事例，发生在虞博士监考的场合。小说中人们把这件事当作奇闻异事随意言谈与议论，实质上是一起监考人员严重失职的刑事案件。人们是这样谈论发生在虞博士身上的“奇事”的：

> 武书道：“这一回朝廷奉旨要甄别在监读书的人，所以六堂合考。那日上头吩咐下来，解怀脱脚，认真搜检，就和乡试场一样。考的是两篇《四书》，一篇经文。有个习《春秋》的朋友竟带了一篇刻的经文进去。他带了也罢，上去告出恭，就把这经文夹在卷子里，送上堂去。天幸遇着虞老师值场，大人里面也有人同虞老师巡视。虞老师揭卷子，看见这文章，忙拿了藏在靴桶里。巡视的人问是甚么东西，虞老师说：‘不相干’。等那人出恭回来，悄悄递与他：‘你拿去写。但是你方才上堂不该夹在卷子里拿上来。幸得是我看见，若是别人看见，怎么？’那人吓了个臭死。发案考在二等，走来谢虞老师。虞老师推不认得，说：‘并没有这句话。你想是昨日错认了，并不是我。’那日小弟恰好在那里谢考，亲眼看见。那人去了，我问虞老师：‘这事老师怎的不肯认？难道他还是不该来谢的？’虞老师道：‘读书人全要养其廉耻，他没奈何来谢我，我若再认这话，他就无容身之地了。’小弟却认不的这位朋友，彼时问他姓名，虞老师也不肯说。先生，你说这一件奇事可是难得？”杜少卿道：“这也

是老人家常有的事。”（第三十七回）

单纯从道德层面上看，虞博士作监考者，发现一个考生作弊，证据确凿，不仅没有制止、上报，反而替他打掩护，致使其放心大胆抄袭所挟带的经文，侥幸成功。事后，考生来感谢他，他竟不承认有此事发生，还堂而皇之地编造了这样不求回报的理由，总之，大好人一个。

然而，从法律角度看，虞博士的行为触犯了刑法，构成了犯罪，并且是死罪难逃，请看他所触犯的“条例”：

乡会试，考试官，同考官及应试举子，有交通、嘱托、贿买关节等弊，问实斩决。（《大清律例》）

请分析虞博士发现考生作弊证据后的一系列行为：先偶然发现挟带的刻印经文；后帮考生藏好以免被其他教官发现；再交给从厕所返回考场的考生，嘱咐他拿去照抄；最后考生过关来感谢被拒绝等，实属“交通、嘱托”之弊，以此论死，并不冤枉。既然严肃认真地评论文学人物，此案中虞博士严重至极的死刑之罪行，难道可以略而不论吗？可见，单纯的道德评价，对人物形象是有所歪曲的，评价本身是片面的，弃之不用是必要的。

更重要的一点，在于此案中好人的宽厚美德同国家刑法的严肃无情之间，存在着势不两立的矛盾，致使一个道德楷模在无微不至关爱作弊考生的时候，把自己送上了死刑犯的不归之路。所幸纸张上的严厉法律，往往流于空文。若果真依法办案，这位道德模范的老命就保不住了。就这样，此案在法理上的又一重要认识意义，在于为学人研究和阐释法律与道德的关系提供了生动、形象的典型材料。

吴敬梓是颇有法律修养的作家。他让武书与杜少卿们在一起回忆、议论虞博士在考场内外所做的这件“奇事”，并非要用什么奇闻异事来叫大家开心一笑，而是有意吸引人在听闻此事之后来思考有关法律与法理的问题。不理解这一点，不仅自己立论偏颇，而且曲解了人物，辜负了作家，损失就太多太大了。

假如有人对本文所谈不以为然，那么我要强调说，小说第三十六回末尾所写虞博士宽厚对待一位犯赌博罪的端监生的故事，其实也是一个案例，所表现的法理的一个重要方面，就在法律与道德的关系层面之上。法律认为端某犯赌博罪要惩罚，虞博士感觉到端某有冤枉，帮他到官府澄清了冤枉，纠正了执法错误。所以说，吴敬梓对于法律与道德关系的思考，在赌博案中的具体表现，就是认为民间贤人的良好道德修养，能够在意料不到的时候帮助官府纠正执法办案中的错误。同样的理由，以此案来单纯认定虞博士是好人，认识上依然要失之于偏颇。唯将前后两案都置于法律与道德的关系层面上讨论和发言，我们对虞博士其人其事才可形成无可挑剔的正确认识。

三十七　同官县知县严于执法的案件

在《儒林外史》全书中，严于执法而堪称楷模的人物，毫无疑问就是此案中的陕西同官县知县尤公。似乎在有意考读者一样，小说不以案件论之，而把它说成是“做了一件好事”。是的，当我们对有关法律毫不知情之时，充其量只能是凭小说文本所记叙的事件始末去作道义上的判断，确认它是尤知县所做的一件好事。然而，一旦知道了这好事相关的法律规定，那么这好事就意味着以高尚的人道主义同情心创造性地圆满执法办案，其人格与精神到今天仍熠熠生辉。

且先欣赏这件好事在字面上传达出来的全部信息：

> 广东一个人充发到陕西边上来，带着妻子是军妻。不想这人半路死了，妻子在路上哭哭啼啼。人和他说话，彼此都不明白，只得把他领到县堂上来。尤公看那妇人是要回故乡的意思，心里不忍，便取了俸金五十两，差一个老年的差人，自己取一块白绫，苦苦切切做了一篇文，亲笔写了自己的名字尤扶徕，用了一颗同官县的印，吩咐差人：“你领了这妇人，拿我这一幅绫子，遇州遇县，送与他地方官看，求都要用一个印信。你直到他本地方讨了回信来见我。”差人应诺了。那妇人叩谢，领着

去了。将近一年，差人回来说："一路各位老爷看见老爷的文章，一个个都悲伤这妇人，也有十两的，也有八两的，六两的，这妇人到家，也有二百多银子。小的送他到广东家里，他家亲戚、本家有百十人，都望空谢了老爷的恩典，又都磕小的头，叫小的是'菩萨'。这个，小的都是沾老爷的恩。"尤公欢喜，又赏了他几两银子，打发差人出去了。（第三十八回）

在不顾及法律的条件下，尤知县拿出自己的工资，派公差护送失去丈夫的不幸女子从陕西返回故乡广东，历时一年，终于到达目的地，且反馈了完成任务的好消息，谁都能从这里感到尤知县的确是一个大好人，做了一件大好事。若停留在这种认识层面上，就如同打井，虽挖成了井的模样，但没有见到水出现。

查《大清律例》，有关于"流囚家属"的条文：

凡犯流者，妻妾从之……若流徙人身死，家口虽经附籍，愿还乡者放还。

另外，还有相应的条例，把上述"愿还乡者放还"的细节，作了更具体的操作性规定："若妇人无子及子幼者，咨明本省督抚，令本犯亲戚领回原籍。"（《大清律例》）究明了这两条法律，重温上述"好事"，我们就很容易产生新的认识了。

首先，这道义上的好事，在法律视角之下，其实是由犯流罪的刑事案件在实施处罚过程中产生出来的民事案件，因而尤知县做好事就是在处理这一起特别的民事案件，其执法的依据，就是关于上述"放还"的法条。换一句话说，尤知县在执行"放还"的法律规定。

其次，也是最重要的一点，上述条例对"放还"的实施细则要求较低，达到两条底线即可：一是向省里的主管机关报告有关案情，即不可擅自行动；二是令死者亲戚来把该女领回原籍。尤知县的做法，大大超越了两条底线，采取的是富有个人创造性的最优秀的方式：拿出自己的工资五十两银子作为公差与妇女在沿路上的开销；写了一篇求助于沿路各州县的公文，请求各地长官看过之后在公文上加盖公章；送达目的地之后索要地方政府回执；所派差人特别强调是“老年的”差人，知县所考虑到的细节读者可以意会，不必多说。在我看来，尤知县是把执行法律当作为百姓做善事、谋福利的光荣事业对待，故不像一般公事公办那样机械地走程序，而是处处体现了爱民的热忱与真诚。

再次，从流囚之妇回到原籍后其亲戚、本家一百多人对尤知县和老差人感恩戴德，把两个官人当作“菩萨”来恭敬的盛况，可知这次执法活动深得民心民意。官员与差人的形象，法律的尊严，在这盛况里得到了树立，得到了维护。

最后，本案中的这位老差人，表现非凡，在千里迢迢的跋涉中历时近一年，吃尽千辛万苦是不言之中的事情。我想说的是，老差人的形象即使作孤立的分析、思考，也是一个了不起的人物，但要将他同小说前面所写的秦头役、无姓名的差人、潘三等违法犯罪的差人作比较，那么他的高尚之处就更加引人注目。可以这样说，在《儒林外史》中的差人小史中，这位同官县的无名老差人写下了最后的光辉篇章。

执法办案的差人，是没有官职的普通法律工作者，相当于现在的司法各部门的警察。从这意义上看，本案中的老差人，应当是我国古代文学塑造的一个动人的老警察的形象。

作为讽刺小说的《儒林外史》，在本案的描述上，没有讽刺，只有歌颂。而它所歌颂的同官县知县尤公和这位没有姓名的老差人从来不被谈论，实在可惜之至。

三十八　木耐夫妇装鬼劫财害命的案件

纯文学家在解读此案时出现的错误之多，说出来会使读者一惊：短短几句话，竟有四个错误！这段话是：

> 至于民众的生活更是痛苦……山中剪径的木耐夫妇，作者都以深切的同情，描绘了他们活不下去的惨境。(游国恩《中国文学史》第四册)

笔者抄录的这段话，共有四句，每一句话都有错误。为此，笔者的解读，也只好针锋相对地一一纠错。

木耐夫妇的行为是“剪径”吗？剪径，是犯罪隐语，意为拦路抢劫。《水浒传》中剪径行为与话语很多。第六回九纹龙史进和第四十三回李鬼所干的勾当，都是手持武器，拦路抢劫钱财。木耐夫妇的勾当，虽也在路途上进行，但不是动武抢劫，而是装鬼吓人，然后把被吓之人的财物据为己有。在本案中，那位被吓的路人已跌入深涧，生还的希望渺茫，其财物就归木耐夫妇所有了。把这种经过精心策划，妻子装女吊死鬼、丈夫躲在下面缸里与之配合，把路人吓得半死或跌入山涧，再取其钱财的行为，说成是水浒式的剪径，失之于极不准确。

法律家可能不如文学家擅长对语言的使用，然而他们的立法语言却比文学家准确得多。在《大清律例》里，“剪径”被认定为“白昼抢夺”之罪，而木耐夫妇的作为，则属于“恐吓取财”之罪。我相信，若读者没读小说原文，只看上述文史著作，一定会把木耐夫妇的所作所为跟史进、李鬼们等同起来。

作者所“描绘的”是“活不下去的惨境”吗？不！请看——

> 郭孝子走的慢，天又晚了，雪光中照着，远远望见树林里一件红东西挂着。半里路前，只见一个人走，走到那东西面前，一交跌下涧去。郭孝子就立住了脚，心里疑惑道：“怎的这人看见这红东西就跌下涧去？”定睛细看，只见那红东西底下钻出一个人。把那行李拿了，又钻了下去。郭孝子心里猜着了几分，便急走上前去看。只见那树上吊的是个女人，披散了头发，身上穿了一件红衫子，嘴跟前一片大红猩猩毡做个舌头拖着，脚底下埋着一个缸，缸里头坐着一个人。那人见郭孝子走到眼前，从缸里跳上来。因见郭孝子生的雄伟，不敢下手，便叉手向前道：“客人，你自走你的路罢了，管我怎的？”郭孝子道：“你这些做法，我已知道了。你不要恼，我可以帮衬你。这妆吊死鬼的是你甚么人？”那人道：“是小人的浑家。”郭孝子道：“你且将他解下来。你家在那里住？我到你

家去和你说。”那人把浑家脑后一个转珠绳子解了，放了下来。那妇人把头发绾起来，嘴跟前拴的假舌头去掉了，颈子上有一块拴绳子的铁也拿下来，把红衫子也脱了。那人指着路旁，有两间草屋，道：“这就是我家了。”（第三十八回）

这里通过郭孝子的亲眼观察，全是木耐夫妇如何装吊死鬼、怎样把过路人吓得跌下涧去了、又怎样把受害人的行李据为已有等细节。由此可知，这种“恐吓取财”的罪行，并非一般人能够想象的做怪样子、发怪声音式的徒手恐吓，而是精过商量研究，使用了道具，恐吓的后果是闹出了人命，故属于犯罪细节的逐一展示，目的在于启发好奇者作相应的法律考察。笔者依此理解，查阅法典，果然有预料之中的发现。在“谋杀人”的法条第一款，对“谋”字的立法解释有两点：“或谋诸人，或谋诸心。”（《大清律例》）木耐夫妇的“谋”，把两种“谋”都用上了。夫妇在一起商议作案，为“谋诸人”；想出装女鬼、夫妻相配合之类的犯罪方式，为“谋诸心”。过路人跌入山涧而死，就是这样被谋杀的。夫妻二人就这样犯下死罪。

再看相关条例，反复讲到了“谋财害命”“图财害命”，都该判处死刑。

所得出的结论，应当是：小说“描绘的”根本不是什么“生活不下去的惨境”，而是夫妻二人犯死罪的方式、过程、致死人命的结果。

小说表现了“民众”生活的“痛苦”吗？不是的。木耐夫妇贫穷是属实的，有路边所住“两间草屋”为证。不过，小说无意于张扬这贫穷导致的生活痛苦，而是将其作为犯死罪的基本原因。这“两间草屋”的镜头一出现，笔者当即联想到的就是夫妇二人因穷才犯罪。好心的郭秀才进了草屋，询问作此坏事的缘由，木耐果然如实交底：“近来因冻饿不过，所以才做这样的事”，当场还表示“从此就改过了”。缺吃少穿住茅草屋，生活的困苦把木耐夫妇逼上了犯死罪的绝路——这才是小说描写此案的法律寓意。

除此之外，郭孝子以十两银子相助，规劝他们去做生意，虽是行善做好事，但属于“私和公事”的犯罪。这也是此案的法理寓意之一。

作者对木耐夫妇表达了“深切的同情”吗？同情，是不可排除的，但谈不到“深切”。细读小说文本，揣摸作者心境，我以为真实的创作心态，应当是对木耐夫妇的谋财害命罪行作严厉谴责，同时对其生活的窘迫也有所同情。

我的这种心理分析，有木耐的又一次犯罪行为作证。那是在接受了郭孝子的十两银子的资助和一顿好言相劝之后，木耐去参军路中因为缺少路费，乘天不亮时拦路抢劫，结果碰到武艺高强的萧云仙而未能得逞。这属于犯罪未遂的行为，再一次发生在木耐身上，犯罪积习难改。若是“同情”木耐，如此写来岂不是把“同情”心境彻底破坏了么。所以，我以为吴敬梓对木耐夫妇的同情极为有限，而谴责、讽刺则是彻底的，有力的。

三十九　以犯罪手段对付犯罪的连环案

在笔者所登记的第八十八号案件中，常有前一案与后一案之间存在着某种内在逻辑联系，如前一案为公案，后面接着出现了公案和私案；又如前一案为民事纠纷案，后面引出刑事犯罪案；再如前一案为原因，后一案为结果等。这是很值得注意的法律现象，笔者为此总是在一篇文章中谈相关的两起或多起案件。本文所谈，又是一个相关联的因果连环案。

作为前因的案件，是响马头子赵大冒充和尚，杀人吃人，作恶多端的大案子；而作为后果的案子，则是萧云仙憎恶赵大的为非作歹，苦练投弹武艺，终于把正在作案杀人的赵大的一双眼睛打瞎的人身伤害案。二者的内在法律联系，在于以犯罪手段对付犯罪，或者以一种罪行去取代另一种罪行。这种情形，极容易引起文学家的误读误解。原因在于，作为犯罪诱因的道德，有善恶之分。当以善反恶式的犯罪出现之后，善良的学人就不免为之叫好。例如，武大郎被毒杀后，武松出于替哥哥报仇的善心而杀了潘金莲和西门庆，文学家便忍不住称赞说“杀得好”。其实，这就是以犯罪手段对付犯罪。本文所谈，类似武松式的以罪抗罪，目的在于强调一个基本意思：千万不可为这种有某种正义感的犯罪行为叫好。

先看赵大的犯罪案。“响马”，是对一种特别的拦路抢劫罪行的称呼，因作案时往往放响箭而得名。这赵大，是响马的头子，忽然心血来潮，冒充和尚到寺庙里行凶作恶来了。当家的老和尚收留他住下，不料他尽干喝酒、打人之类的破坏清规的勾当，于是把赵大打发走了。半年后，老和尚到峨眉山去，竟碰到赵大。赵大住在庵里，专干杀人吃人脑子的绝活。只要他用葫芦叫谁去山冈子买酒，那准是要把这个人当下酒菜。老和尚去买酒时，从卖酒老妇女口中得知这个危险信号，害怕极了。幸好，老妇女告诉说有人能救他，此人就是萧云仙。老和尚与萧云仙见面，得知他正在练习投弹武艺，以对付响马头子赵大。在这样的花开两朵，各表一枝的叙事中，因果连环案的内在联系已初显姿态了。

生动场景，当是行凶杀人与灭凶救人同时出现的那一刹那——

> 恶和尚把老和尚的光头捏一捏，把葫芦药酒倒出来吃了一口，左手拿着酒，右手执着风快的刀，在老和尚头一试一试，比个中心。老和尚此时尚未等他劈下来，那魂灵已在顶门里冒去了。
>
> 恶和尚比定中心，知道是脑子的所在，一劈开了，恰好脑浆迸出，赶热好吃，当下比定了中心，手持钢刀，向老和尚头顶心里劈将下来。不想刀口未曾落老和尚头上，只听得门外飕的一声，一个弹子飞了进来，飞到恶和尚左眼上。恶和尚大惊，丢了刀，放下酒，将只手捺着左眼，飞跑出来，到了外一层。迦蓝菩萨头上坐着一个人。恶和尚抬起头来，又是一个弹子，把眼打瞎。恶和尚跌倒了。（第三十九回）

赵大罪行严重至极，在未曾冒充和尚之前，他是响马头子，以抢劫钱财为主。查《大清律例》可知，对于“响马”有不少专门法条，连劫不得财都要判处流刑；而一旦得财，不论多少，都判死刑，赃款多的处死刑后还陈尸示众。赵大逍遥法外之后，混到和尚队伍中竟然大干杀人吃人脑子的灭绝人性的滔天罪行，一旦落网，死有余辜。大约法律为之失效，才有行侠之人来私自处罚这个恶棍。

再看萧云仙打瞎赵大的罪案。以作案动机而论，出于道义，惩恶扬善，解救即将丧命的老和尚，是其犯罪的主观因素，这是无可异议的。然而，其行为是伤害对方身体，却是法律禁止的罪行，依然要受法律处罚。

当然，此种情况下的犯罪，古今法律的处罚与否，是有区别的。例如，丈夫发现妻子与人有奸情，当场把奸夫杀死，古代法律不加处罚。再如，家长对违法教令的子孙进行鞭挞，偶然致死人命，法律规定“勿论”。今天的法律则一律不允许这类命案发生，否则就要追究刑事法律责任。

那么，萧云仙打瞎了恶和尚的一双眼睛，依法该如何处罚呢？

> 瞎人两目……并杖一百，流三千里。仍将犯人财产一半，断付被伤笃疾之人养赡。(《大清律例》)

这就是说，除了被挨打、流放之外，还要负民事赔偿责任。说来有趣，萧云仙似乎知道作案后责任重大，就连忙把老和尚驮在身上，急急出了庵门，一口气跑离现场四十多里。看来，这种作案后逃逸现场的做派，古今如一。尤其是现今交通事故的肇事者，媒体所报道的逃逸者不在少数。但愿全社会能够抨击、扭转这一时弊。

四十　生意纠纷引发的武装叛乱案

此文谈的是民事小纠纷引发的刑事大犯罪的二连环案件，二者之间的因果关系也很明显。小说采取的叙事策略，就是有意将两起不同法律性质的案件水乳交融，从而表现出法律关系的各自特征及其转化规律。

> 松潘卫边外生番与内地民人互市，因买卖不公，彼此吵闹起来。那番子性野，不知王法，就持了刀杖器械，大打一仗。弓兵前来护救，都被他杀伤了，又将青枫城一座强占了去。巡抚将事由飞奏到京，朝廷看了本章，大怒。奉旨：“差少保平治前往督师，务必犁庭扫穴，以章天讨。”平少保得了圣旨，星飞出京，到了松潘驻扎。(第三十九回)

首先交代的是此连环案发生的地点在松潘卫。卫，是行政地区单位，明洪武十一年（公元1378年），把四川松州、潘州合并，称为松潘卫。边外生番，指边疆境外百姓。作为民事案件，是境内外百姓做生意产生了纠纷。“彼此吵闹起来”，意味着发生了民事纠纷。

为什么很快转化为武装叛乱的刑事大案呢？原因是“番子性野，不知王法”。由此看来，今天人们所说的法盲悲剧，不仅古亦有之，而且在外国人群亦有之。

小说对民事纠纷略写得令我们难以置词说理论法，而对刑事犯罪却在简要叙述中突出了形势的严峻：“持了刀杖器械，大打一仗。弓兵前来救护，都被他杀伤了，又将青枫城一座强占了去。”

接下来，是朝廷奉圣旨出兵，对反叛者进行武力镇压。古代军队的军事行动，讲究“师出有名”，即有正当理由发动部队开展军事进攻，而“伐罪”即讨伐有罪者，就是“名”的一个重要方面。有这种法律与军事的双重知识储备，我们就知道了进军松潘就是一种声势浩大、借助军威的执法活动。“以章天讨”这四个字，就包含着这一层法理。章，即彰，就是显示、表明的意思。天指上天，老天爷，即正义的力量，法律的力量。讨，讨伐，也就是惩治犯罪。

这里可进而提出一个小说不曾写到和提出的法律问题：明朝军队一旦攻下青枫城，对那些反叛的外国百姓是否可以依照中国法律治罪呢？回答是肯定的。明、清法典中，都有关于“化外人有犯”的法律规定。所谓“化外”，指的是不同于中国文化的异国他乡，而“化外人”就是境外之人即外国人。其立法解释有“来降”二字，这意思是凡归顺中国的外国人犯罪才能够按中国法律加以处罚。侵占青枫城的外国人一旦战败投降，对其以中国法律治罪是毫无疑问的。

从日后的军事行动过程和结果看，外国兵除死于两军交火中数百人之外，其头目仅带领十几人冲出重围逃命去了。留在城里的只有中国境内百姓。也就是说，这起外国人武装叛乱的刑事大案，完全仰仗的是军事镇压，法律的惩处因条件不具备而未能实现。

此案中军事长官为少保官职，姓平名治。他指挥打仗及战后安民，均使用了作为军事长官手中特有的法律——军令。这一点，在整部小说中的近九十起案件中，都堪称独一无二。细品整个打仗过程，“少保升帐，传下将令”；“少保升帐，传下号令”；“少保传下军令”；“少保传令，救火安民，秋毫不许惊动”等军令、军法上的表述词句，不时闪现出来，以法治军的势头再明显不过了。这应当是此案中军队打胜仗的一个基本保证，一条成功经验。十分可惜的是，地方上的执法办案，太缺少法律上的成功经验，随处可见的都是法律束之高阁，形同空文的漏洞、弊端、教训、混乱、荒诞。从这个意义上看，平治少保的以法治军为地方官员的以法治国树立了一个好榜样。

与此同时，少保的以法治军同第四十四回所写另一起镇压武装叛乱的军事行动的领军人物的违法犯罪形成了尖锐对比。关于这一点，在谈该案件时再讲，此处从略。

四十一　萧云仙的经济赔偿案

萧云仙继用弹子打瞎恶和尚的双眼、逃离作案现场之后，到松潘卫参军打仗，建立了战功，当了军官，奉命修理刚刚夺回的青枫城，不料又卷进了一起经济赔偿案。

在主持修城的几年间，萧云仙政绩卓著：修城门六座，盖衙署五个，开学堂十所，植树造林几万棵，还兴修水利工程，深受城民的敬佩和爱戴。经济赔偿案，发生在各项工程竣工之后的投资核算环节。当事人萧云仙从新闻报道中看到了自己卷入经济赔偿案件的法律文件：

> 萧采承办青枫城城工一案，该抚题销本内：砖，灰，工匠，共开销银一万九千三百六十两一钱二分一厘五毫。查该地水草附近，烧造砖灰甚便，新集流民，充当工役者甚多，不便听其任意浮开。应请核减银七千五百二十五两有零，在于该员名下着追。查该员系四川成都府人，应行文该地方官勒限严比归款可也。奉旨依议。（第四十回）

紧接着，萧云仙又接到了有关公文，于是乎急忙赶回老家成都府，向父亲诉说了“因修城工被工部核减追赔”之事。萧父相信儿子无错，但出于对朝廷“功令”的尊重，以自家产业七千两银子作为赔偿款，告诫儿子“以忠孝为本”，说毕瞑目而逝。办完丧礼，赔完欠款，还差三百多两银子，地方官仍旧紧追不舍。

这里需要讨论的问题是：上述工部核算投资工作，是否在程序上有法律依据？所核算的结果与萧云仙的实际投资情况是否相符合？以法律程序而论，笔者的确查到了相关规定，其基本精神确如小说所写：竣工之后进行核算，一旦发现有虚浮报账款项，就责令承建工程官员赔偿。从这一点看，萧云仙及其父亲相信法律是有依据的。

问题只在工部的核算结果未曾得到验证。其核算方式，是从假定的劳力工资低廉、原材料价格不高的推测出发而计算出一个带假定性的结果，再强加到当事人萧云仙头上。实际投资与这强加的核减七千多两银子之间的差距，唯有到青枫城来作现场调查、研究，才能最后确定萧云仙是否应当负赔偿责任。萧云仙作为当事人，应当考虑这个基本道理。而他只知道拿家产赔偿，根不不去论理，这就有愚忠之嫌。与此同时，工部作为核算机关，高高在上，脱离实际的官老爷作风，强加于人的横不讲理，也都是可议的执法弊端。

更为滑稽的是赔偿案件的执行后期，出现了官方主动替当事人弄虚作假的细节。而这细节一出，不仅赔偿之事不了了之，而且萧云仙时来运转升官了。请看这戏剧性的变化：

> 适逢知府因盗案的事降调去了。新任知府却是平少保做巡抚时提拔的，到任后，知道萧云仙是少保的人，替他虚出了一个完清的结状，叫他先到平少保那里去，再想法来赔补。少保见了萧云仙，慰劳了一番，替他出了一角咨文，送部引见。兵部司官说道：“萧采办理城工一案，无例题补。应请仍于本千总班次，论俸推升守备。俟其得缺之日，带领引见。”

这种转折变化，也有法理可议。新任知府，只知道人际关系，不管什么法律，“虚出了一个完清的结状”这行为本身已触犯了法律，故是一个不称职的官。

少保，在治军打仗上执法从严，是不错的，而在萧云仙的经济赔偿上，同样缺少管理经验，不明事理与法理，被动应付差事，不关痛痒的“慰劳”

全出来了。不过，凭他出了“咨文”，“送部引见”，却使此案有了转机。这，充其量只能是少保关爱下级的表现，在案件所涉及的法律方面并无值得一提的作为。

至于兵部长官的一席话，对萧云仙本人来说无疑是报告了极好的消息。但对此案的法律执行来讲，却与工部尖锐对立。既然工部的行为在法律程序上不错，那么兵部的表态等于全盘推翻了工部的这一合法之处，于是朝廷内部各政府机关执法上的不配合、不协调甚至互相拆台，也就暴露在世人面前了。这一点，应是小说予以抨击的一个目标。

“无例题补”，语焉不详。人们只能从字面上去猜测性地理解这四个字意在批评工部办事不合法，至于由此导致的萧云仙的经济损失问题该怎么解决，只能是提出了悬案，增添了矛盾，并不高明。

还有要给萧云仙升官机会的表态，反映了官场封官许愿之类的作风，若用以法治吏的眼光看，是不严肃的，不合法的，甚至有架空皇权的势头。

四十二　婚姻纠纷案引发的刑事犯罪案

沈琼枝是一个什么样的人物形象呢？答案在她作为当事人的二连环案件之中。而连接这两起案件的，是她在南京以刺绣卖文为生的短暂经历。非常有趣的是，有文学史家在谈到沈琼枝的时候，采取掐头去尾的方法，根本不谈前后两起案子，仅仅抓住中间的日常生活片段不放，做出了这样以偏概全的结论：“作品中的沈琼枝，敢于反抗封建社会的压迫，以刺绣卖文为生，自食其力，是个新的女性形象。”（游国恩《中国文学史》第四册）这种结论属于政治鉴定，人物自身的法律认识价值被完全遮掩了。

先谈婚姻纠纷案。沈琼枝的父亲沈大年，是常州的贡生，将女儿许配给扬州富商宋为富，亲手写下婚约。到沈父把女儿送到宋府才发现，宋某原来是把沈琼枝作妾来对待的，根本没有作举行婚礼的任何准备。宋为富厚颜无耻地说：“我们总商人家，一年至少娶七八个妾，都像这般淘气起来，这日子还过得!”沈大年发现上当，就到江都县告状。知县看了状纸，当场表态支持沈家而指斥“盐商豪横”。被告宋为富连忙“打通了关节”，到第二天，知县的立场与态度来了一个一百八十度的大拐弯，在原告起诉书上批道：

> 沈大年既系将女琼枝许配宋为富为正室，何至自行私送上门？显系做妾可知。架词混渎，不准。(第四十回)

沈大年对知县出尔反尔不满，就又陈词说理，知县大怒，说沈大年“是个刁健讼棍”，派两个差人将其押回常州去了。

此案的法律寓意有三：一是揭露富商随意娶妾的骄横、傲慢与欺诈；二是替受害的女方及其亲属鸣不平；三是讽刺官商勾结、钱权交易把法律当儿戏，知县的丑恶在这法律儿戏中暴露无遗。

再说由此引发的刑事犯罪。沈大年告状之事，沈琼枝并不知情，故在宋家住了几天之后，决定私下逃走。就在这个时候，她犯下盗窃罪，其作案过程如下：

> 沈琼枝在宋家过了几天，不见消息，想道：“彼人一定是安排了我父亲，再来和我歪缠。不如走离了他家，再作道理。”将他那房里所有动用的金银器皿、真珠首饰，打了一个包袱，穿了七条裙子，扮做小老妈的模样，买通了那丫鬟，五更时分，从后门走了，清晨出了钞关门上船。那船是有家眷的。沈琼枝上了船，自心里想道：“我若回常州父母家去，恐惹故乡人家耻笑。”细想：“南京是个好地方，有多少名人在那里，我又会做两句诗，何不到南京去卖诗过日子？或者遇着些缘法出来也不可知。”立定主意，到仪征换了江船，一直往南京来。(第四十回)

对于盗窃罪的处罚，视所得赃款赃物数量而论。“一两以下，杖六十”，若达到“五十两”，则“杖六十，徒一年”(《大清律例》)。沈琼枝所窃取的是“金银器皿、真珠首饰”，至少该先“杖六十”，再坐一年牢。

果然，宋为富到官府去控告沈琼枝。半年后，两个差人到南京来逮捕她。非常凑巧的是，这一天沈琼枝刚刚向杜少卿的夫人坦然诉说了被宋盐商骗她做妾、自己拐了东西逃走的经历，恳求杜夫人救自己，而两个差人同时追进了杜氏住所。当着差人的面，沈琼枝出于保护自己，否认自己有罪。她说："我又不犯法，又不打钦案的官司……你们这般大惊小怪，只好吓那些乡里人!"（第四十一回）被押解到江都县衙门之前，沈琼枝曾同南京城里的知县有过公堂辩论、奉命作诗的传奇经历，获得这知县的好感。此案中沈琼枝作为刑事被告的命运，就此有了大转折的契机。原来，这知县与江都县知县是老同学，"就密密的写了一封书子，装入关文内，劝他开释此女，断还伊父，另行择婿"。也就是说，这位尊重女性文才的知县决定利用人情关系，让江都县老同学在审理沈琼枝刑事犯罪案件时不要依法办案，而是看在老同学的情分上特别关照沈琼枝，按民事案件来审判和结案。关于此案，小说叙事就止于这位好心知县的致信求情、把沈琼枝押解到江都县。其暗示出的结局，自然也就如同信中所写了。

这样，综观沈琼枝的案件，应当是一波三折的三连环案：第一环节，是她受骗作妾的婚姻纠纷案；第二环节，受害的沈琼枝出于复杂心理支配，盗窃了骗婚者宋为富家中的金银财宝；第三环节，在人情干扰下审案知县法外开恩，把刑事案件当作民事案件审理，沈琼枝得以逍遥法外，并有机会另行择婿。我从这种变幻莫测的案件流变中体会到的最浓郁的法律意味，是纸张上的法律条文走进社会，就如同美女走进了魔术师的机关，经过魔术师挥挥手、吹吹气之后，变出来的已不是美女而是野兽了。这该是多么高明的法律讽刺与幽默!

四十三　官员家属挟妓饮酒的案件

在法律界，以案说法有两种不同的方式：一种是实用式，对案件作法律的技术性分析，指出当事人的行为涉及什么法律条文，该负什么样的法律责任，如同进电影院对号入座一样，可做到准确无误；另一种是学理式，对案件作抽象的理性分析，借以传播法律知识、阐释法学理论、弘扬法律思想。

涉法文学研究在以案说法的场合，一般以学理式为主，技术性分析为辅，单纯的技术性分析基本上不独立使用。笔者近十年的“法说”明清小说名著系列书稿，一直坚持着这样的基本原则和方法，从而充分证明文学中的案例自身区别于现实案例的一大基本特征，正在于务虚而不务实。

然而，也有例外的情形。本文所谈官员家属挟妓饮酒的案件，就要求作技术性分析，否则就看不到这里的任何法律寓意。

这里所说的官员家属，指的是武官汤镇台的本家汤六老爷和两个儿子汤由、汤实这三个人物。汤六老爷是汤府的管家，在汤府不算什么大人物，而在汤府之外的世俗之人看来，是得罪不起的。因此，他在挟妓饮酒的席面上，引发了一起局外人很难发现的案件。请注意这里的一个法律细节描写：汤六老爷正和妓女细姑娘、嫖客同桌喝酒，兴头十足，妓院老板王义安连忙报告说——

> “王老爷来了。”那巡街的王把总进来，见是汤六老爷，才不言语，婊子磕了头，一同人席吃酒，又添了五六筛。直到四更时分，大老爷府里小狗子拿着“都督府”的灯笼，说：“府里请六爷。”六老爷同王老爷方才去了。（第四十二回）

此情此景，发生了什么法律案件呢？乍一看，很难看出什么名堂来。但熟悉中国古代法律的人们，作过一番技术性的分析，却能够看到发生在妓院酒席上的犯罪案件。请翻阅《大清律例》，查找“官吏宿娼”这一法条，其第一款原文如下：

> 凡官吏宿娼者，杖六十。媒合人，减一等。

有读者可能据此反问道：明明是官吏宿娼才有罪，喝酒之事，能扯得上这条法律吗？是的，官吏同妓女在一张桌子上喝酒的确是法律禁止的行为。何以见得？答曰：有关立法解释的明文规定。在“官吏”二字前面立法解释有“文武”二字作修饰语。巡街的王把总属于武官。在“杖六十”后面，紧接着的立法解释是：“挟妓饮酒，亦坐此律。”王把总作为武官，挟妓饮酒于深夜，以“官吏宿娼”的法条给他定罪，一点也不冤枉。

所谓“媒合人，减一等”，意思是充当“官吏宿娼”的中介人，也有罪，只不过应“减一等”治罪罢了。而“减一等”，指的是在本罪上减轻一等。这里的本罪是“杖六十”，“减一等”即杖五十（《大清律例·加减罪例》）。

这里要讨论一个法律细节的技术性分析的疑点，就是文武官员挟妓饮酒应按“官吏宿娼”法条定罪，那么充当媒介人的汤六老爷是不是也应按该法条中的“减一等”的规定给他定罪，即杖五十呢？在我看来，汤六老爷的确罪责难逃。巡街的王把总巡进了妓院，到底会发生什么情况，很难预料。眼下他见到了熟人汤六老爷，什么也不说，坐下来就喝酒不止，这局面，分明是汤六老爷的“媒合人”起到了决定作用，故将他视为王把总犯罪的“媒合人”是没有什么疑问的。

时隔一天，汤镇台的两个儿子要去南京参加乡试考秀才，汤六老爷带着他俩又一次到该妓院去喝酒。这一次官员家属挟妓饮酒也发生了刑事犯罪案件，观察和思考当事人罪行的着眼点，依然在一个违背生活常理的法律细节。他们一帮人进妓院的时间是下午，离天黑很早，却提着两对灯笼。小说对这反常行为进行强调性的描写——

> 到下午时分，六老爷同大爷、二爷来。头戴恩荫巾，一个穿大红洒线直裰，一个穿藕合洒线直裰，脚下粉底皂靴，带着四个小厮，大清天白日，提着两对灯笼：一对上写着“都督府”，一对写着“南京乡试”。（第四十二回）

都督府，是明代武官的办公衙门。汤氏一伙人为张扬汤镇台的武官威风，竟把武官衙门的字样写在私人用品之上，猖狂心态与作风由此表现得十分露骨。参加乡试，并非了不得的大事，竟也写在灯笼上，无非是要哗众取宠。这是不合常情常理的一个方面。不合常情常理的又一个方面，是大白天一举提了四个灯笼，难道意在讽刺社会太黑暗吗？若是为了晚上回府照路之用，那么这里又暗示了第三个不合常情常理的方面：堂堂武官家属到妓院喝酒，为什么兴致勃勃狂饮几个小时不罢休，这里的生活情趣是不是过于低劣？

我国古代法律对于诸如此类不合常情常理的行为，是反感而认为有罪的，于是用了一个口袋式的罪名——不应为——来指称它们。该法条云：

凡不应得为而为之者，笞四十；事理重者，杖八十。

有关立法解释，同样无所不包，可任凭官员随意解释和处罚：“律无罪名，所犯事有轻重，各量情而坐之。”（《大清律例》）由此可知，汤镇台的家属自由放任的行径，用“不应为”罪名加以惩治，因有上述三大理由，是非常合适的。

顺便说一下，当今中国法律在立法上日益趋于科学化，注意到口袋式罪名的弊病在于容易导致定罪量刑的不准确、扩大化，故刑法上的“流氓罪”已废止不用了。从这一点看，本文所谈，不仅有利于传播古代法律的若干知识，而且有利于总结古今刑事立法上的经验教训。

四十四 冯君瑞被绑架案件

汤镇台是贵州镇远府驻军的首领。其人其事主要表现在冯君瑞被苗族人绑架案件处理的全过程之中。若想正确评价这一人物形象，就得跟踪观察此案的一波三折的全过程。笔者细读此案发现，这是一起案中有案的四连环案：首要一环，是内地生员冯君瑞被贵州地区苗族非法武装头目别庄燕绑架，索要五百两银子的身价费；接着第二环，是冯君瑞娶苗族女为妻，伙同苗酋进行武装叛乱，对抗汤镇台所率领的国家军队；第三环节，作为军事长官的汤镇台涂改公文，私自扩展所率士兵数目，犯下重罪；最后一环的案件，是上级不明真相，将汤镇台降三级，从而制造了罚不当罪的错案。这四连环案的法理法意的忠实而完整的阐释，得写一篇长文章方可谈清楚。

不可思议的是，文学史家写下了一段为汤镇台鸣冤叫屈的话：“真正做些好事，较为清廉的官吏，却往往没有好结果。萧云仙罚款，汤镇台被贬。”（游国恩《中国文学史》第四册）论者是在说明小说揭示社会黑暗的语境中说这番话的。“汤镇台被贬”五个字，充其量只是概括了其人被降三级的处罚之事，至于个中缘由，则遭到了极大的曲解。

在《大清律例》中，针对苗族的专门刑法条文不在少数，因此本文所谈四连环案的法律依据格外充足。尤其值得注意的是，惩处苗人绑架案的法律非常严厉。

> 凡苗人有伏草捉人，横加枷肘，勒银取赎者，初犯，为首者，斩监候；为从者，俱枷号三个月，臂膊刺字。再犯者，不分首从，皆斩立决。

正因为法律如此严厉地针对着苗民的各种犯罪行为，所以汤镇台与雷太守在议论绑架案之初，两人都理直气壮，都提到了“王法”与“治罪”，仅仅只在治罪方式上有分歧：雷太守主张文攻，汤镇台主张武攻。经请示上级，批复为由汤镇台带兵马“剿灭逆苗，以彰法纪。”很清楚，第一环节的案件，彰显的是罪与罚的基本刑法精神。

第二环节的案件中，冯君瑞的法律地位发生了逆转，由苗人绑架案的受害人，一变而为苗人武装叛乱罪案的参加者。其犯罪的基本原因，在于他不是本分的生员，而是一个“奸棍”，即法律一贯注目的歹徒。加上娶苗女为妻的诱因，冯某的犯罪活动就陡然升级成了武装暴徒。他最后被处死，应是罪有应得。

第三环节的案件当事人汤镇台的法律地位也发生了根本性的逆转：他本是奉命“带领兵马”去镇压武装叛乱的执法者，却在行军打仗前夕，竟然用五十两银子作为“笔资”，请府里的秘书把上级公文中的“带领兵马”四个字改写成“多带兵马”。日后，他果然按“多带兵马”的文字办事，把副将分领的官兵也一并调归自己统一指挥，浩浩荡荡地去打仗。

虽然打了胜仗，平息了叛乱，活捉了贼头和冯君瑞，将二人处死示众，但皇上不满意，下达了这样的圣旨：

> 汤奏办理金狗洞匪苗一案，率意轻进，糜费钱粮，着降三级调用，以为好事贪功者戒。钦此。（第四十三回）

这圣旨的下达，既是汤镇台带兵执法的第三环节案件的结局，同时它自身也构成了一件独立的案子。其性质是讽刺当权皇帝用皇权干扰法律。

说到这里，又需要对法律作一点技术性分析。首先一点，是汤镇台涂改上级公文的罪责问题。《大清律例》中有“增减官文书”的法条，其中有一款规定：

若有规避故改补者，以增减官文书论。

又有立法解释进一步指出：“各加本罪二等。”那么，“增减官文书”的“本罪”如何处罚呢？该法条第一款是：

凡增减官文书者，杖六十。若有所规避，杖罪以上，各加本罪二等，罪止杖一百，流三千里。

汤镇台涂改公文，“规避”的是出师不利，而“多带兵马”就增添了打胜仗的把握。因此，若严格执法问罪，汤镇台就该“杖一百，流三千里”了。

由于当权皇帝下达的圣旨是以镇远府衙门的奏折为依据的，故对汤镇台私下涂改公文的犯罪事实毫不知情，于是造成圣旨的严重失察，使汤镇台的罪行漏网了。“着降三级调用”，不过是行政处分，远远轻于“杖一百，流三千里”的刑事处罚。

圣旨中“糜费钱粮”，显然暗示的是动用部队过多，产生了经济上的浪费。这只是战场上有目共睹的现象，至于背后涂改公文的隐秘罪行及花钱买字的细节，则外人都不知情。皇上也在受蒙蔽人群之中，不免使圣旨蒙羞受损。

文学史家为汤镇台鸣冤叫屈实在大错而特错，显得滑稽可笑。究其原因之一，在于不通法律的路障，阻挡了文学研究的理性思维之路，无从抵达法理世界的任何一个目的地。

四十五　余氏兄弟违礼法犯刑法的案件

中国从周到清的三千年法制史的一大特征，就是礼法与刑法并用，以这两种法律形式来维系社会秩序。先秦时代出现过的礼崩乐坏局面，对日后礼刑并用的法制史进程，并没有产生什么影响。由于中国文学和世界各国文学发展的历史与法制史存在同步推进的规律，故中国古代礼刑并用的法制史特征，在中国古典文学中的反映，形成了一个由来已久却不为学界所知的重大学术课题。

仅以《儒林外史》为例，它的强烈历史感的一个重要内容，就是对礼刑有机结合，共同作用于社会生活的法制史特征，进行了唯文学作家才可能做到的生动描写与思考，从而丰富、完善了法学家的有关学术研究成果。

本文认为，五河县余家巷的余特、余持兄弟俩安葬父母这一件事，足以使广大读者和学人们窥见礼刑并用的基本面貌。而这种基本面貌来自社会生活中活生生的个案实例，并非法学家的学理表述。在余氏兄弟安葬父母这件案子中，就折射出法学家不曾谈到的一系列现象。

首先一点，从弟弟余持对哥哥余特的一番谈话即可看到他们的行为既破坏了礼法，同时又触犯了刑法。

> "哥这番去，若是多抽丰得几十两银子，回来把父亲母亲葬了。灵柩在家里这十几年，我们在家都不安。"大先生道："我也是这般想，回来就要做这件事。"（第四十四回）

父母去世，子女行丧葬之礼，人所共知，但人们一般都不知道在丧葬之礼上有打折扣的现象，被法律视为犯罪。上面这段话，就讲出了这种犯罪事实。明清两朝，礼刑并用有一个特殊表现，就是制定了专门的"礼律"，这是史无前例的。其中"丧葬"条有立法解释明文规定："职官庶民，三月而葬。"其正文云：

> 凡有丧之家，必须依礼安葬。若惑于风水，及托故停柩在家，经年暴露不葬者，杖八十。(《大清律例》)

余氏兄弟犯此罪达十几年之久，对其"杖八十"不过分，而这犯罪原因正在"惑于风水"，有他们专门请风水先生找墓地的行为可证。

其次一点，兄弟俩犯此罪的另一原因，在于拿不出安葬父母的费用。而十几年之后为什么有钱呢？说来，就是因为余特又犯了"私和人命"的新罪行，那命案的私了而规避法律追究的当事人给予的报酬，是一百三十多两银子。刑法的规定是："私和人命者，杖六十。"其立法解释云："受财，准枉法论。"请看，余氏兄弟用犯罪（枉法）所得赃款来为父母行葬礼，就分明暴露出这种执行礼法的背后掩藏着触犯刑法的黑幕。立法者的本意，在于从正面张扬礼刑并用的优越性和神奇效果，做梦也想不到会出现余氏兄弟的这种恶作剧般的行径。据此，对礼刑并用所作出的解释，是负面的，带反讽性质的，坐而论道的法学家，是很难谈论文学案例中的这种礼刑关系的。

再次一点，这里的礼刑并用关系，还牵扯到"入土为安"的民俗民风。正当兄弟俩在筹备葬礼前夕，邻居失火，受到惊扰的不仅是活人，而且还有余氏父母的在天之灵。在慌乱中，他们只得把父母灵柩搬到大街上。按当地风俗，灵柩一旦出了家门，就不应再搬回家中。余氏兄弟则认为，就此安葬父母，太"草率"，故他们违背当地民风民俗，将灵柩在经火灾惊扰后又搬回家中了。为此，当地人把余氏兄弟的这一做法当作新闻广泛传播。人们的传言是："余家兄弟两个越发呆串了皮了，做出这样倒运的事！"一起拖延了十几年的违礼犯刑案件的当事人，如今又受社会舆论的奚落，那感觉应是很难受、很揪心的。只是因为他们对"礼律"的知识欠缺，精神负担也就少得多了。然而，缺乏法律修养的精神、理智的麻木不仁，正是自古以来文人、学者的一大通病。在这一点上，余氏兄弟不失为反面教员。

最后一点，在安葬父母拖延十几年的罪案中，余氏兄弟在法理上属于共同犯罪，而古代法律规定，法律处罚时，"共犯罪分首从"，首犯从重依法处罚，"随从者，减一等"。由于小说没有写出谁是当年出谋划策的首犯，谁是从犯，故真正依法论处，还须在法庭上调查一番。此外，兄余特犯有"私和人命"罪，得到了不光彩的安葬父母的费用，使礼法蒙羞受损，而弟余持不甘落后，犯有为包庇哥哥而愚弄官府的罪行，从而使本文所谈礼与刑的关系又增添了一层神秘难解的悬疑。下面将专文论及此案，此处从略。

四十六　余老二愚弄官府的案件

上文谈到的余特“私和人命”的案子，很快被官方破获。余持为了救哥哥，不惜愚弄官府，从而也走上了新的犯罪歧途。

他愚弄官府的契机，产生于司法公文中把余“特”错写成余“持”。官方公文中的这一字之差，给余持留下可钻的空子，于是在公堂内外巧舌如簧，大讲自己如何清白，如何在家守法不曾到外地去做坏事，是官方造成这冤枉之事，终于迫使官方不再追问此案。

鉴于此案的特殊性，本文着重分析的是余老二如何愚弄官府的犯罪手段。首先一种手段，是写信给哥哥，告诉他千万不要回家，言外之意是自己一个人同官方周旋，作案者一旦回到家中，就很容易露馅。

第二种手段，在州县两级衙门之间有意制造隔阂，把县衙门争取到有利于自己的方面来。余特“私和人命”案发生在无为州，而州尊是他的好朋友，主动请他为凶手风影说情，从而让三个参加“私和”活动的中介人均分四百两银子的好处费。批准私和的长官，也是州尊本人。可见，这起“私和人命”案件的主谋、主犯都是州尊本人。案发后，不知内幕的告状者当然只能控告直接参与私和人命的余特们。可能告状者将当事人余特的名字错写成“余持”，于是无为州下到五河县的公文声称案犯是余持。余持明知公文中的一字之差，却不道破，反而将这错误作为营救哥哥逍遥法外的可乘之机。对前来抓人的公差、县衙大堂的知县，余持一直声称自己没有去过无为州，不可能在那里作案。知县只得让他看无为州发来的公文：

> 无为州承审被参知州赃案里，有贡生余持过赃一款，是五河县人。……（第四十五回）

这“贡生”身份，进一步表明作案人是余特，余持同样不道破，而是以自己身为生员的身份相抵赖。县令无奈之下命秘书查户口档案，看五河县是否有名叫余持的贡生，回答是“他余家就有贡生，却没有个余持。”这答案暗示的是县里的户籍资料残缺不全，或者是秘书糊涂。于是乎，余持抓住这新契机，讽刺公文中的话纯属“捕风捉影”。知县终于被拉过来，以同情的口吻对余持说：你回去写一份表示自己清白无辜的材料，我替你回复州里来文。

第三种手段，是将错就错，把州衙门引向是非难分的困境。余持自表清白的呈文送到无为州半个月之后，又下达了要求五河县协助办案的公文，可笑的是那一字之差的错误依然存在，且又一次详写余特贡生的个人资料及犯罪案情，言之确凿，不容怀疑。漏洞只有一个：“特”写成了“持”。为了解余持将错就错的诡计，这公文有必要抄录如下：

> 要犯余持，系着五河贡生，身中，面白，微须，年约五十多岁。的于四月初八日在无为州城隍庙寓所会风影会话，私和人命，随于十一日井州衙关说。续于十六日州审录供之后，风影备酒席送至城隍庙。风影共出赃银四百两，三人均分，余持得赃一百三十三两有零。二十八日在州衙辞行，由南京回五河本籍。赃证确据，何得讳称并无其人？事关宪件，人命重情，烦贵县查照来文事理，星即差押该犯赴州，以凭审结。望速！

知县据此再一次传问余持，余持一看就明白了无为州的第二份公文同样存在一字之差的错误。换一句话说，起草公文的秘书始终把作案者余特错写成“余持”。狡猾的余持进一步将错就错，在第二次写回呈时针锋相对写自己的个人特征：“生员余持，身中，面麻，微须，年四十四岁……未曾出贡”。（下划线为笔者所加）接着，再次强调自己案发当天正在参加科考，根本不可能到无为州去作案。依据这些事实，余持在呈文中虚晃一枪，把州衙门的注意力引向了歧途。他写道：“恐系外乡光棍，顶名冒姓”。果然，无为州接到这份呈文，再也没有任何作为了。也就是说，余持愚弄州县两级衙门，把余特“私和人命”的案子唬弄得不了了之。

不言而喻，逍遥法外的不仅仅是余特等三个直接出面私和人命的罪犯，更重要的是被参的知州作为案件的出谋划策者、批准者也无从定案。可见，余持愚弄州县官府的实质，是玩弄国家法律，造成了一批官民犯罪后全部漏网的严重后果。

余持愚弄官府的目的，在于开脱余特的罪责。按当今的法律，他犯有包庇罪。在中国古代，同居家人、亲属之间互相袒护罪行，是法律允许的，相关法律名曰“亲属相为容隐”。这里的问题只在于像余持这样的案件诉讼过程中，一再以口头和书面形式同州县两级衙门玩语言文字上的花招，又故意利用政府机关办案粗枝大叶而出现在公文中的错误，把案件审理工作引向节外生枝的境地，罪行不轻，却难找所适用的法律对其加以惩治。看来，此案提出了一个古代法律适用上的难题。或者说，“亲属相为容隐”的原则，对此案中的余持是不适合的。

四十七　凤四老爹私了的盗窃案

我们已经说过，武侠凤四老爹以武犯禁的案子接连不断。现在，就专门讲他如何以武犯禁的几件案子。先说他私了的盗窃案。

在替万中书买官引发的窝案之后，凤四老爹随同三个差人送万中书到台州去接着打官司。在前往杭州的船上，二十多岁的丝客坐船同行，第二天早上，这丝客发现自己的二百两银子不翼而飞，就啼哭不止。凤四老爹与众人都忙问是怎么一回事，客人却不回答。等把事情弄清楚了，有一个水手评论说：“这话打不得官司，告不得状，有甚方法?”

这水手的法律行话讲得很有道理。原来，有一对夫妇驾着小船，曾跟随丝客们的大船航行多时。深夜间，那十八九岁的小媳妇主动勾引丝客，两人发生了奸情。第二天清晨，小女人不见了，客人的二百两银子也不见了。显然，这银子是被小女人偷走了。

依照法律，丝客应当到官府去报案、告状。那水手的话，表明此案采用法律程序是困难的。从作案者的犯罪手段看，是水上流动作案，等上岸报案，作案者早逃得无影无踪，破案希望很渺茫。再从被盗客人方面看，他同行窃者发生了奸情，告到公堂上有引火烧身的危险，故他不愿也不敢去告状。

就这样，凤四老爹挺身而出，采取私了的方式来了结这一盗窃案，虽然属于以武犯禁的罪行，但也有其合理性伴随其中，故以“犯禁”之说全盘否认凤四老爹的侠义行为，是不妥当的。

凤四老爹是怎么私了此案的呢？根本之点，在于迅速抓住已逃走的作案者。追寻了整整一天，终于在黄昏时发现了那贼船，夫妻二人还在船里说话。等那丈夫离船后，凤四老爹才上船去与那小媳妇搭讪。小女人像勾引丝客一样，又施展起小伎俩，不料被弄上凤四老爹的大船后，没能发生她所期待中的奸情之事，而是遭到了法官一样的审问。折腾了一个晚上，第二天天亮时，那丢了老婆的男人不得不从自己的小船中交出了所盗窃来的二百两银子。

案子就这样靠民间武侠的智慧破获了。两个作案男女获得了自由。丝客以五十两银子来谢凤四老爹，他分文未取，而是让三个公差分享了。理由是差人们这次行动，“原是个苦差，如今与你们算是差钱吧。”

读罢凤四老爹破获、了结的这一盗窃案，我相信广大读者与学人对这位武侠的无私奉献精神与胆识都会表示欣赏、敬佩。是的，从道德层面来看，这种阅读心得与感受，是不错的。

然而，从法律角度来看，凤四老爹私了这起刑事案，的确有“以武犯禁”的犯罪性质。同时，两个案犯的罪行严重，在私了后他们无从受到法律追究，意味着纵容犯罪，他们有肆无忌惮地再次作案的极大可能性。

以盗窃罪责论，所盗赃款达到一百二十两以上，依法应判处绞监候，即死刑缓期执行。

同时还应指出，行窃前的奸情勾引手段，应以“犯奸”罪论之。“凡和奸，杖八十；有夫者，杖九十。”（《大清律例》）小女人应“杖九十”。其丈夫有罪吗？有。在“纵容妻妾犯奸”条中，法律明文规定：“凡纵容妻妾与人通奸，本夫、奸夫、奸妇，各杖九十。”可见，丝客虽是窃案的受害者，而在奸案中同时又是罪犯。私了此案的结果，是致使三名罪犯均逍遥法外了。凤四老爹的不可取之处，就在这里。

最后，凤四老爹所私和的盗窃案中包括的奸情案，同样也被“私和”了，也应负法律责任。但在法律处罚上，得依所“私和”的“公事”的性质加以区分。一般“公事”，私和者所受处罚仅“笞五十”而已。“若私和人命、奸情，各依本律，不在此止笞五十例。”也就是说，上述“杖九十”的刑事法律处罚，应加于“私和”者凤四老爹之身。这种严重后果，当是热心快肠的武侠凤四老爹做梦也想不到的，实在是一个极其深刻的教训。

顺便讨论一个细节。凤四老爹把丝客拿出的五十两银子，当作差钱，让三个差人分享这个细节，是否有某种法律上的暗示？从凤四老爹智破盗窃案的过程，可知他是一个很有智慧的武侠，对法律并非一窍不通。由此，可以设想，他私和两件公事，一轻一重，故该受“笞五十”和“杖九十”的皮肉之苦。为担心三个差人的告发，便借花献佛般地用以封住差人之口，免得被告上公堂。由于小说不曾明写，我们作此猜测并不多余。假如是凤四老爹根本不知自己所犯之罪，那么他的不计报酬，让三个差人平分自己应得酬金，就纯粹是大侠的无私侠义精神了。

四十八　凤四老爹大闹公堂的案件

我们在讲买官窝案时说过，万中书的“中书”官职是假冒的，他担心到台州去接受另案审问时会露馅，于是引发了买官窝案。这里要接着讲的，就是在万中书买得真中书官之后，到台州受审，而凤四老爹乘机大闹公堂的案中案。

万中书所涉及的另案，指的是台州总兵苗而秀所守海防阵地丢失，被参革职案件。因在苗的衙门内查抄出万中书所作诗，对苗有阿谀奉承内容，被认有同党嫌疑，故将其逮捕。凤四老爹之所以要大闹公堂，就是要在台州公堂上把万中书营救出来。

困难的是，凤大侠既不是案犯，又不是原告，也不是证人，根本没有理由进公堂。神通广大的凤大侠自有一套办法。

办法之一，是一行人抵达台州之后，凤大侠立即叫差人去找到州台府的赵勤来见面。见到这个熟人之后，就拜托他在公堂内作配合：一定要把万中书在公堂上供出的人捉拿归案。赵勤是台州府的秘书，有条件办这件事，就答应了。

办法之二，就是让万中书在公堂受审时，有意诬告凤大侠，一口咬定那些诗是凤大侠的作品。升堂不一会儿，果然问到谁人写诗的问题，万中书极力否认是自己：

> “中书虽然忝列宫墙，诗却是不会做的，至于名号的图书，中书从来也没有。只有家中住的一个客，上年刻了大大小小几方送中书，中书就放在书房里，未曾收进去。就是做诗，也是他会做，恐其是他假名的也未可知。还求太公祖详察。”祁太爷道：“这人叫甚么？如今在那里？”万中书道：“他姓凤，叫做凤鸣岐。现住在中书家里哩。”（第五十一回）

这一招，很有效。祁太爷连忙命差人将凤大侠捉拿到台州府公堂之上。

办法之三，到了公堂，凤大侠死活不承认写诗之事，理由是自己一生不会做诗。更重要的一点，是凤大爷说出一个让主审官祁太爷不能辩驳的道理：“就是做诗送人，也算不得一件犯法的事。”怒不可遏的祁太爷只得下令用刑。

办法之四，是凤大侠的武艺在公堂上使各种刑具对他不起作用，反而把主审官及其衙役都弄得狼狈不堪。凤大侠大闹公堂的最精彩处，就在对他用刑完全不起作用的过程中：

> 祁太爷道：“这厮强辩！”叫取过大刑来。那堂上堂下的皂隶，大家吆喝一声，把夹棍向堂口一掼。两个人扳翻了凤四老爹，把他两只腿套在夹棍里。祁太爷道：“替我用力的夹！”那扯绳的皂隶用力把绳一收，只听格喳一声，那夹棍迸为六段。祁太爷道：“这厮莫不是有邪术？”随叫换了新夹棍，朱标一条封条，用了印，贴在夹棍上，从新再夹。那知道绳子尚未及扯，又是一声响，那夹棍又断了。一连换了三副夹棍，足足的迸做十八截，散了一地。凤四老爹只是笑，并无一句口供。

祁太爷吓慌了，急忙退堂，坐轿到上司那里去汇报审案情况。那上司知道凤四老爹是有名的壮士，认为他大闹公堂必有缘故。再说，苗总兵已死在狱中，万中书作诗与否已无关紧要。还要一条，万中书“保举中书”的文件已经到院，纠缠下去显得不合时宜。

就这样，万中书和凤大侠被释放了。事实上，万中书“诈假官”有罪，凤大侠走后门买官使他本人以及万中书等一大帮人都卷入了罪案，而凤大侠后来的私了官司、大闹公堂都是犯罪行为。这样，台州府无罪释放两个当事人的结果，等于是官方眼睁睁地让罪犯同法律擦肩而过，显得很荒唐。

在苗总兵衙门发现有吹捧苗总兵的诗作而认为万中书犯罪，则是颠倒了罪与非罪的界限。凤四老爹在公堂上所说“做诗送人算不得犯法的事”，应是有见地的准确法律批判之词，击中了万中书以此被捕的要害，表明了这位武侠的法律思想意识的闪光之处。

凤四老爹超群出众的武功使公堂上的用刑逼供彻底失败，对于中国古代法律以严刑拷打手段逼供的传统来讲，具有一种罕见的蔑视、否定精神，使人有彻底否定酷刑的快感。对照古典文学中常见的在酷刑中忍受皮开肉绽痛苦的描写，凤四老爹用他的大侠绝活使几套刑具都断裂为废物，真是新颖、别致极了，这应是小说曲折地传达了否定酷刑的法律理想。

既然万中书以写诗送人之事卷入罪案，属于执法错误，那么凤四老爹作为局外人而千方百计参与其事，并终于迫使官府无条件释放当事人，那么这大闹公堂的案件就具有纠正官方错案的意义。凤大侠的仗义行侠于是就突破了武侠们一般性助人为乐、与人为善的范畴，具备了参与执法办案，针砭官方法律错误、弊病的深层社会内容。

学人们通常强调《儒林外史》为讽刺小说，这是不错的，但我在这里要补充说：对凤四老爹大闹公堂的案件来讲，小说对这位大侠只有热情歌颂。要说对他的讽刺，在上文谈到的私了的盗窃案中是存在的，在下文将要讲到的私了的债务案中，也是存在的。

四十九　凤四老爹私了的债务纠纷

继大闹公堂之后，凤四老爹又一次作案，私了债务，写下了这位大侠“以武犯禁”的最后篇章。

债权人是陈公正，债务人是毛二胡子。债务本金一千两银子，月利息二分。由于双方只是口头协议，未写借券，也没有中介人，故口说无凭，就是对方赖账，债权人也毫无对策。正如秦二侉子在凤四老爹动武讨债的现场所发表的评论一样：这事“打不起官司，告不起状。”然而，凤大侠自有对付无赖的好手段——

凤四老爹两步做一步，闯进他看墙门，高声嚷道：“姓毛的在家不在家？陈家的银子到底还不还？”那柜台里朝奉正待出来答话，只见他两手扳着看墙门，把身子往后一挣，那垛看墙就拉拉杂杂卸下半堵。秦二侉子正要进来看，几乎把头打了。那些朝奉和取当的看了，都目瞪口呆。凤四老爹转身走上厅来，背靠着他柜台外柱子，大叫道：“你们要命的快些走出去！”说着，把两手背剪着，把身子一扭，那条柱子就离地歪在半边，那一架厅檐，就塌了半个，砖头瓦片纷纷的打下来，灰土飞在半天里，还亏朝奉们跑的快，不曾伤了性命。那时街上人听见里面倒的房子响，门口看的人都挤满了。（第五十二回）

这一强硬手段，果然奏效。毛二胡子连忙将本和利一并退还。一起私人之间的债务案，就这样被凤大侠以武力威慑手段了结。

依照古代法律，欠负私债可以通过打官司来讨还。像凤大侠这样私了公事，是法律所禁止的，是犯罪行为而并非英雄壮举。这一点，不用多讲。

现在要讨论又一个问题：凤四老爹动武毁坏他人房屋，该当何罪？

查《大清律例》可发现凤四老爹触犯了下列法律：

若毁损人房屋墙垣之类者，计合用修造雇工钱，坐赃论。各令修立。官屋加二等。误毁者，但令修立，不坐罪。（《大清律例》）

这条法律把毁坏他人房屋的行为分成“误毁”与“故毁”两种类型，处罚方式有所区别。“误毁”，指没有毁坏的主观故意，不以犯罪对待，但必须负民事赔偿责任。“故毁”，则是行为人有意识做毁坏之事，以犯罪论之，并且负赔偿责任。凤四老爹出于讨私债目的而毁债务人房屋，明显属于“故毁”的犯罪行为。

据该条的立法解释，故毁者涉案之赃若在一两以下，则“笞三十”，而最严重的处罚不超过“杖一百，徒三年”。凤大侠几乎将房屋弄倒，修理房屋费用不在少数，可见罪行较重。

有意思的是，债务案私了之时以及事后，被毁的受害人毛二胡子没有提出法律诉讼，连私下的异议都不曾有过，而是在债务上认错还钱，对毁屋之事闭口不谈。这种情景，自然也在本文讨论范围之内。我以为，行为人凤四老爹本人没有犯罪感，也没有赔偿意识，被害人自认倒霉别无他求，都有着相同的原因，就是他们对有关法律完全不了解。其他人物同样存在法律知识的空白。

以众多人物有关法律知识的空缺，回头反思凤大侠动武毁坏房屋的上述场景，我们的阅读心理就公发生变化：不再认为凤大侠有正义感，武功超群出众，而是会感到一个缺乏相关法律知识的大侠，当众犯下重罪，受到围观，竟麻木不仁，若无其事；而围观者同样麻木，除了看热闹、看稀奇，谁会想到行为人会吃官司、赔房钱呢？可以得出结论说：动武毁房的讨债现场，表演了一场法盲喜剧，无论主角、配角和看客，都成了小说反讽与嘲笑的对象。

在小说第三十二回中，还有一个私人住房被毁坏的小故事。当事人名叫黄大，因被本家认为偷树，十几个管家来搬树时，将他住的房子拉倒了。无处存身的黄大只好来找杜少卿求情。杜少卿拿出五十两银子让他回去修房。这个小故事，严格讲，也是私了的一起毁坏房屋的刑事案件。黄大若具有上述法律知识，一旦打起官司，胜诉是肯定的。

前后两起房屋被他人故意损毁而都未能诉诸法律，使我们想到的一个法理是：打击犯罪的刑法的落实，除了仰仗司法机关的严于执法之外，公民的自觉法律意识与积极、主动控诉罪犯的行为，也是不可缺少的重要一环。小说之所以一再写这样的故事，我以为是作家注意到这一环节的缘故。即使作家主观上没有这样的法律追求，那么有关故事启发我们作相关的法理联想，也是合乎小说实际的。

五十　失火案与放火案

《儒林外史》总共写了四次火灾。前三次为失火，后一次为放火，因法律既追究失火之人，更追究放火之人，故四次火灾实际上构成了三起失火案、一起放火案。

第一起失火案，出现在第十六回，描写详细具体，花费了千字左右篇幅。火灾损失惨重，把一个村子的房屋都烧成空地。火初起，有几十人呼叫，不一会儿百人叫喊起来。小说写道：

> 乡间失火，又不知救法，水次又远，足足烧了半夜，方才渐渐熄了……一村人家房子都烧成空地。

按照法律规定，"凡失火烧自己房屋者，笞四十；延烧官民房屋者，笞五十……罪坐失火之人。"（《大清律例》）由于大家都忙于灭火、救人、搬东西，到底谁是"失火之人"，根本弄不明白，所以这条法律只能落空。

第二起失火案，出现在第四十五回。这一次写得很简略，仅用了百来字。作品通过余特、余持两兄弟的观察和心理活动，明确指出了"失火之人"是"对门"的邻居。火势不大，仅烧了两间房子。依法理，这一次"罪坐失火之人"大有希望，只要把"对门"的失火者抓起来就完事大吉了。问题是，官方不会主动介入，进村将案犯逮捕去加以处罚，而是要进入法律程序：先告状，后受理，再审判、处罚。知情的余氏兄弟明知"对门"失火，但没去告状，这次也就算白烧了。

第三次火灾，出现在第四十八回，其性质也是"失火"。此次受害人特别，拟另文专议。

第四次火灾，出现在第五十五回。受害者是开当铺的老板盖宽，而害他的是一个坏伙计，在柴院子里故意放火，把满院子几万担柴烧光了。盖老板从此变成穷人，他有理由到官府去控告放火的伙计。"放火故烧人房屋"法条规定，“若延烧官民房屋及积聚之物者，杖一百，徒三年”；此外，还应赔偿所烧之物。有意思的是，盖老板宁可自己受损变穷，也不去控告放火的伙计。这样，不仅应有的刑事处罚不能实现，同时应有的经济赔偿也打了水漂。从道德的角度看，盖老板仁慈宽厚，仗义疏财，人品是高贵的。由此看来，这起放火案所写盖老板面对刑事犯罪毫无作为的心态，真实表现了百姓的仁慈同法律严惩罪犯的不留情面之间，呈水火不容之势。

吴敬梓是一位法律意识很自觉、法律知识丰富的作家。那么，他为什么一再反思和再现各种人物在火灾面前毫无法律意识的麻木心理状态呢？这里是否存在更隐秘的深层文化原因？第一场大火中，匡超人与潘保正之间的对话，颇能启发我们思考、回答这两个问题。其时的匡超人，还是一个苦读诗书、纯朴无邪的农村书生，而潘保正则是一个普通农村百姓。他们的对话发生在匡超人从大火中救出父母、到村头和尚庵里找住处碰到潘保正的特定条件之下。匡超人上前作揖，说：“被了回禄。”潘保正说：“匡二相公，原来昨晚的火，你家也在内！可怜！”这毫无障碍的两句话的交流，发人深思。

回禄，是一个文化典故，为传说中的火神。《左传》昭公十八年云：“禳火于玄冥、回禄。”杜预注释说：玄冥为水神，回禄为火神。日后，回禄就成为火灾的代称。这一文化典故，含有对火灾的莫名其妙的崇拜、敬畏心理。中国人缺乏纯正的宗教信仰，却富于对鬼神的崇拜与敬畏，通俗地讲就是迷信鬼神，把不知晓的一切都往鬼作怪、神显灵这边推，于是一切飞来横祸都可让百姓心安理得，不再去探究事情的真相。回禄代火灾，自然就抹杀了失火与放火的区别，更消解了法律对失火、放火者的罪责的追究。这种隐蔽的深层文化心理及其危害，经过文化传播，不仅波及文化人，就连普通民众也不陌生。匡超人口出“回禄”，潘保正立即知道就是“火灾”，生动证明这文化典故在现实生活中广为人知。于是，我们也就不难明白，为什么在发生火灾之后，人们除了灭火、救人、搬东西就不再去想别的事情的共同文化心理原因了。

《聊斋志异·马介甫》写到杨万石家发生火灾，延烧邻舍，被村民告上公堂的故事时，也是用了这一文化典故，仅用“遭回禄”三个字交代火灾发生，所表现出的正是失火之家无人过问失火之人是谁、为什么会失火的细节这种迷信文化心态，于是吃官司时也不懂“失火”罪处罚很轻的道理，最后竟为这场官司弄得倾家荡产了。这一案例告诉我们，关于火灾的法律无人过问，或执行有误，同“回禄”的火神迷信的阻挠关系极大。

《儒林外史》有意写出四个火灾案例，并用“回禄”文化典故置于详细描写的第一个案例之中，一再让受火灾惊吓、破财、变穷的人们对失火者，放火者采取不闻不问的冷漠、容忍态度，实际上就是在不厌其烦地告诉读者，一旦发生火灾，中国人心目中没有法律，只有火神。

不扫荡火神迷信，关于失火、放火的法律就难以落实。上述三件失火、放火的案例共同昭示了这唯在中国古代才具有普遍意义的结论。

很凑巧的是，此文撰写之际，恰逢北京石景山区一家商场发生大火灾，火灾原因正在调查之中。可见，本文所谈的现实意义不容忽视。是的，涉法文学与法制新闻有许多天然性的联系，很值得专门探讨。

第二辑
法律文化现象释义

《儒林外史》的法律内容的又一表现方式，是通过描述各种法律文化现象，把日常生活中的法理法意揭示出来。

非常有意思的是，第一辑的典型案例法理赏析的主题集中在一个“刑”字，表达的是小说抨击刑法实施于社会往往流于一纸空文的弊病，而本辑的法律文化现象释义的重点，在一个“礼”字，诉说的是礼法实施于社会所引发的令人深思的形形色色的奇怪现象。

最后，有一篇文章用以回顾《儒林外史》全书的法律主题思想迷失在纯文学研究语境之中的概况，意在为本书法律视角的解读提供一份可资比较、总结的历史性资料。不彻底摆脱历史性的因袭势力的束缚，法律视角的文学研究路径就难以开通和畅达。

五十一　礼法现象之一："特殊婚礼"

礼法，是与刑法对应的法律的总称。礼法概念，古亦有之。荀子《劝学》云："故学也者，礼法也。"古代典籍中的礼法，主要是礼法规范与礼学言论，历来礼学研究基本上取材于古代典籍，不注意文学提供的材料。

古典文学，尤其是小说、戏剧中的礼法，则是礼法规范实施于社会所产生的种种现象、问题，它们的根子虽在古籍中可查可寻，但毕竟直接根植于现实生活的土壤之中，故溢出典籍范围的活生生的礼法现象非常丰富。可惜的是，古今礼学研究者对文学作品中的礼法材料宝库都弃之不顾，损失实在太多太大。

拙著《法说红楼梦》曾写有"礼论"的系列文章。这里，拟再次写出系列文章，对《儒林外史》所取得的有关成就，作一番较系统的梳理。

我们先来谈严监生与赵氏所举行的一场特殊婚礼。通常所讲婚礼，指的是结婚的仪式。古代的婚礼，一般指青年男女从订婚到结婚的一整套礼法程序，称为"六礼"：纳采、问名、纳吉、纳征、请期、亲迎。其中每一礼，都各有行为方式上的具体规定，繁琐得很。学人对此都乐此不疲加以解释。

本文所谈，是小说第五回写到的严监生与赵氏举行的特殊婚礼的独特之处。严监生有一妻一妾，古代婚礼的不平等，在妻妾上表现得很突出：娶妻举行婚礼，娶妾则不举行婚礼。白居易有诗句为：聘则为妻奔是妾。严监生娶赵氏时就不曾举行婚礼，故这次婚礼的特殊性之一，在于是结婚多年之后补办的。

特殊性之二，是一旦补办了婚礼，就等于向世人宣告：从此之后，赵氏的妾的身份提升为妻了。因此，这种婚礼是妾升格为妻的标志。

特殊性之三，这次补办的婚礼，提议者是严监生的正妻王氏。其时，王氏病重，对赵氏说："何不向你爷说，明日我若死了，就把你扶正做个填房？"就这样，闻讯的严监生积极行动起来，把王氏娘家兄弟王仁、王德请来作见证人，又备了二十几桌的酒席，还签字画押，两个男女拜天地，拜祖宗，把婚礼办得热闹非凡。

特殊性之四，是王氏在婚礼完毕之时，“识时务”地去世了。她的彻底消失，意味着赵氏由妾变作妻再也不受原妻的半点干扰了。王氏的不幸，换来赵氏的大幸。这婚礼到底是喜庆之事，还是残忍之事，实在令人费评说。

特殊性之五，是王仁、王德这两个舅舅，并非通情达理之人，甘心情愿让病重的妹妹退出妻子之位，而是由严监生花重金买来了他俩对婚礼的认同。除了每人给银子一百两，还另外送了首饰，并表态要修岳父岳母的坟。这一系列的幕后交易，是参加婚礼的亲朋好友都不知晓的秘密。

这些婚礼内外的人情世故，全是借这场婚礼折射出来的。也就是说，民间依礼法办事，另有一番迥别于官场内外的景象。纵使翻遍了古代文学作品以外的典籍，这种婚礼景观是无论如何也找不到的。

然而，万变不离其宗。这宗，指的是中国古代独有的一妻多妾的婚姻制度。没有这种制度，以上婚礼及其五大特征，就没有存在的可能性。所以说，小说所披露的那些不如人意的、残忍的人生现象，都可归结为对一妻多妾婚姻制度的反思与批评。

一般婚礼，不涉及婚姻制度。本文所谈婚礼在认识意义的深刻性方面，恰恰是对婚姻制度上的妻妾同堂、妻妾不平等有所反讽、有所非议。

重病中的王氏妻对妾所表现出来的宽容、大度，应是这场婚礼中的一个亮点，一般说来，妻厚道地对待妾的文学人物不多见。尤其在《聊斋志异》中悍妻虐待妾的实在多得很。王氏较之这些悍妻叫人觉得有可敬之处。

五十二　礼法现象之二：各不相同的丧礼

刑法的对象是活人，礼法中的一部分如丧礼、葬礼、祭礼等都以死人为对象，这是礼法区别于刑法的一个重要方面。《儒林外史》似乎对以死人为对象的丧礼、葬礼、祭礼情有独钟，为之花费了大量笔墨和篇幅。仅以丧礼而论，全书所写共有二十次之多。综合考察一番，我们对丧礼是否依法举行、如何举行以及作家的主观态度，会有大大不同于“三礼”所载的差异。

丧礼、葬礼、祭礼是善待死者的三部曲式的礼法。在《周礼》《仪礼》《礼记》以及古今礼学专著中，只能找到各种具体规定以及学理上的议论，唯在《儒林外史》这类古典文学名著中，才可看到发生在人世间的丧礼、葬礼、祭礼的色彩鲜活的图景。现在要谈的就是二十次丧礼印象。

印象之一，是丧礼的隆重或简朴，取决于家庭的经济条件。杨裁缝的母亲去世，无钱买棺材，得到杜少卿的资助（第三十一回）。庄尚志所借宿的一对老夫妻，先是老妻去世，穷得只能停尸在床，接着是老夫去世，多亏老庄花了几十两银子，才办了丧事（第三十五回）。一个农民，因为父亲死在家里无钱买棺材而急得跳河自杀。虞博士叫船家救起跳水者，得知原因，便以十二两银子相送（第三十六回）。对穷苦人家而言，讲丧礼之事，简直如同痴人说梦，是难以思议之事。作品的人道主义同情之心，显现在字里行间。丧礼，实质上也是上层建筑的一角，缺乏经济基础，只能是空中楼阁，根本建造不出来。

印象之二，有经济实力的人家，虽花钱如流水似的大操大办，似乎很风光，但受到了作品的奚落。我注意到一个关键词“闹”，每每出现在描述奢侈丧礼的场合。严监生的妻子王氏的丧礼用了四五千两银子，“闹”了半年之久（第五回）。严监生本人的丧礼，“闹”过头七，还要继续往下闹（第六回）。荀员外的母亲去世，属于有钱兼有势的官家丧礼，惊动了几级政府衙门官员都来吊丧，整整“闹”了两个月，丧事才宣告完毕（第七回）。吴敬梓同情穷苦人家，鄙视有钱人有势者，借丧礼的视角来观察世态炎凉，寄托自己的主观情怀，真叫人动心动容。读者从这有鲜明对比性的丧礼描写中可分明看到，被学人们解释得头头是道的礼法，在本质上是非常不平等、不合理的。

印象之三，小说在描写丧礼的细节上，很注意“理七”这一局部，传播了专门知识，丰富了读者见闻。人死后，每七天祭一次，共有七七四十九天，这七次祭礼称为“理七”。围绕理七细节，每有种种不同行文用以指称相关事项。范进母亲丧事有所谓“犯三七”之说，故请和尚做佛事来化解。上述王氏的丧事有“修斋、理七、开丧、出殡”等项目。鲍廷玺在回答向道台询问其父死于何时之时，很内行地说：“明日就是四七。”（第二十六回）王玉辉的朋友过世，其儿正在戴孝，也问何时去世之事，那孝子也懂理七之事，回答说：“还不曾尽七。”（第四十八回）有时候，作者写丧理的叙事中，也有意用了专门知识化的表述文字，读者只有明白了以上所说知识，才能知道这种叙事的礼法细节的意义。例如：

> 因房屋偏窄，停放过了头七，将灵柩送在祖茔安葬……匡超人逢七便去坟上哭奠。(第十七回)

印象之四，那些客死于异地的孤鬼，丧礼要么由好心人代理，要么根本无从入手，参差情形彼此不同。从浙江千里迢迢到芜湖的牛布衣，死在甘露庵内，由好心的住庵和尚办理了丧事。郭孝子千里寻父，不久老父病死，哪有条件行丧礼？更有一个从广东流放到陕西的犯人，死于半路，随同流放的妻子，唯有啼哭而已。

值得注意的是，这流放犯人即使死在正常条件之下，如刑满释放，在丧礼上也不允许按常规操办。理由在于礼法歧视所有受过刑事处罚的人，荀子在《礼论》中指出：

> 刑余罪人之丧不得合族党，独属妻子，棺椁三寸，衣衾三领，不得饰棺，不得昼行，以昏殣，凡缘而往埋之，反无哭泣之节，无衰麻之服，无亲疏月数之等，各反其平，各复其始，已葬埋，若无丧者而止，夫是之谓至辱。

这段话，不是荀子的理论主张，而是对刑满释放人员死后丧礼受到种种严格限制的礼法规范的说明。这些规定是：参加丧礼的人数少，只有妻子和儿女；死者的棺木只能三寸厚，随葬衣服不超过三件；安葬时间不可在白天，要在黄昏时分下葬，葬了死者之后，家属不得哭泣，不可穿丧服，没有守制时间，一切像平常一样，仿佛根本没有死人之事发生一样。用这些方法来表示对有犯罪记录的死者的羞辱。谈到这里，请回忆第三十八回中的那位死亡的流放犯的妻子除了痛哭，一切都讲不明白的复杂心态，似乎在暗示读者：

这不幸的女人对礼法严重歧视刑余之人的法理是懂得的，故除了痛不欲生，还有什么话可讲呢？

五十三　礼法现象之三：有速成有拖延的葬礼

我们已经说过，清代法律对于丧礼之后的葬礼何时举行，有明确的上限规定，就是“职官庶民，三月而葬。”至于下限，没有规定，只要是不超过三个月的，都属合法。那么，在现实生活中，这一法律规定执行情况如何呢？从《儒林外史》所描写的葬礼来看，呈两极分化之势：有速成的，有拖延的。

速成的葬礼，可以牛浦的祖父为例。牛老死后当晚入殓，第二天早上就安葬完毕（第二十一回）。这种草率葬礼，只不过把死者埋入土中罢了，讲葬礼太奢侈。

拖延最久的，可以余特、余持兄弟俩的父母的葬礼为例。他们把二老灵柩停放在家里达十几年之久。我们谈过，这种行为，已触犯法律，构成犯罪。

以葬礼的质量而论，速成的葬礼自然不如拖延的葬礼，然而刑法又不允许拖延太久，综合看来以法定的“三月而葬”为稳妥的选择。那么，造成人们极端化选择的原因有哪些呢？无论速成还是拖延，都有各自的原因。牛浦的祖父尸骨未寒就下葬，那是贫穷逼迫的。牛老的棺材都是赊来的，根本没有财力办葬礼。还有匡超人的父亲，刚过头七，就安葬了，那是因为家中房屋太小，灵柩停放在家太久，活人不得安身之处。尤其是上文谈到的那些仰仗别人施舍才勉强办丧事的穷苦人家，都根本不会再接着办葬礼。

至于拖延不办葬礼的人家，除了有经济实力作后盾之外，更有主观上的寄托。其中，讲究风水，寻求能够给子孙带来好运与福气的宝地，是一个普遍心理原因。这里积淀着浓郁的迷信思想。风水之说，除了自然地理上有某些合理因素，其本质纯属唯心主义的臆断。在这个问题上，倒是法律理念较先进，它将世俗的风水诉求称为“惑于风水”，认定是违犯葬礼的一个重要原因，我对此很欣赏，认为下面的两个当事人应当从中汲取唯物主义思想的营养。

当事人之一，是范进。有人当面问伯母大寿归天，是否有安葬日期。范进回答说："今年山向不利，只好来秋举行"（第四回）。所谓"山向不利"，就是葬地风水不好。风水好不好，取决于地理条件，并不以"今年"或明年的时间为转移。这个回答所吐露的思想，是糊涂的，应是"惑于风水"的病态心理之一。

当事人之二，就是余特、余持兄弟俩。他们竟然把父母灵柩安放家中十几年不下葬。这是为什么？穷，是原因之一。日后余特靠私和人命官司的犯罪赃款来举行葬礼之前，曾积极请阴阳先生来寻找风水宝地，则反映了他们违犯葬礼、触犯刑法的又一原因，的确在于法律认定的"惑于风水"。小说在这里下了大功夫：先让两兄弟同两个堂兄弟余敷、余殷在酒席上高谈阔论地商讨风水问题，席间主人还拿出一口袋土块，让余氏四兄弟现场作鉴定。那余敷俨然是一个风水大师，把一块土放在灯下看来看去，又掐一块土放在嘴里闭着眼睛、闭着嘴慢慢地嚼。嚼了半天，睁开眼，又用鼻子闻，然后才表态说："这土果然不好！"（第四十五回）这一系列举动本来可笑之至，而余特却大加赞赏说："我不在家这十几年，不想二位贤弟就这样精于地理。"然而事后，余特、余持两兄弟并不相信余敷、余殷，而是另外请风水先生张云峰选地择日来安葬父母。显而易见，这里描绘地精细，展示的是余家兄弟在葬礼上"惑于风水"程度的深沉。

当事人之三，是匡超人。当初，他在安葬父亲时迫不及待，刚过头七就下葬。日后，在安葬他的妻子郑氏时，却拖延不决。这是为什么？说起来，这里有相当可笑的原因。匡超人因老师罢官案件的牵连而逃离家乡，投靠歹徒潘三，犯下不少罪行；后进京师又投拜李给谏，隐瞒婚史，当了李的外甥女婿，并进入太学。身负数罪的匡超人自以为如今有钱有势，对亡妻葬礼不能草率从事，于是对催促他尽快安葬弟媳妇的哥哥说了一番自命不凡的大话：

"还不是下土的事哩。我想如今我还有几两银子，大哥拿回去，在你弟妇厝基上替他多添两层厚砖，砌的坚固些，也还过得几年。方才老爹说的，他是个诰命夫人，到家请会画的替他追个像，把凤冠补服画起来，逢时遇节。供在家里，叫小女儿烧香，他的魂灵也欢喜。就是那年我做了家去与娘的那件补服，若本家亲戚们家请酒，叫娘也穿起来，显得与众人不同。哥将来在家，也要叫人称呼‘老爷’，凡事立起体统来，不可自己倒了架子。我将来有了地方，少不得连哥嫂都接到任上同享荣华的。”（第二十回）

陶醉在飞黄腾达梦想中的匡超人，把妻子的葬礼当作了张扬自己名声、地位的大好时机，故造成在窄小老屋里长久停放亡妻灵柩的又一新罪行。其教训比法定的“惑于风水”更深刻，犯罪情节更恶劣。有出版家把匡超人贬斥为“儒林恶少”，这种道德评价，显然失之于忽视了匡超人既触犯刑法、又触犯礼法，严重破坏社会秩序的法律事实。

五十四　礼法现象之四：官吏的丁忧

《辞海》在解释“丁忧”词义时说：“旧称遭父母之丧。”这个说法不够严谨。严格地说，唯有官吏的父母的丧事，才可称为“丁忧”，普通百姓没有资格运用这个高雅概念。笔者这么说的证据，恰在《辞海》该条所列两个实例：其一是《尚书·说命上》开头三个字“王宅忧”；其二是《宋史·礼志二十八》中一段话。前者遭忧的是“王”，即殷高宗武丁，为父守丧三年之久，不理朝政。后者指朝廷和地方官员奉诏而不得因丁忧而“离任”。由此可知，从商代开始，丁忧是官吏的特权之一，百姓虽有父母的丧事，不能僭用“丁忧”之词来指称。古代法律的不平等，在父母丧事问题上就有如此明显的差异，文化人却没有意识到，致使权威工具书留下不应有的瑕疵。

若有不信本文所谈者，请再看一看法典上的众多有力证据。查《大清律例·匿父母丧》，在作普适于全社会成员的一般性规定之后，把当事人指向了“官吏”，唯有在这些条款中，才使用了“丁忧”概念。请看下列条款：

若官吏父母死，应丁忧……不丁忧者，杖一百，罢职役不叙。

其仕宦远方丁忧者，以闻丧月日为始。

官吏丁忧，除公罪不问外，其犯赃罪及系官钱粮，依例勾问。

《儒林外史》的作者吴敬梓对以上所谈法理，无疑是很熟悉的，证据就是他在二十次的丧事描写中，对寻常百姓根本不提“丁忧”这码事，唯在已经做官和将要做官的举人之类的群体遭遇父母丧事时，才用上法定的“丁忧”一词。

荀员外听到母亲去世的消息，立即哭昏过去，醒过来的第一个意念，“就是到堂上递呈丁忧”（第七回），即办理奔丧的请假手续。经过一番周折，“递呈丁忧”之事终于尘埃落定。这就是官员丁忧的例子。

将要做官的举人如同官员一样“丁忧”的例子，是范进。他在乡试考中了举人之后，因母亲去世，没有去参加会试。原因在于遭丁忧的举人不得应考。这，也有法律上的明文规定：

凡文武生员，及举贡监生，遇本生父母之丧，期年内不许应岁科两考、及乡会二试。其童生亦不许应府、州、县及院试，有隐匿不报……照匿丧例治罪。

范举人是知道这条法律的。他不仅守丧不去应考而且在汤知县当面问他为什么不去参加会试时，回答地有法律的意味：“先母见背，遵制丁忧。”（第四回。）

日后，范进才参加下一期会试，考中了进士。此时他与业师周进相见，自然又谈到为何迟至如今才参加会试之事，于是，“范进把丁母忧的事说了一遍”（第七回。）

中国古代法律为什么把丁忧的特权赋予官吏和准官吏呢？这是儒家重道德修养的思想给法律造成重大影响的缘故。官吏和准官吏，对朝廷、国家应当尽忠，这是公德。子孙对父母、祖父母应尽孝，这是私德。自古以来所谓“忠孝难以两全”的社会理念之所以产生，是因为尽忠与尽孝之间有矛盾。中国古人有相信“死者为大”，人一生要“善始善终”（出世顺利，死亡顺利），故一旦父母去世的大事发生，官员们和准官员们应当暂时中止尽忠，而一心回家去尽孝守丧。立法者头脑中的这些道德信仰，就使他们制定出了关于“丁忧”这一类充满道德精神的法律条文。学界把中国法律伦理性突出的特色及其形成缘由、过程，称为法律的儒家化。《儒林外史》中关于上述丁忧的描写，不管文学家是否意识到，在客观上具有使广大读者领会中国古代法律伦理特色及儒家化的学理的社会效果。这一点，是无可怀疑的。

尤其要注意的一点，是当明白上述学理之后，回头反思关于“丁忧”的立法的合理性，也就容易明白了。普通百姓，在家尽孝时日多于出门尽忠，故对他们而言，强调“丁忧”显得多余。相反，担任公职的官员和一心求学的书生，公务使他们尽孝有客观困难，故一旦父母仙逝，强调他们回家丁忧就十分必要了。

五十五　礼法现象之五：演戏般的祭礼

中国古代礼法由于程序、仪式繁多，故依礼办事往往带有戏剧表演性质。早在十一年前的拙著《中国文学与中国法律》一书中，我就说过《论语·乡党》中的孔子，“仿佛一个天才演员，能随时随地进入礼法所规定的或要求的角色之中”，“孔子善于扮演各种角色”。这里，我们要说的是在《儒林外史》中礼法现象的表演性质，被一次性描写得淋漓尽致。我所指的是南京城里的泰伯祠的一场声势浩大的祭礼仪式，完全像演戏一样大有看头。

且不说南京城里修建泰伯祠花费了文化人捐赠的数千金巨款，也不讲这场祭礼的一系列筹备活动如何紧张忙碌，单讲祭礼场面的浩大、程序的繁琐、所表演的节目依次轮换的舞台调度以及十六桌酒席的大吃大喝，较之一台歌舞晚会演出，可以说有过之而无不及。之所以单讲这一热点、亮点和看点，是因为小说洋洋洒洒地精细描绘这一切的时候，有一种隐忧寄托在字里行间，若不揭示出来，以一种浮光掠影的方式和粗枝大叶的心态来读这场祭礼，只能是看热闹，而看不出门道。

这热闹中的门道是什么呢？请先把热闹看清楚，这等于拿到了看门道的入场券。我以为，唯有以欣赏文艺晚会的眼光，才可看出这场热闹表演的特质和特色。

首先，由金东崖担任整台节目表演的主持人，从表演者进场、各就各位，到场次轮换、节目调度，全由他一个人发号施令，统一指挥。

其次，有一支由十多人组成的乐队，乐器以各种敲击乐器为主，吹奏、弹拨乐器为辅。

再次，由三十六个孩子组成的舞蹈队，也不可小瞧，因为，在祭礼的三大板块中的“初献礼”“亚献礼”和“终献礼”的每一版块，都由这支儿童舞蹈队按节目主持人的调度一次次上场表演不同舞蹈节目。

最后，还有一个统计数据：主祭、亚献、终献各有专门负责人，还有两个主持人助理，另外是各司其职的参祭人，加上乐队、舞蹈队成员，总共登台表演的人数为七十六人。

如此热闹的祭礼上的文艺表演，南京人很少见到，故众人称赞说：“我们生长在南京，也有活了七八十岁的，从不曾看见这样的礼体，听见这样的吹打!”（第三十七回）

“吹打”之说，不是真正的歌颂，实为辛辣的讽刺。这就需要揭出热闹背后的门道了。门道，在于祭礼的本义和人们的期盼同上述热闹的严重割裂与失调。中国礼法中以死人为对象的丧礼、葬礼和祭礼，占有极重要的地位和比例，而祭礼又是重心之所在。从《小戴礼记》可以看到，全书四十九篇文章，除《祭法》《祭义》和《祭统》这三篇专门讲祭礼的方法、意义之外，还有《檀弓》《月令》《曾子问》《郊特牲》《丧服小记》《大传》《杂记》《丧大记》《奔丧》《问丧》《服问》《三年问》《丧服四制》等十几篇文章谈到丧礼、葬礼与祭礼。礼法如此看重死，是什么缘故呢？一言以蔽之曰：理由尽在从先人身上找活着的人们的榜样。

这种寻求、尊重人生榜样的文化心理期盼，在祭礼上表现得尤为突出。丧礼、葬礼固然重要，毕竟有务实的重要成分——死者要入棺、下土，这些都是体力活，光靠演戏般的礼仪是行不通的。而祭礼，则是死者入土为安之后的长久的悼念仪式，文艺表演性质被突出提升起来。寻求与尊重人生榜样的心理诉求，因而也显得很突出。

以祭礼的对象而论，有天地、祖先和贤人。祭天，可理解为尊重自然，祈求天神保佑。祭祖宗，意在怀念祖先，做祖先的孝子贤孙，以光宗耀祖。祭先贤，则打破了宗族、门户界限，把全社会公认的德高望重者当作崇拜偶像来祭奠。南京泰伯祠的修建，即是一个典型例子。泰伯是西周太王的长子，把王位让给兄弟，自己则到南方来创立吴国，故后人把他当作大贤人。小说所写这场祭礼，寄托着南京一批有正义感却又不免迂腐的文化人渺茫的期盼：有泰伯那样的大贤人出现，把江河日下的社会现实引向复兴之路。我们的感觉是泰伯祠里演戏一样的热闹非凡的祭礼仪式，终究不过是装模作样地搞形式，走过场，贤人期盼终究是一时心血来潮罢了，它根本没有实现的任何条件与措施，因而只能成为泡影。日后泰伯祠的坍塌，象征性地表明礼崩乐坏的历史趋势是谁也挽回不了的。

《儒林外史》第三十七回祭礼的演戏场景与性质，让读者体验的是热闹过后的寂寞，大操大办背后的空虚，把对祖先、贤人的正常怀念之情扩大化和绝对化所带来的幻灭感。这是一种气势恢宏的带有历史感的社会文化心理讽刺，远比对一人一事的小小可笑之处的讽刺深刻得多、有力得多。因此，我以为这部讽刺小说的讽刺内容与讽刺艺术在这里达到了高潮，是全书的一个大亮点。

五十六　礼法现象之六：祠的祭祀理念

简单地说，作为建筑物的祠，是举行祭礼的专用场所，亦称为祠堂。《儒林外史》中出现的祠不在少数，都是行祭祀的所在。但要从学理上把祠的祭祀理念说清楚，并不是一件容易的事情。本文拟谈三方面的知识：

（一）《儒林外史》中祠的分类

作为行祭礼的专用场所，可依其祭祀的对象划分为五个基本类型。一是宗族祠，是祭祀同一姓氏的共同先祖的地方。第二十二回中，出现杜少卿口中说出的“公祠堂”“祠堂”，显然是杜姓的宗族祠。

二是贤人祠。上文谈到的南京泰伯祠，即是此类祠的代表建筑物。其特征是以全社会公认的大贤人为对象，故属全社会所有，是一种公众社会文化设施。

三是节孝祠。顾名思义，它是为表彰节妇、孝子而建造的。谁是为丈夫守节之妇，谁是孝敬父母、祖父母的孝子，除了公认，还得经政府衙门审查、批准。第四十七回所写，使我们看到了节孝祠的这种礼法理念。五河县境内的这次节孝入祠活动，一时间成为舆论的中心，言谈之间往往提到“县里节孝几时入祠”的问题，可见这里的节孝，属于县一级别，故由县政府衙门定下统一的入祠时间。入祠名单中，最显赫的是方盐商家的方老太太，此外还有成老爹家里的一位婶母，余特家里的好几位叔祖母、伯母、叔母，看来节妇多多，却不见有孝子入选。时下国人常有阴盛阳衰的慨叹，莫非五河县节孝入祠的事件上早有阴盛阳衰的风范留存？

四是王玉辉女儿所独享的烈女祠。王氏女的丈夫不幸病逝，她担心穷秀才老爸养不活自己，就立志殉夫而死，那办法是活活饿死。果然，饿到第八天就丢掉了小命。这位编了一部礼书的父亲竟大笑道：“死的好！死的好！”于是，经余大先生之手，申报旌表烈妇的材料，开展相应审批活动，经过两个月运作，终于由上司批准下来：“制主入祠，门首建坊。”入祠安位那天，以知县为首的祭祀队伍川流不息，忙活了一整天。

这景象，一如泰伯祠的祭礼，表面上风光无限，热闹得很，骨子里却是礼法的杀人不见血。把一个血气方刚的青年女子活活逼死，事后美其名曰“烈妇”，这种丧礼、葬礼与祭礼岂不就是诱惑人去为赢得虚幻的礼法美名而活活送死吗？从某种意义上讲，父亲学礼学、编礼书食古不化，导致女儿成了被他逼死的礼法信仰的牺牲品。

五是纪念祠。第十四回中的丁仙祠，为纪念元代的一位道士丁野鹤而建造；第四十回中的阮公祠，为纪念晋代文人阮籍而修建：可见是一些文化人一时心血来潮的产物，除了纪念性的凭吊，并无太浓厚的礼法追求。但，毕竟有祭礼意味寄寓其中。

（二）先秦时代没有祠

我以为，就事论事谈《儒林外史》中的祠，无论如何，都难以中肯。若从历史的沿革上作一番考察，就能打探到根底的深层部位。

据考证，礼法起源于原始社会的祭祀活动，可知祭礼是最古老的礼法，日后才逐渐发展出涵盖社会各个角落的复杂而庞大的礼法系统。唯其历史源远流长，祭祀对象多得无从列举，故不可能设置那么多专用祭祀场所。《山海经》写到许许多多的祭礼，都在山上举行，任何设施都没有，故山神享受祭礼烟火，是名副其实的风餐露宿。《礼记》谈到的一种祭食礼，就是每一道菜上桌，客人在主人引导之下，都要行祭礼，从第一道菜开始，依次遍祭所有一桌的饭菜。显然，这种祭礼可在每一户人家的饭桌上举行，根本不可能也完全没有必要设置专门场地。这种祭食礼的用意，在于表示报答发明、创造饮食方法的人，不忘本。

当后来祭礼对象发展到去世的人身上的时候，专用祭礼场所就随着诞生，其名称是庙，即专用的房屋。其次还有坛，即在地面上用土石堆成的高台。不仅如此，庙、坛数量多少和有无，随死者的社会地位高低而变化：王七庙一坛，诸侯五庙一坛，大夫三庙二坛，适士二庙一坛，官师一庙，庶士庶人无庙（《礼记·祭法》）。森严的等级制度，在祭礼上就是如此不可逾越。

先秦时代的文化典籍中，也用“祠”字，但往往用作动词，意思就是举行祭礼。

《墨子·迎敌祠》中有坛有祠，都用作迎敌之前和迎敌过程中的祭祀活动。祠中行祭礼的是专业巫师，可见这祠并非民间普通祭礼场所。

（三）祠大约始于汉朝

从史书看，最早提到建祠之事的是《汉书》。在《文翁传》中有云：“文翁终于蜀，吏民为立祠堂。”司马光《文潞公家庙碑》也说：“汉世公卿贵人多建祠堂于墓所。”把民间百姓建祠之根追溯到汉朝，我们才可发现祭礼场所此时出现祠、祠堂，不仅仅是出现了一个新词语，更重要的地方在于人们突破了先秦时代享有专庙的那种等级制度，结束了“庶士庶人无庙”的历史，使普通百姓都可建造专用祠堂来祭祀各自的祖先。换一句话说，法律上的人人平等的梦想之一，是汉代开创了百姓享用专门祭礼场所的新时代。流风所及，到清代吴敬梓写他的不朽名著《儒林外史》之际，之所以拥有以上五大类型的祠，也是法律上人人平等的美梦延续了近两千年的结果。

当然，吴敬梓的高明之处，不是盲目地一刀切地去为这种法律上的发展、进步歌功颂德，而是进而看到这里面大量美中不足的东西，于是有所提示，有所抨击，有所深思，给了我们多方面的礼书上读不到的理性认识成果。

五十七　礼法现象之七：礼法关系

六十多岁的童生周进，被聘为观音庵学堂里的教师，开学前夕应邀参加在申祥甫家中举办的酒宴。以日常生活经验的眼光来读小说第二回所写这酒宴场景，大约只不过是吃吃喝喝、说说笑笑的琐屑之事罢了。若置于礼法的语境加以解读，却如同走进另一个场景，所见、所闻、所感会陡然丰富起来，以至于一时间理不出该要谈论的众多话题的头绪。笔者在这里颇费周折，在困惑中突然杜撰了“礼法关系”概念，立即感到豁然开朗，繁纷的思绪顿时条分缕析，很快形成本文的话语系统。

礼法关系，指的是复杂纷纭的礼法现象的内在逻辑联系。对礼法作学理阐释，一旦抓住礼法关系，就会使所有话题成龙配套，各就各位，形成严谨的礼学理论系统。以我的见闻而论，感到自古至今的礼学论著由于缺乏礼法关系的重要概念和范畴，导致理论上的许多空缺和混乱，有的则失之于只见树木而不见森林的零敲碎打。且以上述酒宴场面为例，不用礼法关系的范畴，就无从进入应有的礼法理性天地。

那么，这酒席上的礼法关系的具体表现是什么呢？笔者梳理出的思路共有五个方面。

一是各种名目的礼法规范相互之间的关系。参加酒宴的主宾是周进，陪客是新秀才梅玖、主人是申祥甫，其余是一群无名无姓的“众人”。周进走进主人家后，见到先于他到场的客人们有“作揖”动作，这是“士相见礼”中的一个细节；“众人都作过揖坐下”，意即还礼，“礼尚来往”，“来而不往非礼也”的理念在此得到印证。入席时，“众人序齿坐下”，即依年龄大小依次在从尊到卑的位置上入座，这是行乡酒之礼的表现。上桌的菜共有八九碗，“乃是猪头肉、公鸡、鲤鱼、肚、肺、肝、肠之类”，一声“请”，如风卷残云一般早吃去了一半。为什么这样狼吞虎咽？答曰：讽刺人们嘴馋，把古人在饭桌上应尽的“祭食”之礼忘在脑后了。简单说，从周进走进申祥甫家，到这大吃不止的场面，至少有士相见礼、乡酒礼、祭食礼这三个名目的礼法并列，依次化为大家的实际行为。

二是礼法与学规的关系。周进是童生，梅玖是秀才。周进得知梅玖在科举路上地位比自己高，故在行作揖礼时，担心“僭”了梅玖，尽管梅玖表示“今日之事不同”，周进还是“再三不肯”。这难言的苦衷，梅玖向众人作了解释：“你众位不知我们学校规矩，老友是从来不同小友序齿的。”唯恐读者不明白这是怎么一回事，小说以叙事人口吻再详加解说，写道：

> 原来明朝士大夫称儒学生员叫做“朋友”，称童生是“小友”。比如童生进了学，不怕十几岁，也称为“老友”，若是不进学，就到八十岁，也还称“小友”。

周进六十多岁还是童生，在年龄比自己小许多的梅秀才面前诚惶诚恐的原因，正在于“序齿”的乡酒礼法同这种不合理的学规发生了碰撞，使周进难堪之至。

三是礼法与宗教的关系。众人狼吞虎咽之时，周进却不动筷子，因为他信佛而吃斋，满桌荤腥自然不能吃。因此，愉快的酒宴上出现了极不和谐的小插曲，梅秀才所讲的同一主题的小故事，使礼法与宗教的关系得到了重申与强化。梅玖的故事是：他的一个舅舅，也是吃长斋。后来进学当了秀才，有机会和权利分享祭孔子的供品肉，外祖母就说：不吃这种祭礼肉，孔子的在天之灵是不高兴的。为此舅舅放弃宗教信仰而回归吃肉行列了。小插曲与小故事从一正一反两个方面显示出礼法与佛教的因缘。

四是礼法与刑法的关系。中国古代法律的礼与刑是相对独立的两类法律，二者还有不可分割的内在联系。如这里的乡酒礼，在明清两代法律中都进入了刑法，把酒席上的违礼行为视为犯罪加以处罚。再如梅玖的舅舅由吃斋到吃肉的改变，实质上是和尚“还俗”，这种宗教现象也纳入了法律，成为犯罪和尚受处罚的强制性措施之一。而这舅舅的“还俗”，却是祭孔的礼法活动的产物，从而使宗教与刑法、礼法三者之间产生了更多层次的动态转换关系。

五是礼法与文学的关系。各种礼法实施于社会所产生的种种现象以及上述各种关系，对文学创作而言，是极好的素材之一，以此形成的涉法文学作品浩如烟海。这种文学现象以及涉法文学的学问之道，从周进所参加的这场酒宴可见其端倪。在酒席上，梅玖不知内情，把周进在顾老相公家里当家庭教师时被人作诗进行嘲讽的那首逐句增一字的诗，当众念了出来：

呆，
秀才，
吃长斋，
胡须满腮，
经书不揭开，
纸笔自己安排，
明年不请我自来。

在众人的哄笑声中，梅玖又火上加油似的讲了上述舅舅开斋吃肉的小故事，大家听后“预贺”周进也利用祭孔的机会开斋吃肉。这种打油诗及其传播的环境与效果，把周进羞愧得脸上“红一块白一块”，大有无地自容的窘迫之势。文学反映礼法生活状态及其针砭功能，确能由此窥见一斑。

一场酒宴的日常生活情境，到了吴敬梓笔下，竟在形象描写中交织成一张礼法关系网络，使人在不经意中发现了礼法的奥妙，谁不叹服呢！

五十八　礼法现象之八：礼法实务评论

针对现实生活中执行礼法的种种人与事的客观存在及其正误、得失作出判断，谓之礼法实务评论。《儒林外史》中的这种礼法现象也有可议的学理值得注意。老秀才王玉辉食古不化，把他女儿逼上绝路还称“死的好”就是在礼法实务评论上出乖露丑的一个例子，前面已经谈过。

这里，还要讨论王玉辉的另一次礼法实务评论所存在的谬误。要知道，王玉辉其人其事，是小说既有所同情更有所鞭挞的对象，在究明他的礼法实务评论错误之后，才可进而发现：尽管他习礼学，编礼书，但没有学到家，是徒有其名的礼法学者。

这次礼法评论，出现在第四十八回。那是王玉辉到南京去观瞻泰伯祠的路上对一个老同学的儿子邓质夫所讲的一段话：

> “贤侄，当初令堂老夫人守节，邻家失火，令堂对天祝告，反风灭火，天下皆闻。那知我第三个小女，也有这一番节烈。”因悉把女儿殉女婿的事说了一遍。

短短几句话，竟有三种错误，这老秀才的礼学修养实在不敢恭维。

第一错，是把守节与殉节相提并论，不妥当。守节，指的是丈夫去世后，一辈子不改嫁他人，而殉节则是指丈夫去世后，妻子跟着自尽而死。王玉辉的说法，把生与死的界限取消了。庄子倒有“齐生死”的哲学理念，王玉辉的意识中看不到受庄子影响的痕迹，故只能认为他思想糊涂，而不是什么深刻。

第二错，王玉辉所讲邓氏邻居失火，法律上构成了失火案，应追究失火者的刑事法律责任。发表评论，应注意这种法律性质。邓质夫的母亲不从法律上认识问题、解决问题，而是用“对天祝告”的祭礼方式，祈求天神保佑，这等于是用礼法来对抗刑法。这是此案法理上的一个关键。王玉辉看不到这关键处，表明他意识中刑法知识的空缺。

“反风灭火”，只能是一种传说，不可能是客观事实。王玉辉却信以为真，大加赞赏，这就误入了唯心主义的迷信歧途。这是他在此案中又一种失误。若将其算作独立的错误，那么王氏的一小段话就有四错了。

第三错，是对邓质夫母亲行“对天祝告”的祭礼，同样缺乏应有的知识。明清两代法典以礼入刑的一个具体表现，就是把祭礼的许多规范引入刑法，从而制定了《祭祀》的专门刑法，还有相应的条例，许许多多礼法中拥有的行为方式若被行为人违背，便视为犯罪。还有不少祭礼规范中没有的东西，在《祭祀》刑法与条例中也视为犯罪。如果王玉辉懂得以礼入刑的法理，同时又查阅了法典，就会明白邓质夫母亲“对天祝告”的做法，并非“节烈”之盛事，而是该受到刑事处罚的犯罪行为。

在《大清律例》中，所有祭礼行为，被划分为三个级别，从高到低依次为大祀、中祀与小祀。有专门解释的条例指出：

> 大祀，祭天地、太社、太稷也。
>
> 中祀，如朝日、夕月、风云、雷雨、岳镇、海渎，及历代帝王、先师、先农、旗纛等神。
>
> 小祀，谓凡载在祀典诸神。(《大清律例》)

与此同时，法律还规定大祀、中祀权利在朝廷，民间理所当然只能行小祀之礼了。正因为如此，我们百姓通常只能见到人们祭自己的祖先以及大众信仰的那些神仙，也有一些莫名其妙的小祭礼仪式。笔者童年时代，就多次看到乡间演戏前，烧纸放鞭祭台的情形。

邓质夫的母亲，胆大包天，把朝廷才有权祭祀的天神作为“祝告”对象，该当何罪？法律规定的罪名是“亵渎神明”。其法条正文是：

> 凡私家告天拜斗，焚烧夜香，燃点天灯、七灯，亵渎神明者，杖八十。妇女有犯，罪坐家长。

这就是说，邓质夫母亲的犯罪行为，是不可否认的。一旦较真依法论处，邓母本人却不吃“杖八十”的皮肉之苦。谁来承担这刑事法律责任呢？本来她丈夫是家长，该受处罚，由于去世，那么依“夫死从子”的妇德，儿子邓质夫应是家长，由他来承担罪责是必然之事。

这一切，王玉辉全然不知，故他对邓质夫之母大唱赞歌的盲目、糊涂之状，显得很可笑。

五十九　礼法现象之九：民间礼法言论

在《儒林外史》中，不见于经传而流传在民间的礼法言论，以及情境性的随时随地发表的口头礼法议论，也是有学理价值的礼法现象。它们反映出的是民间的礼法意识，既可在古代礼法典籍中寻觅出某些蛛丝马迹，同时又是现实生活土壤中生长出来的礼法花草，作学理上的探讨，可丰富和拓展礼学空间。

“礼有经，亦有权。”这是第四回里出自张静斋口中的一句话，铿锵有力，可过目不忘。其意思是说礼有稳定的规范，也有变通的灵活性。他为什么要说这句话？因为其时范进刚刚考上举人，不久世亲去世，依礼法不能外出，而应在家守制三年。张静斋却主张他到外面走一走，以寻求上进的机会。范进一听，动了心，又怕于礼法有碍，于是提出疑问：“只不知大礼上可行得？”这一问，就问出了上述六个字的经典答案。

张氏礼法言论，原话不见经传，但精神实质有案可查，《小戴礼记》的最后一篇《丧服四制》，阐述了制定丧服的四种原则，其中原则之四，就是一个“权”字，意思是“权变”，即依具体情况而作灵活变动。可见，张静斋没有信口开河。

“老不拘礼，病不拘礼。”这是第十二回里杨执中引用古人所讲出来的话。与此同时，权勿用在推辞别人敬酒时，也有礼法言论上的精彩之处。“居丧不饮酒。”这就是他的拒酒言论，字面上无礼字，实际内容却含礼法。

杨执中所谓“古人云”的说法，只不过把古人有关的礼法思想和言论作出了概括，并非真正有某一古人或某部古书讲出了“老不拘礼，病不拘礼”

这句原话。据笔者考证，这句话应是对《礼记·曲礼上》如下一段话的礼法理念的概括。这段话是：

> 居丧之礼，头有创则沐，身有疡则浴，有疾则饮酒食肉，疾止复初。……七十唯衰麻在身，饮酒食肉，处于内。

守丧之礼，对行礼之人要求极为严格：不能洗澡，不能饮酒吃肉。上述引文讲的是有病或年老的条件之下，可不受此限制。“创”，指身体上的外伤。“疡”，指皮肉的溃烂处。“疾”，指一般病情。有这几种病情的，可不受丧礼限制，该洗的洗，该喝的喝，该吃的吃，到病好了时，再恢复到不洗澡、不饮酒、不吃肉的严于守礼的状态。守丧者年纪若到了七十岁，即使是老父母去世和其他亲人去世，也照样在家里饮酒吃肉。把我们讲的这些意思集中到一起，加以抽象，就可形成“老不拘礼，病不拘礼”这句话。这就是杨执中的“古人云”的真相以及他的这句话的来历。

同时从上文中也可看出权勿用的“居丧不饮酒”并非他本人的创造，也来自这段引文中有关内容的概括。

在第四十七回，余特、余持两兄弟对他们面临的“方盐商大闹节孝祠”场面，颇为“看不上眼”，于是先后发表了一通牢骚话。

> 在街上，余大先生道：“表弟，我们县里，礼义廉耻一总都灭绝了！也因学宫里没有个好官！若是放在南京虞博士那里，这样事如何行的去！”余二先生道：“看虞博士那般举动，他也不要禁止人怎样，只是被了他的德化，那非礼之事，人自然不能行出来。”虞家弟兄几个叹了一口气，一同到家，吃了酒，各自散了。

余氏兄弟为什么当时就礼的问题如此反感、生气呢？原因就在于这次的礼法活动中显示出社会不公平的风气。方盐商因为有钱，富甲一方，于是乎从民间到官方，无不趋炎附势，从而使方老太太的灵位入节孝祠之时热闹非凡，风光无限。可同时入祠的余家几位节妇灵位，除了余氏自家人参与安放活动之外，没有别人理睬，从而显得冷冷清清，寒酸得要命。作为家属，兄弟俩咽不下这口气，是情理中之事。

其实，小说写“方盐商大闹节孝祠”这一回的本义，本来就在讽刺世态炎凉在礼法领域的具体表现，从而批判礼法落实中所出现的不公平、少正义比礼法本身的不公、不正更厉害。所以，余氏兄弟的牢骚话，传达的正是作品的礼法批判意义和倾向。

六十　四大贱民

中国古代法律是不平等的法律，其不平等的具体表现很多，如官民、男女、长幼、妻妾法律地位有差别，礼法的等级制度森严，刑法的同罪不同罚的现象，等等。此外，本文拟专门谈论的法定的四大贱民现象，也是法律不平等的一个重要表现。《儒林外史》对此作出了真实而有批判性的反映与思考。

法定四大贱民指的是哪四种人呢？没有多少学问的小青年牛浦都知道，是“娼优隶卒”。第二十三回中，牛浦与道士在谈论万雪斋时，道士立即表示了鄙视态度，这使牛浦很奇怪，就反问道：“他又不是娼优隶卒”，为什么人们都瞧不上他呢？知根知底的道士就讲了万雪斋的故事。原来，万雪斋出身于书童，即被程家买来的幼仆，日后长大成人几经周折才发家致富，拥有十几万钱财，妻妾成群，朋友满天下。奴仆，即隶，是法律认定的贱民之一。正因为这个缘故，如今的万雪斋就怕一件事：揭他的老底。莽撞的牛浦涉世未深，把刚刚听到的万氏隐私对牛玉圃抖露了出来，从而招致一场大祸：牛玉圃派人把牛浦毒打一顿，连全身衣服都被剥光了。

牛浦吃眼前亏的祸根，应追溯到万雪斋的贱民出身。原来，牛玉圃是万雪斋的好朋友之一，牛浦揭万雪斋老底的话，传到万氏耳中，引起不满，从此冷落了牛玉圃，于是牛玉圃就迁怒于牛浦，对他大打出手以报仇雪恨。牛浦挨打的故事在小说中描述得波澜起伏，曲折有致，其法律上的寓意就在于：法定的“隶”即奴仆，作为贱民，在社会生活中产生了深刻而又复杂的影响，波及的不仅仅是贱民自身，连不相干的异乡异地的老少爷父都会受牵连，甚至吃苦头。

王义安，是妓院的老板，本身不是妓女，但因所操行业的缘故，那么也就被世人当作贱民了。王义安因为头戴方巾——读书人的专利品，就被认为是在“胡闹”，两个戴方巾的秀才认识王义安，就把他的方巾扯下来，还打了一顿，扬言要送官治罪。王义安只得跪地求饶，又拿出三两多银子作封口费，这才换来平安无事。

鲍文卿是戏剧演员，七八岁就练下了童子功，这在今日被誉为资深戏剧表演艺术家，会拥有成千上万粉丝，可在当年却是四大贱民中的“优”人，俗称戏子。法律如此作践鲍文卿，而吴敬梓却为他鸣不平，写他纠正了官府制造的一起错案。此案已经在第一辑中谈过，此处从略。总之，小说用生动的案例故事，为这位贱民大唱赞歌，可认为是用文学手段抨击不合理的法律规定，表现了把贱民从法律的歧视、压抑中解脱出来的梦想。

卒，是指的哪一类人呢？在古汉语中，卒泛指差役和士兵。走卒、狱卒、马前卒等，都指社会地位低下的人们。刑法处罚的方式之一是充军，即把罪犯送到边防军营中效力。这种做法，在很大程度上是把边防将士跟罪犯等同起来，反映了刑法思想的不科学，同时也证明了“卒”的贱民地位的低下。这里的极端不公平以直观思维方式就可看得很清楚。试问：没有边防士卒出生入死的战斗，哪里来的全国的和平与安宁呢？把差役、士兵当作贱民的立法，实在太谬误不堪了。《儒林外史》中的差人、衙役，几乎都贪婪，只知道捞钱、坑人，给人的感觉是不争气，似乎甘心情愿当贱民。也许这正是吴敬梓之所以大量描写差人们的负面形象所要表达的法律思想之所在。

中国古代的法定贱民制度，由来已久，至迟可以追溯到唐代。唐代法律严格区分良、贱，而贱民又分为“官贱”与“私贱”。“官贱”包括奴婢、官户、工乐户、杂户、太常音声人等，均为官府所拥有。“私贱”包括奴婢和部曲，都是私家主人的奴仆。其法律地位之低，竟把奴仆与猪、马、牛、羊等同，可在市场上一并出卖。对于这样不平等的贱民法律制度，富有人道主义同情心的历代作家，均感同身受，故诗文、小说、戏剧中关于贱民的描写与思考为数众多。由于文学界对此缺乏专门研究，导致课题空缺，甚至出现误读误解弊病。如果说上述贱民问题长期不被《儒林外史》研究者所论及是属于课题空缺，那么下面一个例子就属于误读误解。

明代冯梦龙的短篇小说《金玉奴棒打薄情郎》，提出和探究贱民问题的旨意突出，且在小说开头作了题解性的说明，即对乞丐在宋代绍兴年间的尴尬社会地位有富于学理的定位。作品写道：

> 团头的名儿不好（团头是乞丐的头头——引者注），……虽然如此，若数着“良贱”二字，只说娼优隶卒四般为贱流，到数不着那乞丐。
>
> 可见此辈虽然被人轻贱，到不比娼优隶卒。

作了这样的开场白之后，小说就开始讲团头金老大和他女儿金玉奴的故事。作品的主题思想当在同情乞丐良民不是良民，贱民又非贱民的难堪社会处境与法律地位，批判像莫稽这种既利用乞丐，又鄙视乞丐，甚至不惜杀害已经成为妻子的乞丐女儿的无耻行径。遗憾的是，在一本广为流传的文学史著作中，论者把这篇小说的主题思想概括为“批判了莫稽的富贵易妻”。这种说法，不仅从整体上歪曲了小说，就连“易妻”的局部情节也被歪曲得不成样子。所谓“易妻”之说，在小说中的真相是：莫稽把妻子金玉奴推入江中，企图淹死她，后被坐船去赴任的淮西转运使许德厚所救，认为义女。上任后，发现当了司户的莫稽是自己的下属，为教育他，许转运使设计把义女金奴儿许配给莫司户，终于使他们夫妻和好如初。“易妻”之事根本不存在。论者曲解小说的故事及其底蕴，从而把小说旨意弄得完全脱离了作品的实际。

这个例子以及《儒林外史》中的贱民描写，共同呼吁文学家从法律意识沉睡中醒来，切莫永远沉睡下去。

六十一 法律与宗教

作为社会行为规范的东西，除了来自国家制定的法律之外，还有约定俗成的道德规范、宗教经文中的戒律、各行各业内部的行规、家族家庭公认的家法私刑等。这些行为规范对法律实施的影响，常常体现在彼此的相互关系上，而这种相互关系并非书本的教条，而是生活的状态。

以法律与宗教的关系而论，《儒林外史》多次描写和尚吃官司或为非作歹的案例，就往往是在现实生活中展示二者的动态联系，从而把法理探讨引向了一大新层面。

给我们突出印象的首要一点，是和尚们有许多行为并不触犯法律，然而违犯了佛教内部戒律，这是因为两种规范有重大差异。在和尚吃官司的案件中，僧官慧敏喝酒、吃肉被人告状，用人间法律视之固然属于无罪被诬告，但用佛教戒律看，却犯有轻罪。查《梵网经》，“四十八轻戒”的第二条是“饮酒戒”，第三条是“食肉戒”，慧敏大吃大喝就同时犯了这两条佛教戒律，经文规定的是“轻垢罪”。

一旦掌握这里谈到的佛教“四十八轻戒”的内容，就足以纠正第十二回中权勿用的“五荤”言论的错误。他说，古人所说的“五荤”指的是葱、韭之类，作为热孝在身的人，也应像戒酒一样戒掉。其实，礼法中无此规定，倒是“四十八轻戒”的第四条为“食五辛戒”，规定佛门弟子若吃葱、蒜之类，就视为“犯轻垢罪”。权勿用把佛教戒律错认为礼法规范，应为记忆不准确而说错话，在法理上错在把佛教戒律当作了国家法律中的礼法规范。

其次一点，法律与佛教戒律对某些行为的认定既有一致之处，又有不同之处，可概括为同中有异。以小说第五十五回写的放火案为例，人间法律认为“放火罪”比“失火罪”重，处罚从严，而在《梵网经》中，把“放火焚烧戒”置于上述“四十八轻戒”的第“十四”位，整条戒律经文如下：

> 若佛子，以恶心故，放大火烧山林旷野，四月乃至九月放火，若烧他人家屋宅、城邑、僧坊、田木，及鬼神、官物，一切有主物，不得故烧。若故烧者，犯轻垢罪。

在人间法律中，如此放火大烧，损失严重的该判处斩刑，连从犯也一并处死。二者相差悬殊。

法律与宗教相互关系的另一种表现，是对于宗教人士的犯罪案件，既可作法理上的阐释，又可以宗教戒律上解释，从而形成分属于法学或宗教学的两大理论系统。这一层关系，取决于法律实施区别于宗教戒律实施的指导思想、具体做法的根本区别，没有具体案例的启示，许多道理是很难讲清楚的。对此，笔者在其他“法说”系列书稿中尚未谈过。本文所谈，应归功于第二十四回所写和尚作案犯罪却状告别人的案例给笔者带来的思考。

此案的法理赏析，已在第一辑中用专文谈过笔者的意见。这里，再从佛教戒律上对本案中和尚的行为作一点说明。

先说和尚的罪行。按人间法律，和尚犯有诈骗罪和诬告罪。诈骗罪的要害，是以在自己头上撒盐，诱使牛吃盐而流泪的方式，危言耸听地声称牛是自己的父亲变的，要求牛主施舍，然后偷偷卖牛换钱用。诬告罪的要害，是再一次作案骗人之后，竟状告买牛人，以达到多卖钱的目的。这两种罪行，都是弄虚作假，即讲假话、做假事。以佛教戒律来看，显然是“妄语”现象，即讲没有事实依据的假话。佛门有五重戒、十重戒。《梵网经》的十重戒把“妄语戒”列为第四，是重罪之一。

和尚把骗来的牛出卖，属于诈骗罪的组成部分，可不另行定罪，只要将卖牛所得赃款作为定罪量行依据即可。而在佛教戒律中，有专门戒律针对卖牛行为。“四十八轻戒”的第十二条是“贩卖戒”，规定佛教徒贩卖良人、奴婢和六畜等，为“犯轻垢罪”。六畜之首就是牛。和尚依此犯了这一轻罪。

以上说的是人间法律与佛门戒律对和尚的罪行的认定不相同，即罪名有别，定罪标准、轻重不同。这是本案可议的佛教戒律区别于人间法律的一个方面。

二者不同的另一方面，是处罚方式不同。以人间法律处罚只要按规定执行即可，而到佛教徒内部，崇尚的是忏悔，无论罪行轻重，犯罪者当众悔罪认错是少不了的环节。若犯重罪，除忏悔外，还要开除教籍，赶出佛门。更重要的一点，在于佛教信奉轮回之理，认为每一个人都有三世——前世、今世、来世，犯罪之人转世前，一定会下地狱接受种种酷刑，罪犯死后灵魂要受刑罚。人间法律却只处罚罪犯的活体，一旦死亡，不再追究任何刑事责任。

有了以上佛教戒律的解释，加上我们已谈过的法理，回头反思向知县审理和尚的诈骗案件，其认识的简单肤浅，其做法的粗暴无凭，就显得极为突出了。我读此案的感觉是：吴敬梓仿佛把此案作为一道试题，有意考核一县的主审法官在面对和尚犯罪的案件时，到底在认识上懂得多少“律学”（中国古代法学习惯上称之为“律学”，有意思的是佛教中的戒律知识、理论也被称为“律学”)，在实践上能否正确执行法律规定。考核的结果为不及格。向知县在表示不相信轮回说之后，大叫一声，把和尚“重责二十”，“赶了出去”。如此而已。

笔者前后两篇文章，可认为是对作家考核向知县断和尚诈骗案之后的一次点评。

六十二　法律与行规

社会上的各行各业，都有从业人员在行业内部通行的规矩，国家法律与这些行规是什么关系呢？这里，以小说《儒林外史》关于戏剧演艺界行规的描写，对这个实践性的法理问题作初步解释。

> 他家本是几代的戏行，如今仍旧做这戏行营业。他这戏行里，淮清桥是三个总寓，一个老郎庵；水西门是一个总寓，一个老郎庵。总寓内都挂着一班一班的戏子牌，凡要定戏，先几日要在牌上写一个日子。鲍文卿却是水西门总寓挂牌。他戏行规矩最大，但凡本行中有不公不法的事，一齐上了庵，烧过香，坐在总寓那里品出不是来，要打就打，要罚就罚，一个字也不敢拗的。还有洪武年间起首的班子，一班十几个人，每班立一座石碑在老郎庵里，十几个人共刻在一座碑上。比如有祖宗的名字在这碑上的，子孙出来学戏，就是“世家子弟”，略有几岁年纪，就称为“老道长”。凡遇本行公事，都向老道长说了，方才敢行。鲍文卿祖父的名字都在那第一座碑上。(第二十四回)

这段引文，通过资深戏剧演员鲍文卿的身世叙述，在不经意之中让我们看到了戏剧演艺行业奉行已久的规矩。大体说来，这一行规在内容可分为两大组成部分：一部分为行业内部日常工作的管理办法，另一部分是对突发的“不公不法”事件的处理方式。要弄清法律与行规的相互关系，自然只能着眼于这两大内容。

以行业内部日常工作的管理办法而论，它约束的只是从业的戏子即演员，对业外则半点作用也没有。例如在演员名单牌子上写定戏的日期，除当班演员做相应准备之外，即使是业内其他人员也可以置之不理，对外界就更无任何约束力了。

值得注意的只是内部管理办法不得与相关法律相冲突，否则就有违法犯罪的嫌疑。适用于戏剧演出行业的一条著名法律，就是“搬做杂剧”，内容是禁止在舞台上扮演历代帝王后妃；还有一条例禁止当街搭台演夜戏。若管理者忽视这两条法律，就会有犯罪的危险性。第三十回莫愁湖上的夜戏场面，点有几百盏明角灯，把到处照得如同白天，并不犯法，因为戏台在湖上，可见管理者鲍廷玺——鲍文卿的接班人，是懂得依法管理的。

以行业内部对突发的“不公不法”的事件的处理方式而论，虽无个案实例供讨论、分析，但从其一般处理手段来看，颇成问题。“不公不法”的事，当指民事纠纷（不公）与刑事犯罪行为（不法）。依法理来讲，这样的突发事件，最佳选择是诉诸法律，就是民间说的打官司。惟其如此，才有妥善解决的希望。然而，鲍文卿们的行规把法律抛在一边，自行其是地采用了求神拜佛加私刑处罚的土办法。主持处罚的是所谓老道长，处罚的理由在老道长坐在总寓那里临时“品出”的“不是”，即他一人在情境式的感悟之下分出来的谁是谁非，就是处罪有错误一方的理由与标准。处罚的手段很简单，要么是一个“打”字，即把无理有错的一方打得头破血流；要么是一个“罚”字，即让无理有错的一方出钱消灾，补偿过错。被处罚的人，在流传下来的权威行规面前，只有服从，不敢违抗。这就是说，土行规像国法一样有强制性、有权威性。这在形式上，类似法律，也能解决问题。

遗憾的只在于，国家法律并非一刀切认同各行各业的土行规。尤其在今天，土行规更处在非法地位，当在取缔之列。在古代中国，行规之所以能够长期存在，得以代代相传，原因在于行规类似家族、家庭的家法私刑。我们多次谈过，旧中国法律把家法私刑当作国法的补充形式，民事纠纷甚至刑事案件在一定程度上可以有限度地私了，即在家长主持下用家法私刑处理某些案件。若重大案件，如人命案、强盗案，是不允许私了的。

这里的一个症结问题是：行规的制造者和执行者所“品”出来的“不公不法”之事，并非以国家之法为统一标准，而是以资深行家个人的主观臆断为标准，因而处理的结果势必在法律标准的衡量之下依然“不公不法”，这种错误在行规里是不可能存在上诉、重审程序的，故无从加以纠正。

还有一个漏洞是行业内人们看不到的，未曾暴露的“不公不法”的罪案，该怎么办？举例来说，鲍廷玺在其父亲鲍文卿去世仅半年多的时候就结婚了，当事人与其亲朋好友谁也没有异议，似乎根本不属于“不公不法”之事。这种行规无从过问的事情，实质上构成了犯罪，其罪名是“居丧嫁娶”，有关案例在小说中出现了多起，如严贡生的儿子结婚、匡超人结婚都在居丧应守孝期间。这次鲍廷玺跟着犯同样的罪，作者仿佛预感读者不能认清这一犯罪真相似的，有意在第二十六回的标题上用“鲍廷玺丧父娶妻”的法律关键词作了提示。显然，戏剧演艺界做梦也想不到要把鲍氏戏剧艺术传人的婚事同犯罪联系起来。而小说却反其道而行之，在叙说了戏剧行业的内部规矩之后，紧接着描写鲍文卿病逝而儿子鲍廷玺急忙娶妻的故事，这讽刺行规有碍法律、不能处理犯罪案件的病症的写作意图，是可想而知的。

六十三　范进法律地位的悄然变化

我们在第一辑讲案例的法理时，曾进行过一次阅读心理小测试。这里，也不妨来一次同样的小测试，试题是：你能从下面的一段叙事中看出范进中举后法律地位有什么样的实质性变化吗？

> 自此以后，果然有许多人来奉承他：有送田产的，有人送店房的，还有那些破落户，两口子来投身为仆，图荫庇的。到两三个月，范进家奴仆、丫鬟都有了，钱、米是不消说了。（第三回）

法律地位的概念，笔者最初运用它的时候，是在十年前撰写“法说”系列书稿的第一本《法说红楼梦》的时候，其第二辑为《红楼人物法律地位述评》，共有二十九篇文章用以讨论红楼各种人物的法律地位。当时没有对这个概念作学理界定，现在可作一点补充说明。中国古代法律在立法技术上有一个特点，就是从家庭到社会，各种人物的法律权利、义务及法律责任，不是平等的，而是随辈分、年龄、性别、官民、良贱等条件而彼此区分开来的。这就是人物法律地位的内涵。广义的法律地位，指的就是法律对不同人物的权利、义务与责任的规定。

狭义的法律地位，指的是具体法律案件中人物所处的角色，如原告、被告、证人、公诉人、审判员、律师、受害人等。

上述引文，无案件可言，叙事中吐露出来的范进中举后家庭状况有了显著变化，而这种变化可以用日常生活经验加以体验，更可以用法律的眼光进行学理上的阐释。对于从未读过《大清律例》或《大明律》的人们来说，自然只能从生活经验上看问题，用小说提供的材料，作前后对比，作出如下解读：范进中举前，穷困得很，到出榜那天，家里连早饭米都没有，他母亲只好叫他去卖鸡买米回来煮粥吃。老母亲饿得眼睛看不见东西。然而，中举后不到三个月，生活突然变富裕了，有田产、有房屋、有奴仆，钱有花的，米有吃的，什么都不用发愁了。这种解读对不对呢？当然是对的。然而，这种就事论事的经验体验式解读不免失之于肤浅，因为它不能进一步指出这种变化的原因。

当指出这种解读缺憾之后，人们可以比较抽象地作进一步阐释，讲出如下道理：同样一个范进，中举前后的家庭经济状况发生了大变化，巴结、奉承的人都围上来了，充分反映了封建社会的世态炎凉，也暴露了科举制度引发的不公平、不合理的生活现象，小说对此作出了反讽性的描写。这样类似的话，大约会出自语文教师之口，也会出现在著书立说的文学教授、文学研究者笔下。以习惯的传统眼光看，这类说法也是对的。但是，这样就文学论文学，势必抛弃历代中外文学作家前赴后继地描写法律现象、探讨法律问题、表现法律思想与理想所取得的巨大成就。更糟糕的，还在于许许多多经典名著固有的法理世界被纯文学的解读糟蹋得不成样子。

仅以本文所谈范进法律地位的悄然变化这一法律文化现象为例，上述两类解读话语严格说来，等于没有读懂引文所吐露出来的法律信息，作家言简意赅的法律寓意及艺术特色，因而也等于被忽视。

读者在此可以自我测试一番：如果你对引文阅读感悟不能超越以上两类模式，那就意味着测试成绩不及格。

那么，以法律眼光视之论之，能看出什么实质性的法律意味呢？阅悉清代法典的读者，会抓住引文中的几个关键词：仆、奴仆、丫鬟。这些民间习惯用语，在《大清律例》中一概称为奴婢。抓住了这三个关键词，又与法定的“奴婢”对上了号，解读其中法理的任务，可宣告完成了一半。

剩下一半的任务，就是要进一步指出：穷得连饭都吃不上的范进突然拥有了好几个奴婢，这说明了什么呢？这个答案，要求寻觅更具体的法律。原来，清代法律禁止庶民之家存养奴婢。也就是说，家中存养奴婢是官员之家的特权。请看该法条全文：

若庶民之家，存养奴婢者，杖一百，即放从良。（《大清律例》）

普通百姓若胆敢存养奴婢，就视为犯罪，除了家长吃“杖一百”的皮肉之苦，那些奴婢都得被释放出去，使他们回归良民队伍。

范进的秀才身份，被人瞧不起，因为不曾超出“庶民”大军之列。如今中举，在世人和读书人心目中，已不再是庶民了，至少可算是准官员。那么，存养奴婢的特权就算是从此落到范进的头上了。

笔者之所以把范进法律地位的变化加上了“悄然”的修饰语，那是因为其变化来自民间的友好声援和大力提携，并非官方的授权与认可，范进日后当上了山东学道长官，自然就有存养奴婢的特权了，但这是后话，目前则是好心的民间拥戴势力让新举人范进预支了法定的特权。“悄然”二字，指称的就是这一层不请自来的法理的奥妙之处，笔者感觉到难以将其在一篇短文中圆满道出，故以模糊语言暗示出来，让大家去发挥应尽之法理与事理。

六十四　胡屠行凶打范进的法律哲学

关于法律哲学，十年前出版的拙著《外国法律与外国文学》的第十二章作过专门讨论，有关概念、知识和理论，读者可以参阅，此处不能详谈。本文所谈，是范进中举时喜疯了，遭其丈人胡屠打了一巴掌的故事中的法律哲学。笔者的预期目的，在于用这个大家熟知的趣味故事证明，法律哲学的问题尽管在法学界有争议，法律专业以外的人们更是所知甚少，但它并非高深莫测，不可企及，现实生活中到处有它赖以生存的母体。

简言之，以抽象的哲理思辨方式来思考、阐释种种法律事实、现象的专门学问，就是法律哲学。文学与法律哲学的联系，基本表现形态是作家以形象具体的描绘自觉或不自觉地表现出某种哲学意义上的法律理念，显得既形象，又抽象，同时还相当深刻。例如托尔斯泰的微型小说《太贵了》，用一个死刑犯接受死刑处罚的小故事，显示了经济基础决定上层建筑的历史唯物主义的哲学观念，使笔者过目不忘。

现在来品评胡屠打范进的法律哲学意味。中国古代法律严禁打人，有关法律称之为“斗殴律”。《大清律例》的斗殴律有两卷之多，详细规定了形形色色的打人罪行及其应受的处罚。小说第三回的标题概括这次打人事件的话是：“胡屠行凶闹捷报”。既然是“行凶”，且属于“闹”，那么作品认定为犯罪行为，是无可争议的，清代斗殴律的头一条开门见山指出：

凡斗殴，以手足殴人不成伤者，笞二十。（《大清律例》）

紧接着的立法解释说：“但殴即坐。”由此看来，胡屠行凶被公堂“笞二十”的处罚是难以逃脱的。然而，真正如此执法，就显得太简单、太粗暴了。因为，这样做留下了太多的疑问。种种疑问的产生缘由，恰在人们的一系列法律思考的基本范畴之内。

范进被打之后，只是昏倒在地，众人替他抹胸捶背，没有发现任何外伤，似乎属于法定的“不成伤”的情况。然而，这里的第一个问题出来了。凶手胡屠本人的手受伤了，且伤势不轻。小说写道：“胡屠户站在一边，不觉那只手隐隐的痛将起来；自己看时，把个巴掌仰着，再也弯不过来。”正在胡思乱想之际，胡屠“更疼的狠了，连忙问郎中讨了个膏药贴着”。旁观者一见，颇有同情之意说：“老爹，你这手明日杀不得猪了。”物理学上的作用力与反作用力的理论放到这里来，一下就可使我们意识到，吴敬梓这样写胡屠行凶打人受伤，并非单纯为了逗笑，而是要读者思考一个问题：范进到底受伤与否？若伤了，则从法律上应加重对凶手的处罚。从理论上说，范进皮肉受伤是无疑的，只是没有用医学手段加以检验罢了。于是乎，胡屠行凶的刑事责任的量化，成了悬案和难题。

胡屠行凶是众人商量、策划出来的救人举动，并非他的个人行为。连范进的母亲也参与了共同行动，她叮嘱说：“亲家，你只可吓他一下，却不要把他打伤了!”众邻居也应和说：“这自然，何消吩咐!”依此，胡屠行凶打人就成为共同犯罪。斗殴律关于打人的共同犯罪有这样的规定。

> 同谋共殴伤人者，各以下手伤重者为重罪，原谋减一等。

所谓“原谋”，指的是最先出打人主意的人。他是谁呢？是来向范家报告中举喜讯的差人之一。他的一番话是这样的：

> 范老爷平日可有最怕的人？他只因为喜欢狠了，痰涌上来，迷了心窍。如今只消他怕的这个人来打他一个嘴巴，说：这报录的话都是哄你的，你并不曾中。他吃这一吓，把痰吐了出来，就明白了。

当下，众人一致推选胡屠，理由是“范老爷最怕的莫过于肉案子上的胡老爹”。就这样，造成了这起行凶打人的共同犯罪案件。依此，这出主意的“原谋”即报喜者，也应治罪。然而，当笔者把这话写出来之际，我本人就不忍心，想必更会引发读者反感和愤怒。须知，那主意虽是叫人去行凶打人，但动机是治病救人，而不是害人，而效果是把疯病治好了。犯罪者的主观故意却是损人害人，危害社会，影响恶劣。可见，以共同行凶打人的犯罪观来评价胡屠行凶之事，又不妥当。

在小说中，胡屠一听让自己去充当打人凶手，是立即唤起了头脑中的犯罪意识，只不过，他用来表述这犯罪意识的语言不属于法律语言，而属于佛教语言。佛经中有浓郁的地狱思想观念，认为一切有罪之人的灵魂都得下地狱接受苦刑折磨。经过众人一番劝告和开导，胡屠这才极不情愿地行凶了。

笔者从此案的哲学思考中得出了这样的意见：此案具有法律思维活动中普适的辩证法意义，使我们懂得从法律上看问题既要高度重视问题应有的各种具体规定性，同时又要注意这些具体规定性的内在逻辑联系，绝不能拘泥于这些规定性，沦为这些规定性的奴隶。这应是此案法律哲学意义的突出之点。

若硬要对此案下一个明确的有法律意味的结论，那么可以认为，这是一起寓教于乐的趣味性强的刑事案件，作家把它写得如此逗笑又叫人百思难解，恰到好处地表现了法律文化现象的复杂性。这样评论此案，应不失为法律哲学的见解之一。

六十五　关于词讼问题的谈话

南昌府太守蘧老退休回家，接任的新太守是王惠。蘧公子奉父命，前往衙门与王惠见面，代办交接班的手续。在王太守迎接蘧公子的酒席上，宾主之间有一场关于词讼问题的谈话，下面是此次谈话的记录：

王太守慢慢问道："地方人情，可还有甚么出产？词讼里可也略有些甚么通融？"蘧公子道："南昌人情，鄙野有余，巧诈不足。若说地方出产及词讼之事，家君在此，准的词讼甚少，若非纲常伦纪大事，其余户婚田土，都批到县里去，务在安辑，与民休息。至于处处利薮，也绝不耐烦去搜剔他；或者有，也不可知！但只问着晚生，便是'问道于盲'了。"王太守笑道："可见'二年清知府，十万雪花银'的话，而今也不甚确了。”当下酒过数巡，蘧公子见他问的都是些鄙陋不过的话，因又说起：“家君在这里无他好处，只落得个讼简刑清，所以这些幕宾先生在衙门里，都也吟啸自若。还记得前任臬司向家君说道：‘闻得贵府衙门里，有三样声息。’”王太守道：“是那三样？”蘧公子道：“是吟诗声，下棋声，唱曲声。”王太守大笑道：“这三样声息却也有趣的紧。”蘧公子道：“将来老先生一番振作，只怕要换三样声息。”王太守道：“是那三样？”蘧公子道：“是戥子声，算盘声，板子声。”王太守并不知这话是讥诮他，正容答道：“而今你我替朝廷办事，只怕也不得不如此认真。”（第八回）

词讼，是规范的法律术语，指的是法律诉讼活动，使用它的历史至迟可追溯到汉代，《三国演义》写诸葛亮的立法、执法活动，就用了“词讼”这个法律术语。《大清律例》在“诉讼”卷里使用“词讼”的法条不在少数，如“教唆词讼”“军民约会词讼”“官吏词讼家人诉”等。王太守作为新任太守，在走马上任与前太守的代理人办交接班之际讨论词讼问题，既有充分的法律依据，又合乎官场新旧交替的时宜。

从谈话内容来看，这法律主题的倾向性在于肯定前任太守清正廉洁，严于执法的经验，同时还暴露了王惠对此经验的错误理解，从而走到了前任太守的反面。

先看前任太守的经验。

经验之一，是“词讼甚少”。意思是说，府内社会太平，发案率低，故法律争讼稀少。这条经验很宝贵。孔子的“无讼”思想，要义在主张民间不要热衷于打官司。南昌府社会太平的现实，印证的是“无讼”思想的真理性。蘧公子对父亲当太守的这宝贵经验，不仅有言简意明的总结，而且他的理解与评价也很到位，用了“讼简刑清”四个字，顿时将其精神实质概括无遗。

经验之二，是在法律诉讼活动的运作方式上，府与县的执法权分工明确。府衙重在审判“纲常伦纪”方面的大案、要案，而县衙门则主要审判户役、婚姻、土地方面的案件，其优越性在于免得百姓在诉讼过程中来回奔波。

这条经验，取决于清代的法律诉讼制度。清代地方司法分为县、府、臬司和督抚四级。与县平行的机构还有州、厅，是基层政权机关，也是民刑案件的初审机构。《大清律例》明文规定："州、县自行审理一切户婚、田土等项……于每月底送该管知府、直隶州知州查核，循环轮流注销。"由此可知，前任太守在审判权限上，严格遵守着这种法律规定。

经验之三，是府衙门里工作之余的文化、娱乐工作开展得有声有色，受到上级臬司长官的口头表扬，并将其表述为"三样声息"，就是吟诗声、下棋声、唱曲声。按照当今流行的说法，老太守的这一经验就是抓府衙门内部的精神文明建设卓有成效。

不争气的新任太守王惠，对老太守的三大宝贵经验一条也不能正确理解。要问原因，就是此人素质太差。他向蘧公子提出的词讼问题，不在请教正面经验，而在"通融"二字。说穿了，所谓"通融"就是把法律规定抛开，利用知府（太守）手中的大权，玩弄法律，捞取一己的名与利。

果然，在听到老太守严于执法的经验之后，对于名利双收的欲望的实现，颇有失望和遗憾。当年，官场流行一句话："三年清知府，十万雪花银。"这应是贪婪的知府们大发横财的共同写照。王惠听到老太守清正廉洁，一无所求，不思奉为楷模，反而感到大发横财的希望没有实现的可能性。

蘧公子在酒席间所听到的王太守的话，同自己的父亲为官执法的经验之谈极不合拍，出自王太守之口的"都是那些鄙陋不过的话"，于是故意取笑，说将来在王太守的衙门里会听到另外三样"声息"：戥子声，算盘声，板子声。王太守不知这三样"声息"里暗含的讽刺意味，而是认为这话在恭维自己，于是严肃回应说："而今你我为朝廷办事，只怕也不得不如此认真。"

这有别于老太守的新三"声息"，有怎样的讽刺意味呢？戥子，是称金银、中药所用的小秤。所谓"戥子声"，暗指王太守在任上每天用戥子称金子、银子，即大把大把捞钱。"算盘声"，喻指王太守成天在盘算一己的私利之账。"板子声"，指的公堂上用笞、杖拷打罪犯和其他当事人的声音，比喻法律争讼不断，王太守的用刑频繁。不言而喻，这三样声息是王太守彻底抛弃老太守的宝贵经验，走上贪官污吏、滥用刑罚的歧路的形象化说法，讽刺手法含蓄而有力量。王太守全然不知，反认为是在夸自己，再一次证明此公素质太差。

尤其可笑的是，正式上任后，王太守果然照制做了一个大戥子，在公堂上，用的是头号板子。坐堂之时，打衙役，打百姓，“一个个被他打得魂飞魄散”，南昌全城人连做梦都害怕。就是这么一个又糊涂、又狠毒、又贪婪的太守，竟在官场上被称作“江西第一个能员”。

六十六　杜少卿的两种立法建议

笔者的工作底本，采用的是人民文学出版社出版的《儒林外史》。该社在出版《前言》中对杜少卿这个人物所作的评价如下：

> 以作者自己为生活原型的杜少卿，不甘受礼法拘束，也不知和庸俗生活妥协，言行上带有离经叛道的色彩。

这种评价，虽然注意到礼法，但忽略了刑法，也忽略了婚姻法，故无从进入本文从两种立法建议的特定角度评论这一人物的话题，同时小说中的杜少卿在法律上的认识价值还涉及到诈病辞官的案件，故难以成为完整而准确的人物论。

杜少卿的两种立法建议的出现，说明这个人物有着自觉的法律意识，同时人物的原型是吴敬梓本人，这就从又一个侧面证明了小说的法律描写在创作心理上有自觉的法律追求。这是本文关注的焦点问题。

其第一种立法建议，针对的是婚姻法中的娶妾的问题。杜少卿在一次与众人饮酒的场合，因有人劝他纳妾，故发表了娶妾上的立法建议：

> 娶妾的事，小弟觉得最伤天理。天下不过是这些人，一个人占了几个妇人，天下必有几个无妻之客。小弟为朝廷立法：人生须四十无子，方许娶一妾；此妾如不生子，便遣别嫁。是这等样，天下无妻子的人或

者也少几个。也是培补元气之一端。(第三十四回)

有一本权威文学史教材说：杜少卿“反对多妻”。显然，这立论的依据就是上述一段引文。但完整理解这段话，杜少卿并无反对之意，只不过感到娶妾上无法律规范，显得不公平，故产生了为国家立法的建议。从建议内容看，有两个要点，其一是男子四十岁没有儿子，才可娶妾；其二是所娶之妾若不生儿子，便责令另嫁他人。

在我看来，这两个要点均不高明。以男子四十无子方可娶妾而论，《大明律》有明文规定云：“庶人四十以上无子，许选娶一妾”。清代法典没有明文规定，杜少卿就以为事实上没有这种法律，故在认识上出现了法律知识的空当，致使说出的话就显得没有足够的法律修养。换一句话说，他若看过《大明律》就不会信口开河。第二个要点，更成问题。四十无子可娶妾的法律，本来就把女人当作生儿子的工具，这个立法建议要点，大大强化了这一工具性质，进而强迫无生育能力的妾改嫁他人，这强迫婚姻正是封建婚姻制度的根本弊端，同古亦有之的婚姻自由的追求与梦想完全背道而驰，充分反映了法律意识的落后性。

杜少卿的第二种立法建议，也有其针对性，就是反对葬礼上迷信于葬地风水的思想观念和习惯。余特、余持兄弟俩是迷信葬地风水的两个代表人物，有意征求杜少卿的意见，以便把久掩未葬的父母灵柩选一块好地下葬。杜少卿立即想到了有关立法建议。他说：

> 这事朝廷该立一个法子，但凡人家要迁葬，叫他到有司衙门递个呈纸，风水具了甘结：棺材上有几尺水，几斗几升蚁。等开了，说得不错，就罢了；如说有水有蚁，挖开了不是，即于挖的时候，带一个刽子手，一刀把这奴才的狗头斫下来。那要迁坟的，就依子孙谋杀祖父的律，立刻凌迟处死。此风或可少息了。(第四十四回)

在酒席闲谈中，杜少卿头脑中涌现出大开杀戒似的立法建议，告诉读者的是，这种鼓吹严刑峻法，任意扩大死刑，把葬礼上的民事行为当作犯极恶大罪处以死刑，这并无感情用事的原因，而是出于一种冷静的理智思考。惟其如此，其立法建议的残酷性、偏执性就更加严重、更加可怕。

当然，这一立法建议有它的可取之处，就是反对迷信风水的落后思想与习惯，同有关法律保持了一致。我们说过，清代法律拒绝葬礼上“惑于风水”不按时安葬死者的行为，规定“杖八十”。这是有进步意义的。杜少卿的立法建议，自然针对了“惑于风水”的犯罪意念原因，但失之于苛严。刑法规定仅仅是对当事人“杖八十”，而杜少卿则主张“斩立决”：当场杀掉失误的风水先生，再“凌迟”处死有丧之家的主事者。请问，“惑于风水”之事能够跟谋反一类的重罪相提并论吗？

杜少卿的上述两条立法建议，都不高明，是人物自身法律思想意识缺憾的自然流露，也是作者吴敬梓严于解剖自己，如实披露自己愤世嫉俗的理性世界中某些极端化意念的表现。不作法律上的解读，我们对于小说中的杜少卿这个人物和吴敬梓这位作家，就不能有这该有的正确认识结论。

六十七　皇帝拒绝纳贤的法律借口

法律，通常是人们的行为规范，在法律工作者手里是办案的依据，在学者面前是研究对象。所有这些都不难理解，一说便知。《儒林外史》所写庄尚志被拒绝纳贤时，法律竟成为一个闪亮的借口。

制造这奇事的人，是嘉靖皇帝，还有一个助手是大学士太保。若问造成这奇事的经过与原因，则是中国式的人际关系惹的祸。往简单里说，事情就是这样简单。往复杂处讲，得了解一下中国自古以来就叫人头痛的人际关系学。这样说来，话就长了。

庄尚志的确是一个少有的奇才。十一二岁时，就能写一篇七千字的赋，天下皆知。被嘉靖皇帝点名纳贤，进京做官的时候，他已近不惑之年，却依然在闭门著书立说，不随便交结外人。礼部侍郎老徐，向皇帝推荐了庄尚志，得到应允，于是下圣旨召庄进京。在连下三道圣旨中，都有“荐举贤才”“寤寐求贤，以资治道”之类的话，看来颇有重用贤才的诚意。

被天子接见回到临时住处，庄尚志把自己关于治国的建议写成了十大意见，同时还写了一道“恳求恩赐还山”的奏本。请注意，这里有中国古典式人际关系学的学问之一：正直而善良的人们，无害人之心，却有防人之意，那奏本的用意就是用以预防小人坑害，为自己留下一条自卫的退路。

十大建议送进皇宫之后，引发了朝廷高官前来拜望、请教的热潮，庄尚志穷于应付不已。这时，庄尚志被皇上纳贤的路上，出现了中国古典人际关系学的学问之二：碰到了成事不足而败事有余的小人——大学士太保。这太保窥见皇上对庄尚志“有大用”的苗头，就见风使舵，乘机收庄某为自己的学生，不料庄尚志不买账，拒绝说：“如今没有孔子，我也不配当圣人的学生。何况太保老爷的高足弟子不知有多少，哪里需要我这样一个野人呢？实在不敢领教。”太保听到这番话，极不高兴。小说在此留下一个空白或悬念：不高兴到极点的太保老爷，将有何作为？吃过人际关系苦头的人们，都不难知道，庄尚志就因一番目中无人的大话，得罪了一人之下万人之上的重臣太保而不会有好果子吃。

太保是什么性质的大官？从西周开始就有太保的官名，是辅弼君王的重要大臣。到明代初期，太保是皇帝的辅弼大臣，握有实权。清朝也设置了太保之职。作为大学者的庄尚志，自然知道太保其人是得罪不起的，但他不是那种投其所好、趋炎附势的小人，于是由着自己的本性，说出了内心的真实想法。他拒绝给太保当学生，实质上就是瞧不起官场的权势者，不愿同流合污。太保的不高兴，并非仅仅是情绪的纯粹反应，骨子里隐含的一定是对庄尚志自命清高的极端仇视。他就是皇帝拒绝纳贤的真正阻力。

我们把小说含而不露的上述寓意提示出来之后，再往下读有关情节，就格外心明眼亮了。请看嘉靖皇帝与太保在商谈纳贤之事的决定性的一幕：

> 又过了几天，天子坐便殿，问太保道：“庄尚志所上的十策，朕细看，学问渊深。这人可用为辅弼么？”太保奏道：“庄尚志果系出群之才，蒙皇上旷典殊恩，朝野胥悦。但不由进士出身，骤跻卿贰，我朝祖宗无此法度，且开天下以幸进之心。伏候圣裁。”天子叹息了一回，随教大学士传旨：

庄尚志允令还山，赐内帑银五百两，将南京元武湖赐与庄尚志著书立说，鼓吹休明。(第三十五回)

在这里，嘉靖皇帝欣赏庄尚志在十大建议中表现出来的学问渊深。依照圣旨中流露的求贤若渴的急切心理，他应立即表示重用，才合乎逻辑。然而，此时此刻的嘉靖皇帝仿佛变成了另外一个人，格外谦虚、谨慎，拿不定主意，故征求太保的意见。读小说叙事的表面意思，这种理解是不错的。要注意的只在这官样文章的背后，隐藏着中国古典人际关系学的又一大学问，即官场流行的一句格言：疑人不用，用人不疑。庄尚志呢，是个未知数，即属于“疑人”之列，在没有冰释疑问之前，是不可重用的。因此，嘉靖皇帝征求意见，是以官场的这一流行格言为指导思想的。

最后，中国古典式人际关系学的结业式的一大学问——成事不足，败事有余，在太保答皇帝问的一番话中得到了印证。太保就充当了这种“成事不足，败事有余”的关键性角色。人际关系学中的受害人，往往只能在自己蒙冤、受屈、吃苦头、受折磨，弄得身心交瘁之时，才可反省到身边的这类关键角色，所以我把这里的学问称为结业式的大学问。这意思是说，关键角色坑人害人的手段伎俩，千奇百怪，不可预测预想，只可在吃亏上当之后才能反思、总结。没有做学问的探究功夫，不足以识破这类败事者的真面目。

试看，明明是太保其人早在皇帝征求他的意见之前，就对庄尚志心怀不满，压根儿没有留用的意向，而在皇帝面前，却装出的是出以公心，重视祖先传统，用法律规范选拔人才的公正无私的面孔。

具体说，太保反对用庄尚志有两个堂皇的理由：一是满朝高官都是进士出身，而庄尚志不是进士；二是明朝开国至今，没有重用非进士之人当朝廷高官的法律，若法外开恩重用庄某，将产生使人们养成侥幸心理的社会危害。

皇帝本来就有“疑人不用，用人不疑”的官场习惯心理定式，加上太保这一番堂皇的道理，拒绝庄尚志就是不可避免的结局了。

跟典型案例中皇帝成为小说讽刺对象一样，以法律作为拒绝纳贤的借口，也把皇帝当作了讽刺对象。

六十八　“这个成何刑法”

——统摄全书的法律警句

法律语言，是笔者系列书稿中的一个热门话题，每每用以从语言角度切入进行法律讨论。如法律上的警句格言、犯罪黑话、法律隐语、法律术语的规范用法与引申、比喻用法等，无不是法律与语言的交叉、共生现象，不作专门研究，就不知其奥妙。法律语言作为法律文化现象，我一直以为是最有诱惑力的一大研究对象。

《儒林外史》在法律语言的运用上也有可议的成就与特色，例如叙事语言与人物语言中有大量规范的法律术语，充分证明了吴敬梓对《大清律例》较为熟悉。这里，我们仅仅把统摄全书的一个反问式的法律警句作一番说明，意在将以上近七十篇文章所谈到的一系列典型案例及有关文化现象的共同指向或归结点，进行回顾与反思。更直接、更具体地说，这句反问式的法律警句，我以为足以提示《儒林外史》全书法律主题思想的主要组成部分之所在。

“这个成何刑法”，出自第五回上场的人物按察司长官之口。汤知县法外用刑致死人命，省里的司法长官很不满意，见面之时就用这句话加以指斥。综观全书接连不断的刑事案件的发生、报案、审判情形，刑法被弄得面目全非并非限于汤知县的一人一案，而是一种非常普遍的通病。是此，这句反问式法律警句，完全可以看作是吴敬梓创作《儒林外史》这部长篇小说的自觉指导思想，表现到小说之中也就形成了作品的法律主题的基调。

首先，大量刑事案件发生后，根本无人告状，因而官府依刑法来惩治罪犯就没有可能性。若要回答“这个成何刑法”的反问，回答只能是：刑法成了一纸空文。例如说，全书共写了三次失火案和一次放火案，出于种种原因，都无人控告失火者和放火者，有关坐罪的规定就等于空话。

其次，罪案发生之后，案犯远走高飞，不知去向，即使有人告状，官方也无从将其逮捕归案。这样，刑法也只能形同虚设。王惠和郭孝子的父亲，都是投降宁王，当了伪官的重罪犯、朝廷一直缉拿未果，就是因为他们在宁王谋反失败后，各自逃匿得无人知晓。等郭孝子寻访二十多年后终于找到父亲时，他竟连儿子都不相认，即使落入法网，他会承认自己的真实身份吗？更何况，郭氏不久病逝，刑法无从追究死者的罪责。王惠呢，改名换姓，又削发出家当了和尚，谁也不知道他罪犯的真面目。小说在突出这两个人物有意规避刑法打击上是用心良苦的。

最后，许多案件既有人告状，也进入了法律诉讼程序，看似大有落实刑法的希望。然而，小说以生动、有趣、逼真的生活图景告诉我们，这些公堂上的审判活动，都只是走过场，到头来全是竹篮打水一场空，又如干打雷不下雨。造成这不景气的局面的原因，不一而足。有的是因为主审官员不懂法，胡乱审问一通、责罚一下就放人。向知县审理的和尚诈骗、诬告案就是如此。其法律上的过错，叫作“罚不当罪”，失之畸轻。

有的是因为审案、办案官员既玩弄手中权力，又玩弄国家刑法，闹出了纵容罪犯、惩处原告的恶作剧。卢信侯的私藏禁书案和彭泽县令所审的盐船被劫案，都是在折腾一番后，将原告当作罪人加以追究，或者当堂打得皮开肉绽，至于罪犯则或释放，或根本不曾捉拿。这种恶作剧式的审案方式，等于故意同刑法唱对台戏。你要我惩治罪犯吗？我偏要把罪犯放走，而把无罪的、受害的原告之人，拿来当作罪犯进行处罚。这种恶意操作，把刑法弄成了不知好歹，不分是非，甚至是故意混淆好歹、是非，罪与非罪界限的魔鬼。

有的是因为官方审案遭到不法之徒的蓄意干扰和破坏。余特私和人命的案件中，其弟弟余持利用司法文书中的姓名出错的机会，故意愚弄官方，一再声称自己清白无辜，不曾到案发地去过，根本不可能在那里作案，并扬言有人冒名顶替诬陷良民，从而使案件审理不了了之。武侠凤四老爹，在万中书的诈假官案件中出主意为其买来真中书官名，故意使官方审案难堪，后又混进公堂以高超武艺使刑具一套又一套地报废，动刑的主审官与衙役对他束手无策，案子根本审不下去，只好作罢。在这两起案子中，不法人员的横加阻力，是刑法落空的根本原因。

有的案件虽经判决，当事人已入狱受刑，似乎刑法得到了落实，实际上属于错案，把无辜之人当作了罪犯，这是刑法的大忌。杨执中被关押一年多的案件，就是刑法犯大忌的代表案件。酿成这一大错的原因，在于原告糊涂而错告，被告糊涂而不知为什么坐牢，法官糊涂乱判决，营救者糊涂只知花钱救人，却不知用来救人的巨款被仆人私吞，官府莫名其妙放人时竟拿社会捐赠给县衙门的公益金去抵偿杨执中所欠私债。刑法在如此糊涂的一大帮乌合之众的折腾中变得面团一般，随便被捏来捏去，不知是什么模样了。

总之，小说全书所写近百起案件，正确无误地得到审判，不走样地执行刑法规定的，一件也找不出来。据此，小说的主题基调是全面思考刑法难以正确实施的原因，着重讽刺各级政府衙门玩弄法律的丑态，抨击刑法落空、误用的弊端。

六十九　光荣榜上的罪犯名单

说起来，又是一桩怪事。小说最后一回，即第五十六回，出现在礼部大门口的表彰全国优秀人才的光荣榜上，竟然出现了一系列罪犯的名单！他们是：私和人命犯余特、盗窃犯沈琼枝、犯有多种罪行的武侠凤鸣岐、装鬼劫财害命的木耐、投告恶棍潘三犯有代考等罪的匡迥（匡超人）、身负七案的歹徒严大位（严贡生）、巫术案主犯陈礼、诈骗犯牛浦八人。

这怪事的荒诞程度可以说无以复加。一批罪行各异的罪犯逍遥法外，本已一再证明国家刑法流于一纸空文，事态够严重了。如今礼部的光荣榜却把这些罪犯当作优秀人才张榜公布，予以表彰，岂不意味着把罪行、劣迹当作了功勋、优点吗？这种是非完全颠倒的做法与结果，能够起到让人仿效的积极作用吗？

以上罪犯的罪行，在第一辑的典型案例法理赏析中，除了严大位没有提及之外，其余都有所谈论。这里，有必要把榜上有名的严大位的真面目公之于众，看看他的名字应当在什么地方出现才合乎法理和事理。

严大位总共身负七案，应是一个罪行累累的大坏蛋。第一案，是在高要县新知县汤奉走马上任时，发生了几十人搭彩棚在十里外迎接的案件，违犯的是“禁止迎送”律，严大位是参与犯罪者之一；第二件是邻居王小二控告严大位在养猪之事上一再欺人的民事案，加上严家几个儿子把王老大腿打断的刑事案件；第三件是黄梦统在借钱上受气，加之严家抢劫驴和米等物的刑事案件；第四件是严大位的二儿子在叔父夫妇去世后结婚的案件，罪名是“居丧嫁娶”；第五件是严大位带新婚的儿子媳妇从省城返回高要县时，借用“巢县正堂”官衔，有“诈假官”之罪；第六件在船上故意让船家吃自己吃剩的几块云片糕，诈言是治病的贵药，以此赖掉十二两银子的船资，犯有诈骗罪；第七件，是严大位逼严监生的未亡人赵氏搬家，引发赵氏告状的案件。除第七案外，其余六件案子都应由严大位承担罪责。这样一个在刑法上屡屡犯罪、在民法上一再侵权的不法歹徒，居然名列礼部的贤士光荣榜，世上还有比这更离奇的事情吗?

考察一下罪犯名单之所以上了光荣榜的过程与缘由，可议之处更多。万历四十三年（公元1615年），明神宗有“进用人才”的旨意，朝廷臣子也有旌表“沉抑之人才”的奏疏，于是形成了此次在全国范围内表彰优秀人才的决议。下面就是有关圣旨：

> 这所奏，着大学士会同礼部行令各省，采访已故儒修诗文、墓志、行状，汇齐送部核查。如何加恩旌扬，分别赐第之处，不拘资格，确议具奏。钦此。

由此可见，一批罪犯名单登上人才表彰光荣榜的客观事实，违背了圣上与朝廷的初衷，标志着有关工作出了重大纰漏。

那么，毛病出在哪个环节上，导致了最后的大缺憾呢?工作期间不短，工作流程按部就班，似乎无懈可击。小说写道：“礼部行文到各省，各省督抚行司道，司道行到各府、州、县。采访了一年，督抚汇齐报部，大学士等议了上去。”就在这“议上去”的时候，所收到各地上报名单总共九十多人，其中就混杂着上榜的所有罪犯名单，一个也不少。

查光荣榜被表彰的人数共五十五人，比各地汇报的人数少三十多人。这就是说，负责此事的礼部有权作最后的审查、筛选、定案。既然这样，罪犯名单上了定案的光荣榜，且光荣榜就在礼部衙门大门口，那么失职的责任就在礼部的有关工作人员和长官身上了。

实事求是地讲，礼部的最后审定工作，并非一点积极作用都没有，在淘汰的三十多人里面，就有法外用刑而受到上司批评的知县汤奉、诈骗万两银子未遂而病死的洪憨仙。将这一罪官一罪民剔除，就是礼部的成绩。可惜，这把关成绩太可怜，只占应剔除罪犯名单的五分之一，而五分之四的罪犯在活着的时候漏于法网之外，死后再一次漏于法网之外，还进而享受了国家级的优秀人才的殊荣。就这样，礼部的执行礼法，并不比刑部和地方刑事执法者高明。在我看来，这次光荣榜上的漏洞，正是小说讽刺礼法执行弊端的重要表现。这收束全书处的一个漏洞，恰如一个放大镜，把全国上自朝廷下至县级的各级政府衙门执行刑法和礼法错误百出、长期不能纠正与改进的普遍性、严重性负面问题，全放大得不容回避，叫人心惊肉跳，不得安宁。谁若对此无动于衷，只能证明其法律意识沉睡未醒，而怪不得小说没有激动人心、发人深省的魅力。

小说尾声的讽刺意味，不能忽视。光荣榜问世后第二年，礼部尚书刘进贤奉旨对受表彰的五十五人举行祭礼，祭文结尾有言曰："维尔诸臣，荣名万年。"笔者想纠正说：对那八个榜上有名的罪犯来说，甚至对造成他们上榜的失误者来讲，应把"荣名万年"改为"遗臭万年"。礼部对一年前出现在光荣榜上的大错误依然没有觉察，看来纠正这个错误的任务，只能由小说的读者和研究者来完成了。

七十　《儒林外史》法律主题迷失概况

《儒林外史》问世已经二百六十多年，从法律的角度解读它，认为它的主题在于对古代法律实施于社会所产生的负面现象与问题的全方位思考、讽刺、抨击，是前所未有的尝试，更是笔者在近三十年的苦苦求索中所得到的又一关系到对这部小说全书如何作整体性确解的重要收获之一。

我以为，任何读者依据上述六十九篇短文论说，将小说的法律主题作综合性概括，都不是什么困难的事情。基于这一想法，本文拟将《儒林外史》法律主题在学界迷失的概况作简要回顾，或许有利于人们增添对小说法律主题的解读与确认的兴趣。

清代学人对小说主题的解读，可用“功名富贵”四个字概括尽净。其中有代表性的言论，可推闲斋老人的《儒林外史序》，该序说：“其书以功名富贵为一篇之骨。有心艳功名富贵而媚人下人者；有倚仗功名富贵而骄人傲人者；有假托无意功名富贵，自以为高，被人看破耻笑者；终乃辞却功名富贵，品地最上一层为中流砥柱。”这种“功名富贵”论，实质上指的是小说中各种儒士对通过科举考试所得到的功名富贵所抱的各种不同的态度。其人其事，确可一一对应地列举出来，但这些远远不是小说的全部，不过是儒林之内的部分景观罢了。小说固有的法律主题，在清代一直没有得到解读。

现代学人最早评论《儒林外史》主题的是胡适和鲁迅。胡适在1920年写的《吴敬梓传》中声称这部小说的“宗旨”，就是反对科举制度。鲁迅在他的《中国小说史略》《中国小说的历史的变迁》以及若干杂文中都谈到《儒林外史》，其兴趣在高度赞扬其讽刺艺术，指出了讽刺对象的广阔性，“士林”只是突出对象之一。现代的权威学者，依旧未能注意到小说法律主题的客观存在。

清代学人与现代胡适、鲁迅忽视小说的法律主题的原因，有同有异，不可一概而论。相同原因，在于文学语境里，学人习以为常不谈法律，成为自古以来的通病。不同原因，是清代学人对身处清代社会到处适用的《大清律例》不闻不问，而吴敬梓却是对这部法典极熟悉的作家，又是设计和叙述案例故事的高手，同时还是礼法上的行家，故评论者与创作者之间难以沟通。到了现代社会，古老的中华帝国的法律经由清末的法律改革，再到辛亥革命的洗礼，已实现了法律转型，与西方民主法制接轨的现代法律诞生在中国大地之上，《大清律例》已成为法制史意义上的古籍。胡适、鲁迅身处这种法律文化背景，了解、熟悉新的法律尚且来不及，又怎能平心静气地去拾取过了时的法典来作为评价《儒林外史》的价值标尺呢。

到当代中国，由于长时间“突出政治”而冷落法律的社会文化环境，尤其在“文革”中响起“砸烂公检法”的口号，文化人不务法律形成了巨大惯性，致使从法律角度解读文学名著中的法律内容和主题似乎走投无路。在这种情况下，学人只好自行其题。笔者上大学的半个世纪前使用的《中国文学史》教材，在谈《儒林外史》主题时，采用的是对前人兼收并蓄的办法：先引用上述闲斋老人《儒林外史序》中的一段话，然后肯定说：“这段话说明了小说的主题。”紧接着，论者又发挥说：

> 作品正是以反对科举和功名富贵为中心并旁及当时官僚制度、人伦关系以及整个社会风尚的。（游国恩《中国文学史》第四册）

这段话，实质上把清代的“功名富贵”论、胡适的反对科举制度说，鲁迅的广泛社会讽刺观等杂糅在一块，还加上论者的感悟，大有不得要领之嫌。

我们并不绝对拒绝学术上的自行其是。从某种意义上讲，做学问没有自行其是的追求与成果，意味着缺乏独创精神，即在人云亦云中丧失了对真理的信仰与追求。我们所反对的“自行其是”，指的是不能运用法律价值尺度的随心所欲。其表现形式多种多样。偶尔谈到法律却不知在谈何种法律问题，便是应当注意的表现形式之一。例如，有文学教授谈到匡超人，就冒出“法律”概念，讲了这样一段话：

> 在潘三的教唆下，匡超人伪造文书、充当枪手，开始越出法律的约束。（傅光明《评聊斋志异　说儒林外史》）

“开始越出法律的约束”，指的是什么样的法律问题？以其“伪造文书、充当枪手”的行为而论，都属于触犯刑法，危害社会的犯罪，匡超人已沦为犯罪分子。这种明显的法律实质问题，在论者那里就是不能定位、定性。本文讲的“自行其是”，就有这种法律上的外行话、隔膜感。不扭转过来，自然就不可能正解《儒林外史》的法律主题。

据说，有专门研究《儒林外史》的学者，所出版的有关著作在十五种以上。从这数字看，可谓研究得很深入、很透彻。遗憾的是我没有来得及拜读它们，但很想大胆预测一下：关于法律视角的解读，应是这位学者不能幸免的欠缺。我讲这句话，不是幸灾乐祸，而是痛心疾首。

一部问世两百多年的文学名著，固有的法律主题迷失在学人不通法律的通病与痼疾之中，笔者声嘶力竭的呼吁疗救每每受阻，除了自己痛心疾首，还有什么好办法呢。

所幸当今以法治国方略的确定，法制建设的日益健全，法学研究的大发展，为文学的法律研究视角提供了学术环境、理论支持和动力，足以催促和推动文学人法律意识的觉醒，从而自觉承担时代赋予的使命，开创新的文学研究局面，建立新的文学评论视角和话语系统。

第三辑
法律描写的艺术举要

《儒林外史》作为经典涉法文学作品，以大量典型案例和法律文化现象两大途径揭示法律批判主题的艺术成就，是多方面的。如果说纯文学家在解读法律思想成就上无能为力，那么在解读其艺术成就上必然同样不可能有什么作为。这里的道理很简单：既然对文学的内容不能正解，那么对文学形式方面的艺术手段、特色，就从根本上失去了正解的前提条件。

本辑将小说法律描写的艺术成就归纳为十大要点，不敢自以为包罗无遗，故称之为“举要”。

随着日后研究的深入，相信这部值得精读、细读的名著的法律思想与艺术会得到更完善的阐释。

七十一　假托明代历史，假中求真，仿佛构成了明代法制史

学界公认吴敬梓身为清代作家，描写的是清代现实生活，却假托明代历史，似乎在处理历史题材，写成了一部历史小说。这种议论留下的缺陷是未能进而探究这种假托中求真的精神及其成果是什么。本文认为，作者的假托从动机上来讲固然在避免文字狱加身，但由于注意到假中求真，故全部法律描写从元朝末年发轫，到明神宗四十三年结束，构成了明代在此期间两百五十年的法制史。在我看来，仅这一个艺术要点，就显示出吴敬梓在艺术创造上的宏观气势与工程的艰辛。

有必要将这二百五十年明史历程在小说中推进的线索清理出来。第一回，明确定下叙事起点为“元朝末年”。接着出现了危素罢官案件的始末，时间就自然推进到了明代洪武年间。洪武四年（公元1371年），危素案件尘埃落定。

第二回开头，故事发生在“成化末年”，即明代第五个皇帝宣宗在位的最后时段（公元1486年之前的一两年）。本回有“法律与学规”关系问题思考。

第七回，借诬术案的主犯陈礼之口，讲到他在弘治十三年（公元1500年）到工部大堂扶乩，干预朝廷李梦阳案件的情形。到陈礼在眼下跟荀玫、王惠两个员外一同进行扶乩犯罪活动时，建文皇帝的英灵出现了，沙盘上出现了“朕乃建文皇帝是也”的字样。请注意，就是这几个字，告诉读者叙事时间出现了穿越。建文皇帝，即明惠帝，在位仅三个年头（公元1399—1401年），他是明代继明太祖朱元璋之后的第二个皇帝。有了这一穿越，就填补了上述第一回与第二回的一百多年之中的一个时间空当，就是建文皇帝在位的三个年头。

弘治皇帝即明孝宗，宣宗的继承者，他之前的永乐皇帝此时尚未提到，故又形成一个时序的空当。到第八回，出现了又一次时空穿越，将这个空当也填补了。

第八回，借人物之口，议论了“永乐篡位”的事件。永乐皇帝即明成祖，是建文皇帝的接班人。有了这第二次穿越描写，明代自朱元璋为首的皇帝名单，至此就依次出现了朱元璋（明太祖）、朱允炆（明惠帝）、朱棣（明成祖）、朱瞻基（明宣宗）、朱祐樘（明孝宗）五个皇帝。这种历史的真实在小说中得到巧妙的表现。

第八回所写的宁王谋反案件，暗示明武宗朱厚照的出场。此案发生在明武宗十四年（公元1519年）。

到第二十回末尾，时序推进到了“嘉靖九年”（公元1530年）。到嘉靖三十五年就发生了我们专文谈过的嘉靖皇帝亲自纳贤未成的事件。

第五十五回开头，明史时序又揭开了新的一页，已到了“话说万历二十三年”（公元1595年）的故事的时候。

最后，明史截止的时间定格在万历四十三年（公元1615年）。

就这样，明代到明神宗为止的二百五十年历史线索，贯穿于小说全书。无论是我们一一统计出来的九十起案件也好，大量法律文化现象也好，无不发生在明代这二百五十年间。皇帝们一茬又一茬依次出现，使用的年号之类，都与史实吻合。吴敬梓一一写来，如同历史学家一样，忠于史实，毫不掺假，俨然写出了一部历史小说。这种求真性的假托，丝毫没有时下流行的“戏说”历史的气息，反映出来的不仅仅是避免文字狱之祸的自我防范意识，而且是法律描写与思考的严肃认真精神。

正是出于二百五十年中法律描写有清晰的历史时序线索可循，我们在理解小说书名中的“外史”二字时，有充分理由认为这“外史”的实质性内容就是明代社会的法制史。

对于小说所反映的清代现实生活而言，上述明史二百五十年的时序线索毕竟是一种文学包装手段，亦即是法律描写的艺术手段。这样，当我们认为小说貌似在写明代法制史的时候，指的是这种艺术手段运用的大获成功，使假托如同真做一样，找不出破绽。这种境界，堪称历史的真实与艺术的真实高度结合、完善统一。

小说语言文字的表层意义，尽在明代二百五十年间展开，而实质性的法律思想意义的内涵，却是清代法律实施的负面现象曝光与针砭，从而产生了名不副实的滑稽与幽默。《儒林外史》作为讽刺小说，正是在这种名不副实的艺术处理效果中获得了讽刺小说的趣味性或娱乐性基因。假如有法学著作出现了这种名不副实的现象，则会受到诟病，被贬为缺乏学术的严谨性。

七十二　法律社会学景观散点透视：视野广阔，见闻丰富

对清代社会生活中的法律社会学景观进行散点透视，视野广阔，见闻丰富，是《儒林外史》法律描写艺术的又一要点。

什么是法律社会学？十多年前的拙著《鲁迅与法律》一书的第四章和第五章，都是从法律社会学的方法来谈论鲁迅的法律思想的，读者可以参阅。所谓法律社会学，指的是用实证的方法，对法律实施于社会所产生的各种现象、问题作出具体的有别于一般法学家的解释的专门学问。其学理上的特征，是对法律的社会本质方面有独特、深刻的见解，它们是坐而论道的法学家所根本讲不出来的真知灼见。鲁迅就是这种意义上的法律思想家。

《儒林外史》的法律思想意义、主题，跟所有文学名家名著一样，都是法律社会学范畴的，而它的法律散点透视的目光，显得更灵活、自由、触及面广。《三国演义》的法律散点透视以乱打杖、乱当皇帝、乱杀人的三乱为焦点，《水浒传》的法律散点透视以罪与罚的主题为轴心，《西游记》的法律散点透视集中在打击犯罪的紧迫任务之上，《红楼梦》的法律散点透视传播着封建大家庭日益没落的大趋势的消息，而《儒林外史》的法律散点透视无拘无束，自由扫描，亮点多如繁星。

例如，民间鸡毛蒜皮的小事，往往会闹到公堂，若不是被人劝止，就会引发很可笑的官司；失火、放火、私债、诈骗之类的案件发生，无人告状，或私下了结的现象很普遍；好不容易告到衙门的案件，各级官员审理起来却

不依法审判，法外用刑，胡乱结案者比比皆是；最荒唐可笑的是把原告当罪犯惩处，对刑事被告放纵不理的事情先后两次出现；罪大恶极的潘三落入法网后，是否得到了应有的判处，是一个未知数……总之，凡属于刑法范围内的现象、问题、案件，都存在令人忧心的弊病。

属于礼法范畴的诸种社会现实，同样是在纷纭杂陈的状态中，没有哪一样能逃过作者关注的目光。有钱的商家、有势的官家在婚葬礼法上门庭若市，各级官员和各界人士都来捧场，热闹非凡，而穷家小户，连日常三餐都没有保障，婚葬礼的举办简直成了迈不过去的陡坎。南京的一场祭礼盛况空前，到头来灰飞烟灭，连行礼的地方泰伯祠都倒坍了，象征着礼法颓败得不可收拾。礼部费一年之久所“采访”到的优秀人才名单中竟出现了一批罪犯，享受了榜上有名的殊荣，还受到祭礼香火。

清代社会的湘黔的苗族问题，涉及到政治、军事，同时也涉及法律，相当复杂与棘手。在《大清律例》中，有不少法律的适用对象是苗民。中国古典小说从法律角度写苗族生活的不多见。《儒林外史》法律透视目光的广阔性，在这里也有生动表现。冯君瑞被苗民绑架的案件始末，都有法律上的透视所得，这些东西在清代法典中是找不到的。汤镇台的家人六爷都知道他的主人老爷身为武官，其重任就是“出兵征剿苗子，把苗子平定了”，这就是在鼓吹对苗民的军事镇压。行政长官雷太守，另有所见，那就是苗民是否守法的问题。他说：

> 我们这里生苗、熟苗两种，那熟苗是最怕王法的，从来也不敢多事，只有生苗容易会闹起来，那大石崖、金狗洞一带的苗子，尤其可恶！（第四十三回）

这是唯有地方官员在多年执法的经验反思中才可讲出的行话，那些高高在上的朝廷高官在依明代法典作蓝本制定清代法典的时候，绝对想象不到苗民的“生”与“熟”的两大类，更想不到哪一类更怕“王法”，哪些地方的苗民“尤其可恶”。不知吴敬梓是否到过被称为“苗疆”的那些地方，反正我觉得小说描写出来的效果，就像作者身历其境一样逼真可信。

自然，我们所讲的对法律社会学景观的散点透视指的是一种艺术眼光，不是指到现场作实地考察。而这种艺术眼光以对法律的了解作基础是应当强调的。若对法典一无所知，目光呆滞，茫茫然无所见是不可避免的。清代立法史上，先后问世的有两部法典：其一是顺治四年（公元1647年）颁行中外的《大清律集解附例》，其二是乾隆五年（公元1740年）刊布中外的《大清律例》。从小说涉及法律的门类之多和许多规范法律术语的运用等情况判断，吴敬梓对这两部法律均比较熟悉，尤其是对他三十九岁这一年出版的《大清律例》更是有深入了解。这样，他在设计种种案件、描写种种法律现象时才会思路广，点子多，笔下所出也尽是内行话。

此外，从老秀才王玉辉学礼法、编礼书的人生经历，可以推测的一个结论是吴敬梓本人对礼法也有所学习和研究，至少有这方面见闻的素材，这才能为他的礼法现象观察与探究提供源源不断的原料与灵感。礼法与刑法，都是专业性很强的专门学问，没有一贯的研习与积累，无从进行起码的虚构与创造。

七十三　取用真实的生活原型，真中有假，显得更真实

《儒林外史》的法律描写艺术的第二大要点，是注意到讽刺艺术的真中有假、有假更真的辩证法。其具体表现，就是大量取用真实的生活原型，并非对真人真事作录音录像，而是有取舍，有虚构，以突出文学形象的法律寓意为归依，从而达到法理本质上的真实。

在取用真实生活原型上，学界形成了不少共识，主要是许多小说中的人物都有生活中的真实人物作模特。如杜少卿以吴敬梓本人为依据，马二先生取材于冯粹中，迟衡山有樊南仲的影子，庄尚志的蓝本是程绵庄等。笔者注意到，吴敬梓取用所有生活原型，都坚持着不拘泥于生活现象的真实，而是真中有假，把掩藏在现象背后更真实的法理本质集中起来，暗示出来。

南京泰伯祠的修建以及泰伯祠的祭礼仪式，在小说中占有不少篇幅。这

里，就有吴敬梓本人的传记材料作基础。他四十岁那一年，为了倡导修复南京泰伯祠，不惜卖掉了最后一点财产全椒老屋，这才有了自己的捐款。以精神上的追求而论，这样虔诚、慷慨反映的是吴敬梓对礼治秩序的正面信奉与追求。然而，在小说第三十七回淋漓尽致地写泰伯祠里宏伟、热闹的祭礼场面与过程的时候，我们看到和感受到的却是对礼法的负面现象作披露和反讽：这一切对先贤的崇拜，都不过是走过场、搞形式，根本无从挽回社会的颓败局势。这就是说，吴敬梓在写小说时，对礼法的认识与态度，已经发生了由当年的认同到如今的批判的转折与变化，从而笔下就出现了与先秦时代就有的“礼崩乐坏”遥相呼应的情景。

设想，如果采用拘泥于生活真实的写法，把泰伯祭礼写成一曲礼法颂歌，那就大煞风景，成为大败笔了。

我们曾谈过的杜少卿的父亲当太守被罢官的案件，也有吴敬梓的家世作铺垫。他父亲吴霖起，当过赣榆县的学官，于康熙六十一年（公元 1722 年）辞官，次年逝世。小说中杜少卿父亲的官职为府里的太守，比一个县级学官大得多。这就是说，在取用传记材料时，进行虚构，在职位提升上下了大力气。与此同时，又把父亲的主动辞官，改写为书生气十足、不善于在官场吹牛拍马而被罢官。这样两大虚构，就造成了一起具有讽刺意味的官员革职案件，滋生出可以阐释的法理法意，而原材料却无法理可谈。

范进中举后，将他母亲的灵柩停放在家扬言今年“山向不利”即风水不好，要来年下葬。余特和余持两兄弟把父母灵柩停放在家十几年，等到安葬时又为选风水之地到处奔波。这两个案例都是被法律定性为“惑于风水”而违背礼法、触犯刑法的罪案，其素材同样来自吴敬梓的有关传记材料，并有所加工、改造。他父亲去世后，家境衰落，生活清苦，致使母亲死后无钱办丧事，只得把灵柩停放在家里。在一首诗中，吴敬梓写道：

劬劳慈母，野屋荒棺抛露久。

因贫穷办不起丧事，自然也是人生的不幸之一，吴敬梓并不回避在小说中如实描写许多贫寒家庭的这类不幸遭遇，如因办不起丧事而跳水自杀的农民、母亲去世而叫苦连天的杨裁缝，一对老年夫妇先后去世都停尸在家等，这些都有吴敬梓的母亲不能下葬的经济不支的原因。但作者不受传记材料的局限，虚构出“惑于风水”而故意久拖不葬的案例，这样就开拓出了具有法律认识价值的理性空间。

谈到中国古代百姓“惑于风水”而犯罪的现象，笔者有极为深刻的记忆与感受。童年时代，曾住在汉阳有名的大生堂隔壁。有一年风雨过后，大生堂的一堵墙坍塌，里面停放的棺木露出来，大家都来看稀奇。后来长大了回忆这情形有点莫名其妙。当我写此文时，不禁又想起大生堂的这一幕，并且立即意识到那些有钱人家之所以把清代“惑于风水”的犯罪现象一直延续到新中国成立前夕，就是因为这种封建迷信思想观念深入到了国人的骨髓中去了。我的五叔，有阴阳先生之称，新中国成立初期还经常外出去给人看风水。吴敬梓的时代，这种风气更盛，致使危害到活人的生态环境，于是法律视为犯罪。若受母亲无钱安葬的生活经验的局限，吴敬梓就不可能写出范进、余家这两起罪案，对于中国根深蒂固的犯罪现象的抨击也就不能纳入小说创作的艺术工程了。

鲁迅在《什么是讽刺》一文中指出：“讽刺的生命是真实；不必是曾有的事实，但必须是会有的实情。”对照吴敬梓的上述艺术手段，我们可以清楚地知道，吴氏运用的许许多多生活原型，就是“曾有的事实”，而他在加工、改造“曾有的事实”过程中虚构出来的一系列典型案例，都道出了大千世界既有与“会有的实情”，令读者感到如历其境一般的逼真。

七十四　在日常生活的土地上催开法律主题的鲜花

古往今来的中外经典涉法文学作品在表现法律主题的重大环节上，有一个共同艺术经验，就是在日常生活的土地上催开法律主题思想的鲜花。彼此的区别，只在于各家自有其门道和手法罢了。

在涉法文学的自觉与系统研究的草创阶段，我们首先应做的事情，应当是确认这催开鲜花的共同经验，以便取得一个良好的开端，使大家有明确的起跑线和理想的归宿。连入口处都找不到，到艺术圣地去发微探幽也就无从谈起。一个有力反证，就是明清小说的经典作品之所以被历代学人解读为与法律没有丝毫关系的纯文学作品，众多综合性原因之一，就是只能站在作品所描绘的日常生活土壤的浮面上自以为是地东张西望一番就大发议论，而对于作品机智、巧妙又不显山露水地催开法律主题鲜花的特有艺术及其满园春光的收获，却视而不见。孙悟空每每讥笑他师父是肉眼凡胎，妖怪出现在身边不能识破，竟当作好人降临。纯文学家之于涉法文学，确有肉眼凡胎之嫌，在法律主题的百花园中一无所见，只能在开花的土地上折腾不休，这就难免将一处处花园践踏得只剩下残枝败叶了。

且说《儒林外史》的日常生活土壤，打探一番，可知有五个板块。

首当其冲，面积最大的，当是儒林长廊。这里尽是为科举考试服务的学校教育活动，参加各级各类的考试活动，童生、秀才、举人、进士们的社交与学问打拼，落榜与登榜的悲喜剧，还少不了名为饱学之士、实则不学无术的笑话。

第二个板块，是儒林长廊穿过的一片片城乡土地，那里的工、商、农人士的凡夫俗子的繁衍生息以及同儒林长廊中人之间割不断的人际关系，是这里常见的景色。

第三个板块，是四大贱民的市井生活及其行业活动，儒林内外都有人参与进来，这里也有人走出去，良贱来来往往，进进出出，与上述两个板块并无不可跨越的鸿沟。

第四个板块，是荒山老林，边境边疆，这里上演着内地城乡所不可能有的精彩节目，但对于该地域的人们来说，也是天天如此的日常生活现象。

第五个板块，是从朝廷到地方各级衙门的社会管理层面的日常工作与工作之余的吃喝、娱乐。社会各界人士，全是他们的百姓。儒林中把知县称为“父母”的声音不时传出，而衙门里的“父母”们搞恶作剧的不在少数。

阅读《儒林外史》的读者和学人，进入上述五大日常生活板块，都会各有见闻与感受，若做起文学评论来，也各有说不完的话。闭口不谈法律，照样可写文章、写专著。然而，生长和开放在五大板块里的法律主题的花花朵朵，却全被冷落、被忽视。其损失之多之大，不言自明。

我们所统计出来的九十起左右的法律案件以及谈论过的二十种左右的法律现象，无不存身于上述五大板块之中，可一一落实它们的地理意义上的坐标，更可一一品评出它们各自的法律意味。当挨个地做完所有品评个体花枝花朵的工作之后，它们所共同打扮出来的法律主题的色调与品格，就会水到渠成一样呈现在我们的阅读心理活动之中，将其口头或书面表述出来，就形成了理论意义上的法律主题。《儒林外史》的法律主题，可作这样的概括：对中国古代社会中礼刑并用的法制史特点进行了负面的描写与思考，批判了刑法往往流于一纸空文或损毁无辜的弊病，揭示了礼法实施随当事人的经济条件为转移，使之沦为趋炎附势的标志、杀人不见血的凶器的本质，从中可吸取司法、执法的许多深刻教训，而可资借鉴的经验却凤毛麟角。

如果说这种法律主题思想在典型案例的法理赏析与法律文化现象释义的七十篇系列短文中已得到反复阐释，那么有志者还可以综合性地加以深入论证。这里不妨仅举戏剧演员鲍文卿这一人物来作一点补充性说明。演戏，不过是文明社会的一种文化职业，跟社会所有行业一样，没有贵贱之分，可古代法律规定“戏子”为四大贱民之一。吴敬梓以艺术家对同行人特有的理解，把这个老戏子塑造为一个心灵受到重创却格外尊重社会、关爱他人的大善大爱者的形象。向知县被革职案件有冤情，是鲍文卿及时帮助纠正了过来；两个政府衙门的秘书企图通过鲍文卿与向知府的特殊关系来私下了结案件的犯罪意向，是他及时加以制止；而这么个好人没有儿子，过继一个异性人作儿子在法律上竟视为犯罪：小说如此写来，法律思想意义很清楚，就是歌颂法律歧视和压抑的贱民，鞭挞该法律的不公平、不合理。请看，在整部小说法律主题的大花园中，这处于第三大板块的土地上绽放出的小花，不也招人喜爱值得欣赏吗？

详明阐释《儒林外史》的法律主题及其表现艺术，是很艰巨的学术工程。这里的简要说明充其量只能算是一则呼吁做学问的小广告。

七十五　案件整体设计上始终自觉追求简洁、明快的统一风格

小说是叙事性文学体裁之一，作家如何叙事，应是小说创作的艺术追求上的一大重点。为此，我们从叙事策略、叙事模式、叙事方法这三个方面入手进行讨论。

涉法小说中的事，主要是各种案件的案情线索。在案件跟踪式的涉法小说中，常常有贯穿始终的某种案件。广为流传的侦探小说、推理小说，即是如此叙事的典型代表。名家名著中涉法经典作品，也有这类叙事的代表作，托尔斯泰的《复活》、陀思妥耶夫斯基的《罪与罚》、狄更斯的《荒凉山庄》、德莱赛的《美国的悲剧》等，莫不如此。

《儒林外史》的叙事没有贯穿始终的案件，而是让大大小小的近九十起案件充斥全书，这就使其叙事艺术如同异峰突起，别开生面。综观这些彼伏此起的案件，给人的总印象，是作者构思的所有案件的线索，无不简明扼要，读者顿时就可把某起案件的整体面貌掌握得一清二楚。这种高度统一的风格，使小说情节推进迅速，转换灵活，阅读起来轻松愉快。

请看一个未曾列入本书附录的《法律案件一览表》中的例子。它叙述的是潘三伙同匡超人作案的情形：

> 家里有的是豆腐干刻的假印，取来用上，又取出朱笔，叫匡超人写了一个赶回文书的朱签。(第十九回)

仅仅三十六个字，写出了潘三的两件罪案：一是用投机取巧的方式大量私刻公章，此为昔日旧案；二是伙同匡超人制造假公文，用以包揽词讼的罪恶勾当，此为新案。我们阅读这三十六个字，不过是一瞬的时间，却立即明白了潘三其人是一个老奸巨猾的惯犯。

如此简洁明快的叙事风格的成因，在于作者对每一起案件的案情的总体

设计上，有一种砍削枝蔓、突出主干的叙事策略，其总体效果，恰如一位造林专家，用插枝的方法，在法律知识的荒山上快速造出一片小树林，成活率达百分之百。只要你稍有填补法律知识空白的需求，那么在这片小树林里徜徉一番，就会有满载而归的丰收喜悦。

那么，被砍削掉的枝蔓是什么？突出的主干是什么？回答这两个问题，需要有中国古代法制史上的专门知识作支撑。从立法上讲，重实体法，轻程序法，是中国古代法律的一个大特点。它反映到司法实践上，就是政府衙门的官员几乎都不管不顾法律程序，一升堂就拷打逼供，转眼间案子就审判完毕，显得极草率。这种立法特点与司法习惯，在中国古典文学中得到了充分反映。例如，笔者在《法说水浒传》中用《公堂审判总有花样翻新》作标题，写了二十篇系列文章，对该小说中衙门公堂上的荒谬现象作了反复说明。《儒林外史》所写案件，只要有公堂审判，也是肆无忌惮玩法律游戏。由此不难知道，吴敬梓的讽刺小说意在攻击这种法律游戏，于是在案件发生之后、进入公堂之前，他通常把罪犯作案手段如何施展的过程加以省略，重在抓住罪行的实质，以便读者认定所犯为何罪。一旦罪犯落网，在审判之际，官方能否准确定罪，就是案子新一轮的主干，被省略的枝叶则是法律程序。

上述三十六个字写出新旧两起案子之所以被当作典型例证，就是因为它从作案犯罪与公堂审判两个侧面都实现了砍削枝蔓、突出主干的总体叙事策略。后来潘三落网，小说在如何落网的细节上忽略不计，而在所犯何罪上一条条都罗列在官方下达的罪状之上。这里所谈新旧两案，罪状上分别认定的初步罪名是“私动朱笔”和“假雕印信”。如此前后对照读来，两起案件总共只用了四十四个字的叙述，却令人感到有头有尾，印象完整无缺。

简洁明快的叙事策略除了在客观上取决于中国古代法律的特点之外，在主观上与上文谈过的法律社会学散点透视的艺术是互相适应的。凡是案件跟踪式的作品，固然能够广泛描写社会生活全景图，但毕竟受贯穿始终的叙事主线牵扯而观察视点的迁移与转换自由度有限。中国古典长篇小说普遍采取法律现象散点透视，故这种自由度相对大得多，而《儒林外史》兼有案件总体设计的简洁、明快风格，就把这种自由观察与表现的叙事特长发挥到了极致。

这种叙事策略的优越性，是使作品的法律信息容量得到增加、扩充。只要同案件跟踪式的作品作比较，这一优越性就立马清晰显露出来。《复活》所写玛丝洛娃的冤案始终不得纠正的过程，最终以无辜之身流放到西伯利亚。《罪与罚》中的法科大学生杀人案从作案、审判一直写到流放。《荒凉山庄》中的遗产纠纷案审判过程拖延了几代人，最后竟因遗产全部用作了诉讼费而不了了之。《美国的悲剧》的杀人案也是从杀人者沦为杀人犯、作案经过写到判处死刑。它们的法律信息量以数学眼光看，实在大大不如《儒林外史》。可见，本文所谈叙事策略的艺术，实在是这部小说表现法律内容的突出特色。

七十六　案情开展的四种基本模式

具有简洁、明快的共同风格的大量案件，用什么样的具体方式、方法加以描述，使其一一展开呢？据笔者看来，《儒林外史》的案情开展有四种基本模式：作者叙述式；司法文书披露式；人物言谈式；临时爆发式。以下是对这四大基本模式的简要说明。

（一）作者叙述式

这是为数最多的重要方式。所有小说的叙事人通常是作者，《儒林外史》对于案情的开展，也以这种叙述方式为主。以小说所写第一案危素罢官的案件为例，就是由作者叙述的：

到了洪武四年，秦老又进城里，回来向王冕道："危老爷已自问了罪，发在和州去了。我带了一本邸抄来与你看。"王冕接过来看，才晓得危素归降之后，妄自尊大，在太祖面前自称老臣。太祖大怒，发往和州

守余阙墓去了。(第一回)

这一模式的案情叙述方式方法，读者都熟悉，不必多说。

(二) 司法文书披露式

涉法小说中的司法文书出现频率很高，尤其是起诉书、通缉令、法庭辩论词、判决书、上下级之间的通知和报告之类。《儒林外史》中出现的司法文书种类不少，共同点都在披露某种案件的主要案情或案件中的某种关键之处。据笔者统计，关于民事案件和刑事案件的司法文书共有二十件左右，其中有圣旨、请示报告、上级指示、判词、通缉令、罪状、长官批示等。下面抄录的是杨执中被店主控告而坐牢一年多的刑事案审判衙门德清县的一份请示报告：

> 新市镇公裕旗盐店呈首：商人杨执中（即杨允)，累年在店不守本分，嫖赌穿吃，侵用成本七百余两，有误国课，恳恩追比云云。但查本人系廪生挨贡，不便追比，合详请褫革，以便严比。今将本犯权时寄监收禁，候上宪批示，然后勒限等情。(第九回)

这里既概括有原告所控当事人的罪行，又有受理控告的县衙所做的调查取证、一审判决结果，更有请求上级定夺的期待，从而披露了此案从告状到一审判决都糊涂不堪的荒谬。剖析这一个案，可看出运用此种叙事模式，跟作者叙述模式一样，并非现实司法文书的刻板抄录，而是依据法律批判主题表达的需要而突破司法公文的格式限制，制作出有别于现实版的文学性公文。

鉴于个别案件被当事人把案情弄得很复杂，故意把官方审案引向歧路的特殊性，出现了一案审理过程中多次运用司法文书展示案情变化的情况。我们这样说，指的是余持愚弄官府、替哥哥余特规避法律追究和处罚的案件。此案叙事运用公文模式可以说达到了巅峰状态。明写见于文字表述的司法公文有三件，暗写未见诸文字的一件，即余持造假的所谓“呈子”。仅此一例，就足以窥见吴敬梓对以司法公文模式叙述案情的表达艺术的兴趣极为浓厚。其原因，当在可收到当事人不打自招而流露出法律上的毛病的好效果。

记得马克·吐温的《镀金时代》中有一份检察院所写的起诉书，作案杀人者的姓名、使用的杀人凶器、杀人地点、被杀者的身份等，全部是未知数。满纸荒唐言语，讽刺的是司法机关办案也有“镀金时代”的虚假风气袭击。吴敬梓运用此种讽刺性叙事手段，比马克·吐温早了一百多年。《镀金时代》问世的1874年，恰逢吴敬梓去世一百周年。两位作家的法律讽刺艺术真可谓在时空维度上遥相呼应。

（三）人物言谈式

在这种方式的运作里，作者身在幕后不出面，完全由塑造的人物上场，像演话剧一样，把有关案件的来龙去脉全部讲出来。典型案例，莫过于浙江省巡抚衙门的差人郑老爹在前往执行公务的船上对乘客所讲的一起民事诉讼案件。

> “而今人情浇薄，读书的人，都不孝父母。这温州姓张的，弟兄三个都是秀才，两个疑惑老子把家私偏了小儿子，在家打吵，吵的父亲急了，出首到官。他两弟兄在府、县都用了钱，倒替他父亲做了假哀怜的呈子，把这事销了案。亏得学里一位老师爷持正不依，详了我们大人衙门，大人准了，差了我到温州提这一干人犯去。”那客人道：“这一提了来审实，府、县的老爷不都有碍？”郑老爹道：“审出真情，一总都是要参的！”（第十五回）

讲述者的一番独白加上简短的一问一答，就把发生在张氏家中的财产分配纠纷案的发生、告状、销案以及波澜再起引发第二轮诉讼的经过与审判后的结果，都清清楚楚交代出来，甚至连案件发生根源在于儿子不孝顺父母的道德缺失，也作了精准的评论。

我们已经谈过的余氏兄弟在安葬父母上违礼法且犯刑法的案子，是由兄弟二人的对话展现案情的，不再多说了。

当今的影视艺术，格外讲究视觉画面的运用。上述两个案例若改编影视剧本，一定会把谈话中的案子都化作画面让观众有目共睹。小说是诉诸想象的艺术，故纸张上说出来的案情，本身既无形，又无音，全凭读者去想象，也免不了联想。没有看过电影电视的吴敬梓，对于文学叙事的形象性特征很重视，故以言谈模式写案情时，总注意用简短语句和形象词汇，让读者的想象与联想活动得以顺利进行，也为当今的影视剧改编与拍摄提供了方便。

（四）临时爆发式

以时态而言，运用上述三种叙述模式开展案情都属于过去时，即案情已经发生之后的叙述。而这第四种模式，在时态上属于现在时，即案情就发生在眼前，以人们目击的现场情景作为叙述对象。这种叙述模式下的案情，颇似新闻记者的现场采访：录音、录像、采写。只不过，记者采访的是一般生活信息，而《儒林外史》则是采写案情，并有着文学形象化特征罢了。请看发生在彭泽县境内的抢劫案现场：

> 那江里白头浪茫茫一片，就如煎盐叠雪的一般。只见两只大盐船被风横扫了，抵在岸边。便有两百只小拨船，岸上来了两百个凶神也似的人，齐声叫道："盐船搁了浅了！我们快帮他去起拨！"那些人驾了小船，跳在盐船上，不由分说，把他舱里的子儿盐，一包一包的尽兴搬到小船上。那两百只小船，都装满了，一个人一把桨，如飞的棹起来，都穿入那小港中，无影无踪的去了。（第四十三回）

这种模式叙述的案情，时态为现在时，所叙述案情有突发性，不仅受害人措手不及，就连目击者也毫无心理准备，读者也有陌生感、新奇感，仿佛自己是现场目击者一样备感真切。

这类案情叙述的数量也不少。匡超人目睹的烧毁全村的失火案，张铁臂用猪头谎称人头的诈骗案，在演戏客厅里把罪犯万中书当场逮捕的案件等，都属于这一类艺术手段的产物。

从写作学表达方式上讲，这一叙述模式与上述作家叙述式性质相同，区别只在时态上强调了现在时，在案情上突出了突发性，故有鲜明的新闻特色。

七十七　连环案组合及其内在法理逻辑

《儒林外史》的案情开展的叙述艺术，还有一个需要深入剖析的特色，就是全书出现了许多案中有案的连环案组合。它们不仅仅是中国古典小说的大故事中套有小故事的传统叙事手法的运用，而且在表现法律思想意义时极其自然地使组合起来的案件群彼此之间产生了内在法理逻辑联系。剖析连环案组合的艺术势必充分顾及这种内在法理逻辑联系，否则，法律内容与法律描写艺术两方面的解读都将受到大损害。

如果说单个独立案件的法理赏析对纯文学家是难题，那么这里所谈连环案组合及其内在法理逻辑联系就是难上加难的无解之题了。事实上，笔者以前虽然早注意到连环案组合现象，但对其中的内在法律逻辑联系谈论较少。细读《儒林外史》才发现这一新问题。

为与广大读者与学人共同探讨这一新问题，不妨将最复杂的宁王造反引发的七连环案组合作较为详细的说明。

第一环为宁王在正德十四年（公元1519年）的谋反案。单看此案，认定其叙事艺术及谋反罪的严重性，都不成什么问题，也没有在本文中加以讨论的必要。而作为案件组合的第一环，对后面引发的案件起了什么作用，法理上有什么联系，从它本身是看不出来的。充其量，也只能为后续案件找到某种蛛丝马迹。

第二环，是南昌太守王惠投降宁王，当了伪官的案件。从小说描述的投降经过可知，宁王的武力威胁与封官许愿的名利诱惑，是王惠犯罪的外部客观原因。也就是说，一、二两环的罪案之间，因果关系极其明显。

第三环，是宁王谋反失败，王惠畏罪潜逃途中，偶遇他的前任蘧太守的孙子蘧公孙，致使蘧公孙犯了帮助罪犯逃匿的罪行。这样，一、二两环案件又成为第三环罪案的原因，并可把一环定为远因，二环定为近因。如此定性，绝不是玩逻辑游戏，而是出于确认宁王造反大罪的巨大社会危害性之一，是不断诱发各种新的犯罪行为，促使社会治安秩序趋于恶化这种迫切需要。吴敬梓为什么乐此不疲地一再在连环案组合上做文章，其良苦用心，当在他意识到了这种迫切需要，故用以加强读者的认识成果。

第四环，是蘧公孙继上一环犯罪之后，又独自继续犯了两宗新罪：一是替王惠保存赃物——一个枕箱，属于窝赃罪；二是将王惠私藏禁书《高青邱集诗话》刻印了几百部，使之在社会上广为流传。到这一环，宁王造反案的诱因作用已微乎其微，而王惠本人的罪行则成为主要诱因，而蘧公孙的新一轮两宗罪，是其直接的结果。

第五环，蘧公孙私下把王惠寄存的枕箱赠送给婢女双红，她用来做了针线盒。这是蘧公孙的又一轮新罪，即意味着私自处理罪犯赃物。须知，自王惠潜逃之后，朝廷已下达通缉令，将其视为重罪的钦犯。从这一角度看，蘧公孙的此罪严重到了跟皇帝唱对台戏的地步，弄不好，有背上欺君之罪罪名的危险。在这里，王惠罪案的诱因作用依然存在，不过已退居次位，蘧公孙本人主观上无视法律与皇权的犯罪原因则上升为主导地位。

第六环，是不法差人得知枕箱消息，进行威胁与诈骗，那不曾目睹的枕箱被他用作了诈骗钱财的道具与筹码。经过精心策划、反复倒腾，终于从好心救人的马二先生那里骗得九十二两银子。那枕箱直到这时才被赎取者毁掉了。案件组合发展到这里，前几环案件的诱因作用全部消失，差人的贪婪、狡诈及其个人道德的沦丧，是其犯罪的根本原因。

不过，在艺术表现上，枕箱作为赃物、道具，起到了结构案情、穿针引线的作用。

还应指出，在第六环上，还并列着差人的另一起罪案。这案子是突发式的，并且还是第二层次的案中案。原来，差人与双红的对象宦成谈话，在行其骗术之时，有一过路人抱怨挨打无伤痕，想去告状无凭证。这时刻，差人跑过去捡起地上的一块砖头，把路人头部打破流血，对他说：快去告状吧，现在有了打官司的证据。此种行为，差人犯有打人致伤、制造伪证两条罪名。此案位置也在第六环，与差人的诈骗钱财案并列。

第七环，是那个被差人打破脑袋的过路人去告状的案件。此案虽略而未写，但去告状的趋向已非常明确，读者会想象告状的性质是真中有假，真相难分的，故像诬告而非诬告，趣味无穷。说它真，过路人的确被打，只是没有皮肉上的外伤罢了。说它假，头部伤口是人工制造的，属于伪证。这样，告状也跟着出现正告与诬告的双重因素。一贯糊涂的地方官员，能审出这里的真与假、是与非吗？能逮住那个滑头差人吗？读者在作者略而未写的空白处，免不了存有这种期待心理。在我看来，这是一种故意留空白的讽刺艺术。读者期待中的答案，作者认为其在阅读过后不难自行悟出，故写出来如同画蛇添足。

值得细读细品的连环案组合，还有冯君瑞被绑架案件、武琼枝被骗作妾的婚姻案件、万中书诈假官的案件，它们都是三连环以上的案件组合，同样有值得一谈的叙事与明理相结合的艺术成就可议，本文从略。

《儒林外史》的案件设计与叙述艺术，是刚刚打破沉寂已久局面而出现的新课题，上述三篇文章聊作填补空白而已，深入研究有待于大家动手。

七十八　结构上的前后呼应与法律内容的依次表现

《儒林外史》作为长篇小说在结构上的特点，是没有贯穿始终的人物与事件，近于系列短篇小说的连缀。学界对此形成了共识，在一致认同这种结构特点的同时，有人表示了小小的异议，认为“这种结构形式不免有些松懈”。本文认为，“松懈”之说不成立。恰恰相反，由于作者成功采用了前后呼应的手段，使其连缀零散的人物和讲故事的艺术炉火纯青。我们阅读全书时，既感觉到故事情节转换、推进和人物出场、退场迅速，同时又觉得前后呼应密切，首尾贯通，浑然一体。

最值得称道的地方，还在于这种成功的结构艺术与法律内容的依次表现，高度一致，亦即是法律思想内容与结构艺术得到了完美的结合，其具体运作，有几个突出方面可谈。首先，从小说的整体布局来看，书末的光荣榜上的名单，与小说先后描写的一系列典型案例故事与法律文化现象形成了一一呼应的关系。在我看来，这设置在全书叙事终点的光荣榜，仿佛是一堵回音壁，全书所叙的故事与现象传递到此，撞击出一次次回音，它们交会出一种不曾言表而读者却能心领神会的法律讽刺意味的旋律。

有学者将此光荣榜贬为“幽榜”，意思是榜上有名者尽是已作古之人。这种性质的光荣榜本身就具有讽刺性。然而，需要进而揭示的是榜上名单里寄托的法律讽刺意义。请看第一甲一、二、三名人员为虞育德、庄尚志、杜仪，以纯粹民间文化眼光看，这三位的确不失为优秀人才，然而用官方政治、法律价值尺度看，他们既没有与官方合作的诚意，事实上活着的时候未曾走上仕途。杜仪诈称有病，拒绝被推荐做官。庄尚志受嘉靖皇帝纳贤圣旨，前往皇宫拜见皇上，最终以法律借口被拒之门外。虞育德则在监考时失职犯罪。这三人荣登幽榜，岂不等于向世人供认：他们活着的时候，有才不用，有罪未罚，如今死去就一律光荣无上了！这成什么话呢？

再看第二甲第六名余特，兼犯违礼安葬罪和私和人命罪；第三甲第一名沈琼枝在婚姻纠纷案后犯有盗窃罪；第七名凤鸣岐犯有行贿买官、私和盗窃案、大闹公堂等罪；第八名木耐犯有恐吓取财与拦路抢劫罪；第二十一名匡迥（超人）犯有充当代考枪手、有妻更娶妻等罪；第二十六名严大位（贡生）身负七宗罪案；第二十八名陈礼犯有巫术罪；第三十名牛浦犯有诈骗等罪。如此众多罪犯活着逍遥法外也就宣告了官方无能，法律落空，如今让他们登上礼部光荣榜，享受祭礼烟火与荣誉，难道是要向活人宣告犯罪光荣吗？若是因为“采访”一年里没有查清他们的犯罪劣迹，岂不等于说官方从地方到朝廷，全是糊涂官当道！

总之，如此前后呼应，在艺术与思想的有机结合上值得重视与阐释的法理法意尽在不言之中。

若就局部的更具体的前后呼应而言，好经验、好个案则为数不少。同样，这样的呼应也都伴随着法律内容的依次推进与逆转。权勿用被逮捕的案件发生在第十三回，罪名是奸拐尼姑，一直到第五十四回呼应地交代明白：这是秀才们诬告的冤案，已平反昭雪。从告状、逮人到放人、纠错，是刑事法律实施的一个完整过程，放在相隔三十多回的行文中前后呼应，妙不可言。在我的感觉里，这一手段，如同用一根长长的绳子，把相隔各个时空的人与事陡然收束在一起似的，彼此都贴近了起来。

武侠张铁臂，用猪头谎称人头，诈骗了五百两银子的罪行出现在第十二回，到第三十七回他改名为张俊民，又出现在交际场上。当被揭穿真面目之后，他只好悄然消失了踪影。这一次的前后呼应，是以刑事犯罪从作案到暴露的次序安排的，表现了民间打击犯罪的意识从无到有的萌芽信息。

陈和甫是一个迷信活动者，以算命为业几十年，同禁止扶乩、反对术士妄言祸福的立法精神显然相抵牾。这种法律理念的表达，同样是在前后呼应的艺术处理中得到逐步实现与强化的。陈和甫出现在迷信职业生涯中是在小说第七回，伙同荀玫、王惠两个员外犯下巫术案，到第十回对人声称“一向在京师行道”，应读作一惯犯巫术罪。在与娄家三公子、四公子谈到自己的流窜犯罪经历时，陈和甫说：“今年到贵省，屈指二十年来，已是走过九省了！”此后，就不见其人影了。到小说末尾的第五十四回，通过一位同行盲人算命先生（应读作法定的“术士”）之口，讲了一段前呼后应作用极为重要的话。当陈木南问到算命生意如何时，这盲人立即抱怨说：

> “说不得，比不得上年了。上年都是我们没眼的算命，这些年睁眼的人都来算命，把我们挤坏了！就是这南京城，二十年前，有个陈和甫，他是外路人，自从一进了城，这些大老官家的命都是他霸拦着算了去，而今死了。积作的个儿子，在我家那间壁招亲，日日同丈人吵窝子，吵的邻家都不得安身。眼见得我今日回家，又要听他吵了。”说罢，起身道过多谢，去了。

听听这番话，我们立即形成了这样的法律理念：从事术士职业且犯有巫术罪的陈和甫不仅本人从事非法职业长达四十多年，流窜范围达九省之多，在“大老官家”算命“妄言祸福”的罪行无从枚举，而且他逍遥法外、死去之后，又有了儿子来接班，继续从事非法职业活动。在这里，结构上的前后呼应不露痕迹，而法律内容的表现却沿着我们谈过的那起巫术案及其后继活动遗留并中断了许久的线索，一下子接通了，并且又使之往纵深方向发展，构成了父子相继式的职业犯罪链条。犯罪的猖獗、顽强与法律的架空、无用，在这一犯罪链条中显现出来。

综上所述，《儒林外史》结构上前后呼应的艺术不仅仅运用得自然、老到，更重要的是法律批判主题及许多具体法律理念的表现，在很大程度上得力于前后呼应的艺术手段的巧妙运用。

七十九　让人物言论出乖露丑的法律讽刺艺术

《儒林外史》作为讽刺小说的讽刺艺术，是学界乐于谈论的热门话题之一。我们的兴趣自然要专门关注更具体的法律讽刺艺术。本文所谈的是让小说中出场人物言论出乖露丑的法律讽刺艺术。

第四回关于刘基罢官并被毒死的案件，带有虚拟、拼凑性质，让出场的人物张静斋、范进和汤知县就案件分别担任讲述、听众的角色，从而讽刺这几个在科举考试中胜出当过官、正在当官和将要当官的人物都是缺乏历史知识的水货。刘基是元末的进士，张静斋说他是明初洪武三年的进士，名列第五。范进煞有介事地说："想是第三名？"张某坚持"第五名"，又说洪武皇帝朱元璋到刘基家私访，意外发现江南王张士诚送给刘基一坛小菜，打开一看竟是一坛金子，于是罢了刘基的官，又毒死了他。张静斋的案例故事张冠李戴，把发生在宋代赵匡胤身上的故事移植到明代朱元璋身上，又把不相干的刘基扯进去。汤知县是在发生了牛肉案不知如何处置的条件下，向当过知县的张静斋请教，张才讲这个七扯八拉的案子。他一听，信以为真，就当场再次求教，于是对张静斋言听计从，结果闹出了致死人命、引发回民罢市的大案子。一件虚拟、拼凑的案子，像一道考题，让张、范、汤三个科考的胜利者在现实生活的考试中都交了不合格的答卷。

科考后荣获举人、进士头衔的人们不学无术并非限于上述一例。就在范进中进士不久的一次酒席上，有人讲了一个笑话：何景明醉酒时，讲了苏轼是明代人的醉话，一个老学差竟当了真，说到四川三年，始终不见苏轼来参加考试。范进是中进士后钦点的山东学道，同样不知苏轼这个宋代大文学家为何人，连忙应和道："苏轼文章不好，查不着也罢了。"

为什么小说一再让科考的胜利者闹知识性的笑话呢？答曰：这里有法律

讽刺的契机。在关于科考的大量法律条文中，有一条规定是："如官卷内有文理荒谬幸邀科第者，发觉之日将送考官一并严加议处。"（《大清律例》）对照这一法条，可以看出，上述笑话的实质，恰在当初官卷内的"文理荒谬"现象一直没有被主考者"发现"，造成侥幸过关的现象普遍存在。儒生们的上述知识性笑话，因而成了有关法律如同一纸空文的生动注脚。

让人物言论出乖露丑的讽刺手法，有时还运用到描写刑事犯罪者的作案方式上。也就是说，小说中有尽讲不三不四的混账话的歹徒，以此来达到其罪恶目的。第二十九回中出现的龙老三，就是这种角色。他不务正业，一贯到处骗钱。这一次，恰逢僧官上任请客的喜庆日子，他居然穿着女人的裙子，脚上是大花鞋，进门就口口声声说自己是僧官的太太。下面是他的几段演戏般的台词：

> "老爷，你好没良心！你做官到任，除了不打金凤冠与我戴，不做大红补服与我穿，我做太太的人，自己戴了一个纸凤冠，不怕人笑也罢了，你还叫我去掉了是怎的？"僧官道："龙老三，顽是顽，笑是笑。虽则我今日不曾请你，你要上门怪我，也只该好好走来，为甚么妆这个样子？"龙三道："老爷，你又说错了。'夫妻无隔宿之仇'，我怪你怎的？"僧官道："我如今自己认不是罢了。是我不曾请你，得罪了你。你好好脱了这些衣服，坐着吃酒，不要妆疯做痴，惹人家笑话！"龙三道："这果然是我不是。我做太太的人，只该坐在房里，替装围碟、剥果子，当家料理，那有个坐在厅上的？惹的人说你家没内外。"

直到认识龙三，曾被他骗去几十两银子的金东崖上场，当面揭穿老底，声称要送他到县里去处治，这才不敢闹了。

以人物语言前后的矛盾现象，揭露其言不由衷，言行不一使法律蒙羞，是小说法律讽刺艺术的又一具体方式。嘉靖皇帝在下旨纳贤的问题上，就是如此损害法律的。推荐、考察、重用贤才，是法律的正面要求。与此同时，法律还把工作失错，"贡举非其人"视为犯罪。庄尚志由于是一个奇才，故这次"贡举"用人之事由皇帝亲自主持、亲力亲为。看其过程，书面、口头的语言表白，非同小可。第一道圣旨有言曰"寤寐求贤，以资治道"。到召见庄尚志时，则当面表示要重用庄尚志，说："特将先生起自田间，望先生悉心为朕筹画，不必有所隐讳。"看了庄尚志所写十大意见书之后，嘉靖皇帝看出了庄尚志"学问渊深"。依一系列书面的、口头的、内心的语言逻辑，庄尚志到朝廷当官是必然的事情。不料下达的圣旨是："允令还山"。就这样，嘉靖皇帝成了一个自食其言者。而那没有对外公布的拒纳贤才的理由，是皇室祖先无此"法度"。换言之，一个法律借口，就埋葬了一代英才。嘉靖皇帝是一个说大话、讲空话而不办实事的人物形象。皇帝的言论具有最高法律效力，皇帝说话不算数，在很大程度上就等于把法律当作空话讲一讲就完事。可见，这里的讽刺力度很大，不认真体会，是意识不到这艺术的魅力之大的。

八十　以案写人的艺术成就

涉法文学中的小说、戏剧，常以人物、案件和法律文化现象为法律内容的载体，故这三者具有相对独立性。然而就三者的内在联系、共同表达法律主题这一方面看，又是难以绝对分割开来的。鉴于这种情况，本文拟从《儒林外史》中近百起案件如何造就了六大人物系列的情况，来谈谈以案写人的艺术成就。

近百起案件各有法理可议，通过第一辑五十篇系列文章的说明，已成为不争的事实。这里，必须指出，这百起案件中处于不同法律地位的人物，分为如下六个人物系列：

1. 以杜少卿、庄尚志、虞育德为代表的不与官方合作的儒生系列；

2. 以张静斋、范进、汤奉、严贡生、匡超人为代表的不学无术的腐朽儒生系列；

3. 以秦头役、差人、潘三、老差人为代表的衙役系列；

4. 以张铁臂、郭孝子、萧云仙、凤鸣岐为代表的侠客系列；

5. 以陈礼、算命盲人、陈和甫儿子为代表的迷信职业者系列；

6. 以鲍文卿、王义安、万雪斋、聘娘为代表的法定四大贱民系列。

这六个人物系列的出现，固然与本文的综合、排列有关，但归根结底，是近百件法律案例故事为所有这些人物提供了活动场所，让他们有了表现自己的机会，等所有案例故事一一放映过后，读者头脑的屏幕上，自然而然就有了这系列人物的活动身影。分门别类地开出人物名单，六大人物系列也就不在话下了。老实说，在写本文前，笔者头脑中还不曾有这人物系列的任何预想。等拟写本文，谈以案写人的艺术时，写作提纲的拟定之际，这六大人物系列仿佛自己蹦出来，立即被我记录在稿纸之上了。毫无疑问，这种阅读收获，有力证明了吴敬梓以案写人的艺术大获成功。

把六个系列的人物放在各自系列内部作纵向比较，可见以案写人的艺术成就之一，是他们各有个性，彼此区别，给人留下鲜明印象。第一系列中杜少卿出手大方，助人为乐，慷慨解囊的事例多得难以枚举。被推荐做官的时机到来，他推病辞官不做。庄尚志不拒绝做官，却被朝廷拒之门外。虞育德五十岁中进士，由于履历表上写的是真实年龄，让那些装嫩而虚报岁数的假年轻人讨了便宜，皇上就让他做了一个小而闲的官，这跟杜少卿、庄尚志完全不同官方合作就有了一点区别。更值得一提的是虞育德在任上有为一个秀才的赌博冤情而奔告于官府、自己监考失职有罪的两大法律行为，为自己同官方的小小合作提供了别样的注释。

第二系列中的腐朽儒士们以犯罪为共同特征，其罪行各异，分别带有个性特色：张静斋以退休知县的老资格给在任汤知县出馊主意，有教唆在职官犯罪嫌疑；范进在安葬母亲的礼法上打折扣，执行学官职责时讲人情；汤奉审案法外用刑，致死人命；严贡生身负七案，罪行累累；匡超人由一个朴实青年书生沦为制作假公文、代考枪手等罪的罪犯。

第三系列的秦头役、差人、潘三这三个衙役一个比一个坏，到潘三已登峰造极，成了大罪犯。最后在陕西出现的无名无姓的老差人，来了一个大逆转，是一个叫人敬佩的好差人。其主要事迹是在路上奔波一年多，将一个死于途中的流放犯的遗孀送回她的家乡广西。仅此一端，堪称执法楷模。

以下不再作这种系列内部的纵向比较说明。笔者想说的是，六个系列作横向比较，可见以案写人的又一成就在于，描写人物犯罪时突出了犯罪原因以人物的社会角色为转移的规律性。例如虞育德身为南京的国子监博士，所犯罪行就与读书人挂钩了；匡超人作为农村青年沦为罪犯，同进城投靠潘三这个大歹徒关系极大；潘三本人臭名远扬无人不识，作恶多端，凭借的是在省城布政司当小官吏的衙门权势与声威；凤鸣岐以武艺超群兼有为人正直的两大优势，扬名天下，故敢胆大妄为，蔑视法律，在公堂上大显身手，让官员与刑法、刑罚都败在他手下；陈礼的迷信职业成为他四十多年的巫术罪恶生涯的保护伞，是一个长期漏网的职业性罪犯；法律歧视资深戏剧演员鲍文卿，在他内心烙下终身不灭的印记，可贵的是他依然尊重法律，曾纠正了官方的一起罢官错案，又制止了两个政府秘书企图私了案件的犯罪意向，而他本人无子而乞养异姓儿子，被法律视为有罪却叫人同情。

关于犯罪原因的讨论，是法学界的一大课题。十多年前问世的一部专著以专门探讨犯罪原因为主题，篇幅在三四十万字，给我留下了深刻印象。行文至此，我不免联想到自己提出已近二十年的学问《文学犯罪学》——以古今中外文学中的犯罪描写作为对象的学问，感到作家们对犯罪原因的描写与思考成就卓著，可惜至今未能纳入学人的议事日程，遗憾之至。仅《儒林外史》所写犯罪及其原因，就是一个不小的课题。以本文的议题而论，涉及的是文学中的罪犯形象塑造的议题，就值得展开讨论。

附录1 《儒林外史》法律案件一览表

序号	回目	案件名称
一	一	危素罢官案
二	一	克扣顶头上司的受赃案
三	一	朱元璋起兵谋反案
四	四	和尚吃官司案件
五	四	违禁迎接县令案
六	四	范进犯罪难认知的案件
七	四	虚拟的罢官钦案
八	四	汤知县审理的偷鸡案
九	四	汤知县审理的牛肉案
十	五	严贡生一家行凶打人案
十一	五	严贡生无理取闹案
十二	六	严贡生之子居丧结婚案
十三	六	严贡生诈骗赖船租案件
十四	六	赵氏控告严贡生的案件
十五	七	严贡生反诉赵氏案件
十六	七	范进法外开恩的考试案
十七	七	两个部级高干参与的巫术案
十八	七	有法律哲学意味的共同犯罪案
十九	八	宁王谋反与王道台投降难分割的案件
二十	八	王惠潜逃引发的案件（一）
二十一	九	每一环节都糊涂不清的案件
二十二	九	深夜里发生的诈骗案

续 表

序号	回目	案件名称
二十三	十二	又一起发生在夜晚的诈骗案
二十四	十二	冲撞官轿案（一）
二十五	十三	权勿用被诬告的案件
二十六	十三	王惠潜逃引发的案件（二）
二十七	十三	王惠潜逃引发的案件（三）
二十八	十三	一个细节写出的三连环趣味案
二十九	十五	诈骗万两银子未遂的案件
三十	十五	张氏父亲控告两个儿子的案件
三十一	十六	烧毁全村的失火案
三十二	十七	遭到百姓反对的县官革职案
三十三	十八	冲撞官轿案（二）
三十四	十九	潘三包揽的轮奸案
三十五	十九	潘三包揽的卖弟媳变抢老婆案中案
三十六	十九	潘三包揽的代考案
三十七	十九	潘三落入法网的案件
三十八	十九	匡超人居丧结婚案
三十九	二十	匡超人有妻更娶妻案
四十	二十一	牛浦诈骗案
四十一	二十二	郭铁笔私了的尴尬案件
四十二	二十三	牛浦挨打案
四十三	二十三	牛浦有妻更娶妻案
四十四	二十四	向知县审理的和尚诈骗案
四十五	二十四	向知县审理的医疗纠纷案
四十六	二十四	向知县审理的“杀夫”案
四十七	二十四	向知县被参革职案
四十八	二十五	卖儿和把儿过继给异姓人都有罪的案件
四十九	二十五	鲍文卿化解的秘书犯罪中止案

续 表

序号	回目	案件名称
五十	二十六	向知府参与的罢官案
五十一	二十六	继母控告继子的案件
五十二	二十七	鲍廷玺居丧结婚案
五十三	二十八	季苇萧有妻更娶妻案
五十四	二十九	龙三诈骗案
五十五	二十九	荀大人贪赃案
五十六	二十九	方孝孺被夷十族的大血案
五十七	三十二	天长县令罢官案
五十八	三十三	杜少卿诈病辞官案
五十九	三十四	杜太守罢官案
六十	三十四	以武功战胜强盗的案件
六十一	三十五	卢信侯私藏禁书案
六十二	三十六	虞博士干预的赌博案
六十三	三十七	虞博士监考失职案
六十四	三十七	郭孝子二十年寻父中隐藏的案件
六十五	三十八	同官县知县严于执法案件
六十六	三十八	木耐夫妇装鬼劫财害命的案件
六十七	三十八	恶和尚为非作歹的案件
六十八	三十九	萧云仙打瞎恶和尚的案件
六十九	三十九	生意纠纷引发的武装叛乱案
七十	四十	萧云仙的经济赔偿案
七十一	四十	武琼枝婚姻纠纷案
七十二	四十一	武琼枝成被告的刑事案件
七十三	四十二	官员家属挟妓饮酒的案件
七十四	四十三	彭泽县令审理的盐船被抢劫案
七十五	四十三	冯君瑞被绑架案件
七十六	四十四	汤镇台涂改公文的案件

续 表

序号	回目	案件名称
七十七	四十四	余氏兄弟违礼法犯刑法的案件
七十八	四十四	余老大私了人命的案件
七十九	四十五	余老二愚弄官府的案件
八十	四十六	季苇萧查办的县当铺不法的案件
八十一	四十九	万中书诈假官案件
八十二	五十	行贿买官的一起窝案
八十三	五十一	凤四老爹私了的盗窃案
八十四	五十一	凤四老爹大闹公堂的案件
八十五	五十二	凤四老爹私了的债务案
八十六	五十四	陈和甫的儿子休妻案
八十七	五十四	陈木南逃债案
八十八	五十五	失火案后的放火案

附录2 严肃学术追求中的理性荒诞现象触目惊心

——评《礼与十八世纪的文化转折》

商伟的洋洋四十万言的学术专著《礼与十八世纪的文化转折》，从用英文撰写成书、出版，到翻译为中文在国内问世、被清华大学“凯风评论”认定为“高水平”著作并召开座谈会以及发表相关评论文章，还有作者对讨论的“回应”文章发表，这一系列的活动都是在严肃学术追求中进行的，似乎可以当作海内外学界联手“打造严肃学术批评品牌”的一件盛事，一个成功的典型个案。

然而，这里充满了学人不曾意识到的理性认识的荒诞现象，若将它们集中于一起加以审视、讨论，究明了真相，就可以看出这种理性荒诞现象达到了触目惊心的地步。

一 理论基础虚幻无根

中国古代的“礼”，是一种专门学问，称为礼学，至今已有两千多年的历史。“礼”，是礼学的对象。从礼学上谈论礼，对今天的学人来说，是一个极为沉重、繁杂、危险的课题。说它沉重，指的是两千多年中日积月累的礼信息量巨大，一方面是自周公制礼之后，历朝都有制礼活动，一直到清代为止，到底有多少礼的行为规范，很难确指；另一方面是关于礼的思想、言论，杂乱无章，自生自灭，今天能见到的，仅仅是古代典籍中记录在案的一部分；还有一方面是关于礼的理论研究，《荀子·礼论》应是第一篇专门论文，这类谈礼之理的文章称为礼学，日后礼学专著接连问世，到清代形成了礼学复兴势头，新中国的礼学专著也不在少数；最后一方面是历代文学作品对生活中的礼现象、礼问题的全方位和多层面的反映与思考，更是说不完的话题。说它繁杂，指的是学界面对这沉重的学术负荷，苦不堪言，难以说清，至今没有一本像样的、叫人满意的礼学专著出现，已经问世的汗牛充栋的专著堆中，谬误杂陈，更无人能加以系统纠正。

礼，就是法。周代的法律形式，是礼与刑两个相辅相成的组成部分。汉代以后至清代，以礼入法，礼法并重，始终是中国古代法律的基本特征之一。由于当今文化人对于礼作为法律的基本性质以及礼刑并用的法制史特征，均所知甚少，甚至是一无所知。于是乎，礼对于文化人来说，如同拦路虎，只要他就礼发言，就免不了被咬得鲜血淋漓；又如一个无形的陷阱，一说外行话就等于掉进陷阱而不能自拔。冯友兰、李泽厚、余秋雨……众多文化名人就因此而受到笔者的批评。

如果说上述名家只是在学术著作中因不明礼的法律属性而局部出错，那么商伟则是以全书谈论“礼”的二十多万字的理论表述铸成了一个整体性的大错。错就错在作为立论基础的东西，虚幻无根，在两千多年的礼文化史和礼学史上，几乎完全找不到生根之处。换言之，论者的全部礼言论，没有传统的礼学原理作基础，更无现代法律意识和理论作指导，故一切都是主观随意的自说自话。

那么，这二十多万字的理论系统是怎么建构起来的呢？或者说，论者是如何一步步踏进礼法陷阱而不能自拔的呢？

生造带“礼”字的概念系统，是误入歧路的起点。儒礼、儒家礼仪主义、儒家礼仪制度、儒家礼仪秩序、二元礼、苦行礼、泰伯礼等貌似分类意义上的礼概念，充斥在二十多万字的论述之中。它们都不曾出现在古代礼文化典籍之中，同时又不能用以回顾既往的礼文化现象，若作学理解释，没有哪一个讲得通。以礼、礼仪自身而言，实乃全社会的共同行为规范，并非儒家专利，论者强行冠以“儒”“儒家”的帽子，不符合历史事实。先秦诸子散文中，都不难看到关于礼的言论，闭口不谈礼的一“家”也没有。其区别，只在各家对礼的评价有重有轻，完全否定、拒不承认礼的还没有发现。

再说，礼仪只是礼法的一个组成部分，并且是次要部分，而主要部分是鼓吹等级制度，为等级制度服务的礼法，它们并不需要礼仪而可独立存在，如所有制、身份、名分、待遇、权利上的各种不平等的规定，都是礼法条文表述出来的，直接照办即可，根本不举行任何仪式，论者不用“礼法”，而大量用“礼仪”，证明着认识上的本末倒置，极大歪曲了礼法的根本特质。

在所有生造概念中，最莫名其妙的是所谓二元礼和苦行礼。鉴于礼的繁纷复杂，无论是礼法规范还是礼学表述，往往对礼作分类处理。《周礼》的分类是：吉礼、凶礼、军礼、宾礼、嘉礼五类。每一大类礼中，又有更具体的小分类。二元礼、苦行礼在礼法分类上没有出处。若能用以科学解释某种礼法现象，生造或杜撰非用不可的学术概念无可非议。问题在于，二元礼和苦行礼有可议之处：论者未能给二者各下一个既有外延、又有内涵的明确定义，而是径直用以发表各种意见。对这大量运用的两个关键性概念不下定义或不能下定义，本身就是思维和理论不严谨的表现。论者礼法言论的荒诞性在很大程度上取决于这两个关键中心概念的不成立。

在生造概念的错误起点上迈开的第一步，就是引发相关的一系列难以成立的理论范畴，进行臆想的说明和论证。在二元礼的统率之下，引发的是二元礼的基本特征、二元礼的内在张力、二元礼的言述性、二元礼的双重结构、二元礼最糟糕的方面、二元礼的常规和动作的基本模式之类的范畴。有意思的是，这些引发的范畴跟它们的母体概念一样，也没有得到界定，而是直接牵扯出说明、论证的大段话语。如此一来，云天雾地一般的理论表述就一段一段闪现出来。以“二元礼的基本特征”而言，论者的表述是：

> 在我看来，二元礼的基本特征是，它在世俗中确认神圣，因此既是道德的，也是功利的；是象征性的，同时又是工具性的。儒家的礼仪世界是一种理想的规范秩序，在这一秩序中，社会地位与等级被理解成人与人之间相互的责任关系与道德义务，并且最终与宇宙的自然秩序相一致。但是，这样一个神圣的、“自然的”规范秩序，同时也形成了政治关系和现有秩序的基础，它的动作与社会交换、协商及权力操纵紧密相连。(商伟《礼与十八世纪的文化转折》)

尽管这段话是通顺、明白的，毫无文字障碍，但所表达的礼法理念到底是什么，我们在反复阅读之后依然不知答案的真谛。有关二元礼的论述，都是以这种不能确解的姿态呈现在读者面前的。因此，读完全部二元礼论，我们仍然不明白“二元礼”是怎么一回事。

论者朝理性荒诞陷阱迈开的又一大步，是取用逻辑上的诡辩方式，偷换概念，强词夺理。关于“苦行礼”的全部言论，主要靠这种诡辩方式才得以产生。在这一部分里，论者不再由此生发那些不能成立的理论范畴，而是采用举例说明的方法，把《儒林外史》中各种人物的故事作为传声筒，借以印证自己预构或臆测的见解，同礼法自身却没有丝毫联系，或没有实质性的内在联系。

突出的例证，莫过于郭孝子的故事。论者为宣示自己的“苦行礼”的理念构想，把郭孝子二十年寻父故事当作了最佳标本和注脚，花费许多笔墨，写下了《郭孝子：行动中的苦行圣徒》《苦行礼》《郭孝子的忏悔：幻灭的一刻》等三大段专门论述，总字数在万字以上。除了叙述郭孝子的寻父故事情节，就是用以说明、论证“苦行礼”的各种观点。择其要者，有以下五段话：

1. 回到第三十七和三十八回郭孝子的故事，我们可以看到其中交织着苦行礼超越世俗权力利益关系和以礼仪实践替代言说的两个基本主题，但又各自有了新的发展和变奏。

2. 很显然，郭孝子的苦行礼是对双重性的言述礼的批评反应。

3. 郭孝子也许不是一个令人信服的小人物，但重要的是体现了他所行使的礼仪行为的实质，即苦行主义的切实行动、自我牺牲和绝对承担。

4. 郭孝子……他的苦行礼功亏一篑，善始而未能善终。

5. 对郭孝子寻父的叙述，引出了第三十八到五十五回中的一系列在生活实践中诠释苦行礼的最终失败的尝试。

请注意，论者如此频繁地把“苦行礼”同郭孝子其人捆绑在一起，对于压根儿不看小说原文的人们来说，百分之百会信以为真。然而，只要把小说原文读一遍，就会立即明白，郭孝子寻父故事之中，连“礼”的影子都没有，又何谈什么“苦行礼”呢！可见，这五段关于“苦行礼”的论述，纯属论者的强加，与郭孝子本人的寻父经历、见闻没有一丝一毫的瓜葛。看这样的学术话语，跟我们阅读荒诞派小说一样，感到很新奇，却不知在说什么。

实际上，郭孝子二十年如一日地寻找失踪的父亲，吃尽人间千辛万苦，还有遇见深山老虎的风险，找到父亲后遭到父亲当面拒绝相认的尴尬，以及郭孝子不得不靠打工来养活父亲大半年等故事情节，体现的是儿子对父亲的“孝”。这种实质内核，论者并没有读错。他出错的症结，在于偷换概念，强行把“孝”说成是“礼”，又附会为“苦行礼”。论者偷换概念的过程，有两个阶段：先大讲郭孝子寻父过程、行为的“苦行”，从而突出了“孝”的实质内涵；接下来，抽象出理性结论，在似是而非的判断中把“孝”变成了“礼”。论者说：“如果孝是神圣的礼仪义务，那么它就必须依据规定付诸行动”，这就躲躲闪闪地暗示读者，郭孝子的“孝”，是“苦行礼”。有了这种铺垫，下面就下结论说：

> “孝”是儒家礼仪秩序的核心，而将孝行变成仪式行为……只须径直做去。

这种暗示也好，这种结论也罢，都没有摆脱偷换概念的毛病。礼仪，无计其数，除对长辈的丧礼、葬礼、祭礼这极少数的礼仪寄托着晚辈子孙的“孝”之外，其余礼仪完全无“孝”可言。偷换概念的结果，除了有利于论者达到把“孝”说成“苦行礼”的预期立论目的之外，半点用处也没有。而这种立论结果，使论者的言论变成了荒谬、荒诞的堆积物。

此外，余氏兄弟的故事、王玉辉的故事，也都成了论者鼓吹“苦行礼”的传声筒。事实却是：余氏兄弟的故事只不过涉及父亲的“葬礼”，而王玉辉的故事仅涉及女儿的“祭礼”，仅此而已，哪有什么“苦行礼”！明摆着的礼法事实，又一次宣告了论者大发“苦行礼”议论实在是吃力不讨好。

论者误入理性荒诞的最后一步，是讨论礼法中根本没有的东西，即“儒礼的象征性”。中国古代的礼法，跟世上所有法律一样，都是用平实的语言表述行为规范，故礼法文本全是实用性的语言文字系统，根本没有文学艺术作品的象征意义和象征性。这种浅显的道理一说就明白，没有什么学问可做。可论者不仅宣告自己“看到儒礼的象征性”，还写出了《礼仪和象征秩序》的大块文章，篇幅在一万字左右。

此论赖以立足的是小说第四十七回方盐商的故事。故事的核心，不过是富甲一方的大盐商方某的母亲方老太太的亡灵入祠安位的一场祭礼仪式罢了。

论者全文抄录了小说描述祭礼仪式前虞华轩前往参加仪式的情形以及整个仪式推进的场面的两段原文，然后泼墨挥发其礼法议论，经过反复腾挪、叙述、推理，我不曾见到关于“儒礼的象征性”本身到底是什么，而只是从字里行间找到一些不相干的“象征”词句，如“财富象征着地位，并要求以象征的方式来表达并获得承认”。“旌表节孝已经变成了身份和地位的象征”，“节孝祭礼象征意义背后的权力和经济利益关系”，“通过礼仪的象征手段来获取和展示道德权威”，“礼仪本身却变成了腐败的象征”，“象征资本都是通过仪式而得到认可”，“他们永远无法真正地独立于政治文化或象征体系之外”，等等。有兴趣的读者即使把这些带有“象征”词句的东西整合在一起，反复推敲，保证你还是读不懂“儒礼的象征性”为何物。

综上述，论者的全部礼言论，完全没有看到古代“礼”与“法”的密切联系。

二　名为《儒林外史》研究，实为在小说文本之外做学问

这部专著的副标题是《〈儒林外史〉研究》。既然如此，我们就应当把论者的礼论系统与这部小说如何描写礼法的实际联系起来作进一步考察。考察的结果表明，洋洋二十多万字的礼言论名义上是在作儒林外史研究，而实质上则是在小说文本之外做完全不相干的学问。这就是笔者认定的理性荒诞的又一突出表现。

论者在《全书概观》这一节文章中宣称：“我首先指出，《儒林外史》从否定二元礼开始（小说第二回至第三十回），继而转向暴露苦行礼的症结所在（小说第三十一回至第五十五回）。”小说的实际果真如此吗？先看看小说第二回至第三十回中是否有关于“否定二元礼”的内容。依次看下去的结果，只是有接连不断的丧礼、葬礼或婚礼的描写，根本不见有什么“二元礼”。由此可见，“二元礼”云云，并非小说第二回至第三十回固有的意蕴内涵，只不过是论者本人将臆念强加于小说罢了。

若按小说自身寓意而言，礼法描写别有所指。以被论者着力加以论述的第五回严监生与赵氏妾举行的婚礼、接着的正妻王氏的丧礼而言，就被完全误解。论者在“二元礼”的双重结构理念语境中谈论这两个礼仪，颠来倒去

的议论都不着边际。究其根本原因，在于抛弃了从小说完整的故事情节出发，从中抽象出合乎实际结论的阅读和评论的基本原则、方法。严监生的完整故事系统，由三个礼仪和一场官司所构成。这三个礼仪是上述婚礼、丧礼加上严监生本人的丧礼，它们最后导致的官司，是作为新正妻的赵氏，在丈夫死后遭到严贡生的欺负而引发的。她到官府控告严贡生的法律诉求，既有维护自己的身份、地位、尊严的成分，更有继承丈夫遗产的权利成分，完全合法合理，故不服判决的严贡生告遍了各级衙门，全以失败告终。把三个礼仪与一场官司的来龙去脉究明之后，出现在人们意念中的法律内涵，可作这样的概括：在一夫一妻、一妾、一子的四口之家，不管夫、妻、妾以及局外人（王义、王仁等）如何算计各种利害、得失，总是可以通过礼法和礼仪来规范的，至少得按礼法形式走过场、装门面。一旦礼法失效，则可以诉诸公堂，由强制性的刑法和别的部门法律来解决争端。这样一来，我们就从严监生的家庭故事中读到了中国古代社会中礼刑并用的法制史特征。

严监生的家庭故事、严监生临死时伸出两个手指而不能说话又不能断气的细节，是人们乐于称道的成功艺术描写，而上述深刻法理寓意，更值得称道。遗憾之至的是，不通法律的文学家对此视而不见。商伟虽有所见，却因为没有相应法理根基而不能言，他津津乐道的东西也就言而有误。

那么，所谓“二元礼”、所谓“二元礼的言述性”之类的礼学外行话从学理上来讲，到底错在什么地方呢？仔细审视有关全部论述，可以看出，论者所谈，其实就是一种礼法现象，即人们，尤其是自命不凡的文人们，在礼法、礼仪出现的场合，他们出于各种原因，往往会发表漂亮宣言，把自己打扮成礼法的忠实信奉者、遵守者，至于骨子里的真实货色则藏而不露，甚至行动上同礼法规范背道而驰。这种现象，在日常生活中通常称为言行不一，口是心非。“语言的巨人，行动的矮子。”这格言也是讲的这个道理。

论者所说，其实就是针对的这种用礼法语言装饰自己的虚假、丑恶。他错就错在不是揭示这只讲好听的礼法言词，而不做遵守礼法的实事的虚假、丑恶的本质，反而将其视为礼法自身，美其名曰：“二元礼”。如果此说能够成立，势必取消礼学。须知，礼学全是讲的礼之理，美妙动听的言辞如同汪洋大海，《儒林外史》中人所谈何足挂齿。仅以荀子的《礼论》这一篇礼学论文为例，该比《儒林外史》中文人高明多少倍！然而，没有谁把荀子的礼法论称为“二元礼”，因为这礼法言论根本不是礼法规范自身。

再来看小说第三十一回至第三十五回到底是不是在于“暴露苦行礼的症结”。我们在上文已说过，论者用郭孝子的寻父孝行来论证“苦行礼”根本不能成立。接下来的一系列论证同样不能成立。其理由，不仅仅在于所有论述全部违背了礼法原理，而且同小说实际完全脱钩。在郭孝子的故事里，压根儿没有任何礼法言论和行动，拿什么侈谈所谓“苦行礼”呢！

第四十四回和第四十五回余氏兄弟的故事，虽然有为父母亲办葬礼的情节，但以此作为“苦行礼的本意所在”，却不可思议，因为其中另有内涵。关于这一葬礼发生的缘由，从兄弟俩的对话可见眉目。

> 二先生道：“哥这番去，若是多抽丰得几十两银子，回来把父母亲葬了。灵柩在家这十几年，我们在家都不安。”大先生道：“我也是这般想，回来就要做这件事。”

能从这对话看到什么呢？办葬礼要花钱，穷人拿不出几十两银子，葬礼就办不了——这个看法并不错，礼法与经济关系密切，就跟今天法律与经济关系密切一样。然而，这里还有一层意思：余氏兄弟把父母的灵柩安放“十几年”而不下葬，已构成犯罪。查《大清律例》，在《丧葬》条下有立法解释云：“职官庶民，三月而葬。”再看正文，明文规定说：

> 凡有丧之家，必须依礼安葬。若或于风水，及托故停柩在家，经年暴露不葬者，杖八十。

由此可见，余氏兄弟由于不懂法，犯有该“杖八十”大板的罪行，竟浑然不知。这还不算，在日后外出时，余老大与州尊联手私了风影其人的杀人命案，得到一百三十多两银子的黑色收入，这是余老大又一次犯罪。余老二得知案发消息，就有意替哥哥顶罪，其手法是钻法律的空子，欺骗办案官员。原来，逮捕人犯的公文上把余老大的名字“余特”错写成“余持”，余老二正好名叫“余持”，于是他用这一契机又是到官府口头表明自己清白无罪，又是书写诉状呈送官府，从而把法定的“私和人命”的罪名弄得不能落实。在这里，余老二干扰司法公正的罪行一清二楚。这就是说，余氏兄弟先后两次犯罪，得到一笔赃款，这才把父母亲的葬礼仪式进行完毕。作为文学研究，不从礼与刑的几个层次的结合上分析其中的法理法意，却用以印证“苦行礼”，岂不等于玩游戏，捉迷藏吗？

第四十八回老秀才王玉辉劝女儿为亡夫殉节而死，终于获得隆重葬礼的故事，被“五四”时期的读者指控为“吃人的礼教”“以礼杀人”“良心与礼教的冲突”，并被鲁迅写进了他的《中国小说史略》，应当说是值得肯定的定论，同时更应加以法理上的进一步阐释。论者的看法却是：

> 此说不无可取之处，却失之于激进偏执，遮蔽了小说叙述的暧昧与歧义。

依据这一理解，论者在《王玉辉的历程》这一节文章中花费了万言的篇幅，还在《反思苦行礼》这一节用了一万多字，一次又一次地详细说明、论证，除了在小说文本之外做学问，就是对所谓“苦行礼”的阐释、强调。有关观点主要是：王玉辉的“礼仪主义的道德想象不过是儒家苦行礼的逻辑推向了极端，并且与家族制度和宗法伦理连为一体”；“由于王玉辉承担了礼仪履行者和仪注作者的双重角色，他再好不过地体现了礼仪主义行动与书写之间的反讽张力”；“王玉辉的道德苦行主义的确可以说是对言述礼的一个强力矫正”；“王玉辉的故事所讲述的正是家族和地方社会如何以至高无上的道德名义，剥夺了个人的基本利益与情感诉求，将苦行礼发展为制度性与合法化的集体暴力”；“王玉辉所体现的苦行礼，则是要摆脱这一双重性，不惜牺牲世俗利益，以捍卫和强化宗法制的纲常礼教”，等等。读着这些言论，我不禁在想：如果王玉辉是一个活着的人，他一定会大声反抗：我没有这么做，也没有这么想！

不错，我们应当还王玉辉以本来面貌。他是一个勤学而无成的三十多年的老秀才，更是一个被礼法信念征服了的俘虏，苦心钻研礼书，将礼仪条文分门别类整理成书，是他为学的一件大事。在《儒林外史》的文人堆中，唯有王玉辉是一个自觉学礼法、守礼法、为礼学研究作贡献的人。小说写他，并非要将这些人作为样板加以讴歌，相反倒是讽刺他沦为礼法的俘虏之后，丧失了人性，把女儿的轻生念头与行为，当作青史留名的美好之事来支持、歌颂。王妻不胜悲哀，王玉辉嫌她不明事理，而他本人连叫“死的好”。女儿死后果然被认作烈妇而享受了隆重葬礼。依礼法、礼学，王氏父母堪称礼法楷模。吴敬梓从这楷模的出笼过程、结局，洞察到的礼法真谛，确如“五四”读者与学者们所一针见血地指出的那样：礼教杀人。我还要加上一句：杀人不见血。“王玉辉的历程”，没有别的解释的可能性，尽在“礼法杀人，礼法礼教杀人不见血”这简明扼要的认定之中。

如果想在这定论基础上拓展阐述深广度，那方向和办法，绝对不在另起炉灶玩新概念，而在于挖掘礼法所以杀人、杀人不见血的深层根源。我以为，不同类型的礼法，有不同的杀人途径和方式。直接杀人、杀人最多的是死人之后的丧礼、葬礼和祭礼。《礼记》中有《祭法》《祭统》《祭义》这三篇文章，都是讲的祭祀之礼的各种具体规定、做法与意义。礼法的等级制度，在这里也是很森严的。例如宗庙与祭坛的设置数量，依次为王立七庙一坛，诸侯立五庙一坛，大夫立三庙二坛，适士二庙一坛，官师一庙，庶士庶人无庙。(《礼记小戴·祭法》)

对死者的祭礼这种等级制度，既隐藏着尊贵者的死的伟大，也暗示着平头百姓的死的藐小可怜。中国人的俗话如“好死不如赖活着”以及骂人的话“不得好死”，应从这里找根源。因此，死后无庙无坛的百姓要想有一个“好死”，只能是死得越惨烈越好，因为当局可以“忠臣”“烈妇”的美名在礼法外开恩，给你一个厚葬之礼，甚至立贞节牌坊。就这样，祭礼、葬礼里面暗藏诱惑死亡的杀机。

灵魂被完全征服了的王玉辉之所以鼓励女儿殉节而死，在她死后口口声声说“死的好”，就在于他从熟知的不同等级的祭礼中看到一线希望：穷读书人的女儿要想得一个“好死”就得殉节送死。如此轻生，把生命不当一回事的畸形心理，就是由高度重视祭礼的礼法制度与诱惑力所塑造的。“礼教杀人，礼法杀人不见血”的深层原因，应追溯至此。依论者的解读逻辑，根本没有抵达此处的可能性。

论者在小说文本之外做学问，在所谓“泰伯礼”方面尤其突出地表现出来。所谓“泰伯礼”，就是泰伯祠里举行的一次祭礼仪式，并无多少学问可做，而在论者著作中仅从大小标题就可看到，除了第四部分两章专门议论之外，第一部分的一、二、三章都有专节加以论述。以小说自身的礼法寓意而言，并无多少神乎其神的东西可以言表。

小说为什么在第三十七回像拍摄电影一样把这次祭礼的画面一一摄取下来？说白了，就是让读者从祭祀上古贤人泰伯的场面观察和体验那貌似庄严、神圣的仪式背后滑稽可笑的东西。越是现代的读者，越能看出走形式、走过场的可笑性质。

论者动辄拿《儒林外史》同其他明清小说相比较。说到这次祭礼，可比性最强的莫过于《红楼梦》第五十三回所写贾府宗祠的祭礼。二者在描述祭礼的程式、场面、众人演戏一样的动作和表情，多有类似之处。其区别只在贾府是祭祖宗，而泰伯祠里是祭吴国的鼻祖太伯这个公众人物。认祖归宗，是其共同点，弘扬先祖、先贤的美德是祭礼仪式的道德内涵。至于走出宗祠、泰伯祠之后，人们是龙是虫并不依祭礼的道德内涵为转移，而是各行其是。惟其如此，张扬祭礼形式的泰伯祠日后的坍塌，就是必然趋势。从小说实际出发看泰伯祠的祭礼大约就是如此。论者几万言的“泰伯礼”论不仅名目站不住脚，更重要的是所议有虚张声势、小题大做之嫌。

这里要特别指出的是，一部《儒林外史》的完整内容，应当是礼与刑并行与交融的真实反映，“礼”相形之下处于弱势，占主导地位的是“刑”，即全书接连不断出现的法律争讼案件，还出现了潘三这种包揽词讼的恶棍。若以“礼与刑迭相为用”（白居易语）的观念烛照全书，作系统研究，才可真正合乎实际地阐释这部经典作品的内容。

论者所谈，反次为主，且对次要地位的“礼”几乎全部误解误读或全然未读，故《儒林外史研究》只剩下一个空洞的标题。

三　学术错误的连锁反应，暴露了学界的颓败倾向

本文所认为的理性荒诞，还表现在商伟的专著在中国出版汉语版本之后所产生的学术错误的连锁反应上面。

“凯风评论”选定该书为“高水平”的作品，郑重其事进行座谈、讨论、发表评论文章，所发表的评论文章均未尽到追求真理、修正错误的职责。为

此，本文不能不对我所读到的经过删节的三篇评论文章进行批评。总的来说，三位评论者的文章表明，他们的确属于文化人中不通法律的群体，故对商伟二十多万字的礼法外行话的致命弊病不能确认确诊。如此隔膜的评论话语，理所当然不可能有中肯的褒贬。

若具体分析，三位评论者又各有独自的缺失。杨念群的《“二元礼”践行困境的历史根源》一文，对根本不能成立的“二元礼”“苦行礼”“泰伯礼”持肯定态度，这就决定了他必然失败的趋势。其全文在这几个不能成立的概念中兜圈子、提问题，这跟商伟一样踏入了理性荒诞的陷阱，仿佛一对难兄难弟在困境中互相扶持，连逃出去的动念都没有，怎能有评判是非的可能性呢。例如，明明郭孝子的故事与礼法无关，被商伟作为“苦行礼”的典型实践者，理应全盘否定，而论者表态说“最为震撼”。在此大前提下，评论者又提出一个小小的疑问和批评：

> 但郭孝子奉行的孝举与“泰伯礼”的形式主义之间有何关联却难以得到有说服力的证明。(《中华读书报》2013 年 4 月 10 日第 9 版)

既然商伟关于郭孝子的全部论述完全不能成立，那么评论者大褒中带小贬的评价，也就说不通了。

陈来的文章，标题很有战斗力，看似理直气壮地反驳不能成立的“二元礼”和“苦行礼”两个关键性概念，但看文章的实际表述，我们不免有大遗憾。首先是离题的枝蔓过多，切题的关键性反驳反倒语焉不详。尤其是对自己的反驳底气不足，态度游移不决，这是我对该评论者很失望的地方。他说：“商伟的书是以二元礼和苦行礼两个概念形成总体框架，我对此还是怀疑的。苦行礼的说法基本是不能成立的，中国历史上，没有这种苦行礼，也没有这么说的。……我的看法，苦行礼的概念恐怕是不能成立的。”对于二元礼的概念，评论者反驳得更加软弱无力。他说：“说礼具有二重性可以，但很难说二元礼。”这样胆战心惊，左一个“怀疑”，又一个“恐怕”，还有“很难说”，表明评论者的质疑与反驳尚处在感性猜测水平上，没有提升到理性判断阶段，更无斩钉截铁般的结论。

商传的《从明代历史看〈儒林外史〉》一文，开头一句话就是：“拜读商伟先生大作《礼与十八世纪的文化转折——〈儒林外史〉研究》，受益匪浅。”（《中华读书报》2013 年 4 月 10 日第 10 版）对一部站不住脚的学术专著感到“受益匪浅”，证明了已被理性荒诞言辞所俘获，评判是非也就无从谈起了。果然，该文对根本不能成立的“二元礼”“苦行礼”“泰伯礼”持肯定态度。此文虽谈到了法律，但谈的是法律的外行话：“在中国传统社会中，礼在一定程度上是有法的作用的。它……补充了法律的不足。”正确的说法，应当是：礼就是法，礼刑并用是中国传统社会法制史的一大特征。唯有运用这样确切的法律眼光，才能看透论者根本不知礼作为法律的属性、特征、功能以及实施中产生的现象、问题的根本性缺憾。一句话，唯有具备礼法思想和理论基础功底的学人，才可能认定商伟二十多万字的礼言论都是未能正确认识古代“礼法”的。

三位评论者的评论，就这样以重大缺失跟论者的理性荒诞呈彼此呼应之势，构成了学术错误的连锁反应的重要环节。

这一学术错误的连锁反应的最后环节，是被评者商伟对座谈和评论的“回应”文章的发表，使我得以窥见论者不仅没有进益，反倒在已经跌落的理性陷阱中感觉良好，越陷越深。我之所以这样失望，有三个理由。第一点，任何对学术评论中受到批评的当事人的“回应”立场、态度、效果，都是以评论者是否打中要害为转移的。假如批评意见完善无缺，将论者置于无可反击的境地，被评论者可能默认，也可能公开认输，理直气壮“回应”的可能性不大。

如今商伟站出来以反击“批评意见”作为“回应”文章的基本内容，写下一整版的大块文章，恰恰证明三位评论者都未能打中要害。因此，这样的批评与反批评，都只能是在真理门外的你来我往。学术错误连锁反应的实质，恰在这种无意义的文字表述的互动之中。

读了“回应”文章，懂门道的学人就会发现，论者在书中暴露出来的固有学术缺憾，在其作“回应”之际，得到进一步彻底暴露。这一点，恐怕论者始料未及。谈礼的各种语境中，论者每引用海内外学者的不相干的见解来作为支撑点，这给人的感觉是缺乏中国礼学原理的修养。这本是一个突出缺憾，不料在其回应文章中又得到重申和强化。事例一，是论者在哈佛大学的人类学课程上读了一个外文单词，它——

> 在中文中可以勉强译作“仪式”或“礼仪”。(《中华读书报》，2013年4月24日)

于是产生联想，“想到《儒林外史》的第三十七回，几乎动用了整回的篇幅来写了一场泰伯祭礼，从这里入手，或许可以找到解开整部小说的一把钥匙”。这个例子足以证明，论者的礼论动机以及整部著作撰写的灵感，并非出于丰厚的礼学修养的启迪，也不是对小说的礼描写有独到心得，而是不相干的充其量是一个类似外文单词的刺激。正是因为如此，在书中一谈礼，就每以“礼仪”加以指称，这就太“勉强”了。中国古代礼法之礼，是一个古老的怪异概念，若译成任何一门外语，都会碰到难以解决的困难，因为它就是法律，可以“法律”译它，但又失去了与“刑”相对的特殊意义。译“礼法”呢，在现代汉语语境中绝佳，可在外文里却没有什么“礼法”可言。从外文单词倒过来联想，绝不可能联想到“礼法”上面去。论者的法律外行话的病灶之一，恰好在这次莫名其妙的“联想”上面。

事例二，在书中本来谈到韦伯的意见，我以为不当，不料回应文章又强调韦伯，突出韦伯的“苦行主义”的理论，为其“苦行礼”论述撑腰。殊不知，越这样“回应”，就越证明论者有错，并且是错在饥不择食式的学问之道。可以断言，韦伯的一套理论对于解读礼法之奥秘毫无用处。因为，礼法规范、礼法理论中，根本没“苦行礼”“苦行主义”的客观事实，《儒林外史》中同样不存在什么“苦行礼”的语言文字信息的事实。

事例三，“回应”文章不承认“二元礼”的不能成立，却承认“借鉴了”两位海外学者的“有关经典儒家的论述”，声称“在学理上是有脉络可循的，并非我自己的发明”。论者以为，有了这一说明，“二元礼”就更有理由成立了，事情的结果适得其反：由于用本身出错的理论概念和见解作立论基础，那么后果必定是错上加错。

最后一点理由，是论者的回应文章表明，他在一场虽然严肃认真，但没有什么积极成果的评论活动过后，固有的法律外行性质的错误立场、观点都丝毫没有长进性的变化，因而“回应”的结果只能是固执己见，一错到底。

他在文章中“首先需要澄清的”东西，就是原文照抄书中那段把“礼”解释得无所不包的话。为了说明问题不得不再转抄一次这段话：

礼是一个极为广泛的概念，“涵盖了个人行为和社会交往等各个方面的行为规范，并且，最终构成了在宇宙自然的理想秩序中安顿社会人伦关系，并赋予其意义的一个无所不包的系统”。

其实，这个解释，只指出了礼的涵盖面的广泛性，而没有指出更重要的作为法律的性质的这一关键之处。因此，整段话就失去了归依，像断了线的风筝，不知将坠落何方。

以上所谈，是围绕《礼与十八世纪的文化转折》这部学术专著从撰写到在中国出版汉语译本，再到被评为“高水平”学术专著、进行专门座谈，发表评论文章以及被批评者的“回应”这中心事件而出现的种种不如人意的理性观念。若归结它们，从中抽象出一个共同的带倾向性的理念，或形成一种关系到海内外学术的前途和命运的结论，我可以冒天下之大不韪地说：在一个特殊领域里，当今海内外学人都有其共同的致命弱点，这就是要么视而不见，要么见而不能言，要么一言就出错——可将其命名为人文社科学界的颓败倾向。

本文所谈，可归结为一句话：这种颓败倾向触目惊心，使大家跌进理性荒诞陷阱，狼狈不堪，可人们却安然处之，岂不怪哉！

四　《儒林外史》是涉法文学领域的对象之一

上述使海内外学人一筹莫展的特殊领域就是笔者鼓吹、摸索了近三十年的涉法文学大世界，而《儒林外史》是这大世界中的对象之一。因此，只有把这部小说名著置于涉法文学的语境中，才有可能得到正确的解读。

余秋雨在《北大授课》中把明清小说中的佼佼者排列出如下名次：“第一名《红楼梦》；第二名《西游记》；第三名《水浒传》；第四名《三国演义》；第五名《聊斋志异》；第六名《儒林外史》。”非常有意思的是，这六部小说全部是经典的涉法文学作品，笔者近几年已陆续写出“法说”的系列书稿。

《儒林外史》中的“礼”信息量不在少数，但相形之下，“刑”信息量更大更多，它们突出表现在各种民事案件、刑事案件的发生和公堂的审判活动接连出现，如第四回的和尚吃官司案件、汤知县审理的偷鸡案和牛肉案，第五回王小二猪的纠纷案，第六回严监生的未亡人赵氏妻控告其弟严贡生的案件，第九回商人杨执中被指控的案件，第十二回张铁臂的诈骗案，第十三回权勿用被控告的案件，第十五回温州张氏父子相讼的案件，第十七回某县官去留而引发的殃及匡超人的案件，第十八回盐商支剑峰被捕的案件，第十九回恶棍潘三所包揽的轮奸案和制造的匡超人代考案、潘三本人被捕案，第二十四回牛浦行骗被控案、知县坐堂所审杀父案、毒杀兄命案、谋杀亲夫案，第二十六回王三胖的未亡人胡氏妻的控告王家儿子的案件，第二十九回“夷十族”的历史旧案，第三十四回的响马抢劫案，第三十五回卢信侯私藏禁书案，第三十六回端监生的赌博案，第三十八回郭孝子路遇的木耐夫妻装鬼骗钱财的案件，恶和尚赵大的打人、杀人、吃人的恶性案件，第三十九回萧云仙仗义行侠把恶和尚双眼打瞎的案件，第三十九回由商业纠纷引发的武斗案及其升级的武装叛乱案，第四十回萧云仙的经济案件和沈家的婚姻纠纷案件，第四十一回沈琼枝被控告的案件，第四十三回强盗抢劫盐船的案件和用武力解决的冯君瑞案件，第四十四回至第四十五回余氏兄弟犯罪案中有案的连环案件和葬礼违法的案件，第五十回至第五十一回万中书诈假官而弄假成真的案件，总共有三十五件之多。相比之下，为数较少的礼法描写显得微乎其微。我之所以不厌其详把这些案件一一罗列出来，就是要用雄辩的事实证明：《儒林外史》作为涉法文学经典文本之一，其主要篇幅描写的是清代刑法实施于社会的混乱不堪的现实图景，礼法则是处于次要地位并渗透在其中的法律现象，法制史学家津津乐道的礼刑并用的法制史特征因而在小说中得到别开生面的诠释。这就是《儒林外史》思想内涵的真谛。严格从小说实际出发，做负责任的忠实解读，只能是揭示并阐述这法律思想的真谛。由此，也就不难知道，商伟的专著离小说文本自身的实际该是何等遥远！

这里应当指出，商伟研究《儒林外史》的失误以及此次讨论活动中一系列相应的学术失察失误，并非孤立事件，的确是海内外学界至今不明涉法文学为何物的学术空白的集中暴露，也是本文所强调的理性荒诞的实质之所在。就今天学界的整体倾向而论，不管文学家、文化人的学历多高，资历多老，名气多大，学术成果多好，只要对经典涉法文本发言，就毫无例外地出错。例如中国文学史、外国文学史一类的教科书，误读误解涉法文学文本的不计其数，叫人坐卧不安，忧心如焚。而对此种局面，笔者多年来一直有“世人皆醉，唯我独醒”的屈原式的慨叹。以上所谈，可说是这种慨叹的又一次抒写和发挥。

笔者是一个笨人。近三十年来之所以能在文坛喋喋不休叫喊不已，之所以敢向国内外一切名家、权威叫板和挑战，仅仅只是因为我的法律意识觉醒较早，看了许多一般文化人不愿意看的法学著作以及法典文本，于是对涉法文学有一系列发现与感悟，同时也对纯文学研究的弊病有较深入的了解。就凭这点优势，我获得了涉法文学的话语权。愿与海内外文学家、文化人和广大读者分享我的这一为学体验。

附录3　再论文学界的理性荒诞现象触目惊心

——评《带灯》的法律主题

2013年5月9日，拙文《严肃学术追求中的理性荒诞现象触目惊心》完稿，它是由《儒林外史》研究及其有关讨论中一系列重大谬误引发的。当时绝对没有想到，时隔二十多天之后会再一次看到同一性质的理性荒诞现象出现在文学界。

一　关于《带灯》评论的新闻报道是本文"再论"的驱动力

《中华读书报》2013年5月29日第1版的头条新闻，报道的是贾平凹的新作《带灯》引发争议的概况，它引起我阅读《带灯》的强烈好奇心，于是连忙从书店买回一本，反复阅读不已。回头再看这则新闻，我立即感觉到自己刚刚撰文抨击的文学界不通法律而造成的理性荒诞现象的触目惊心，又一次在广泛的范围内爆发出来。我决定撰写本文，再一次迎头痛击文学界不通法律所造成的痼疾与流弊。

本文认为，《带灯》是一部无论在贾平凹的长篇小说中还是在整个当代中国长篇小说新作中，都堪称不可多得的优秀涉法文学作品，其法律主题思想可作这样的概括：它以"上访"与"维稳"之间的矛盾冲突为叙事主线，暴露和抨击了当今农村社会存在的党政领导人权力滥用严重干扰和破坏法制建设的弊病。上述新闻报道事实表明，偌大中国的文学界，竟然没有一个评论者能够同小说固有的法律主题沾边。换一句话说，对于《儒林外史》《带灯》这类古代的和当代的典型涉法文学作品，纯文学家完全不能解读它们的法律思想内容。此种由来已久的理性荒诞现象的普遍存在和一再暴露，的的确确证明了不通法律的评论所造成的理性荒诞现象达到了触目惊心，非痛加救治不可的地步了。

报道中的众多“酷评”文章，纷纷指责《带灯》所表达的“思想贫乏无力”。事实却是它的法律主题思想丰富多彩，深刻有力。

报道中提到的在西安召开的有关学术研讨会上评论者的肯定意见，也都是论者的自说自话，与小说自身毫无关系。雷达把贾平凹与巴尔扎克这位大师相提并论，他说：“过去说巴尔扎克在他的《人间喜剧》里，给予我们一个法国社会的卓越的现实主义历史，我要借用一下，贾平凹在他的数量巨大的乡土书写中，也给了我们一部中国乡土灵魂的现实主义历史。”记者如实报道这段话之后紧接着又报道说：“评论家雷达高度评价贾平凹在经济学、社会学、风俗史方面，提供了比职业学者要多得多的细节真实。”（《中华读书报》2013年5月29日第1版）

老实说，这种与法律无关的公式化评论话语，可到处搬用，对《带灯》这部涉法小说而言，丝毫作用也没有。须知，《带灯》的“细节真实”尽在法律描写之中。据笔者统计，各种法律细节描写有四十处左右。要想从上述宏观而粗略的法律主题进一步把握其法律认识价值的丰富性，具体了解作品抨击法制不健全所取得的法律思想成就的方方面面，一一解读这些法律细节的内涵，至关重要。

雷达的公式化评论的失败，从负面上说，对于上述“思想贫乏无力”的全盘否定意见，不仅不能纠正，反倒在随波逐流。他说：贾平凹“也面临着作品缺乏穿透力与宏观把握力的困惑，或如许多人所说的缺乏思想光芒”。从正面来说，其失败在于数量巨大的法律细节他一个也看不到，故作品到处闪现的法律“思想光芒”无从进入他的理性视野。论者的公式化评论无论从负面、正面看，从宏观、微观看，都是全然无用的。

报道中提到的另一个评论者李星，不从作品的法律描写的实际出发，而抓住小说中书记这一人物的名字“隐匿”的所谓细节，进行猜谜一般的评论，写下这样猜测性的话语：“将一个可以称之为政坛精英人物置于锐利的解剖台之上，我们似乎可以窥见贾平凹对他匿名处理的用心。‘他’是当今中国社会，特别可能是县以下基层社会产生的最集中、也最坚硬的‘权力’拥有者的象征。”事实上，书记及镇长、副镇长等人滥用权力，已沦为刑事罪犯，侈谈“权力的象征”有何用呢！

报道中提到的其他专家、教授的意见，也都是纯文学话语，同《带灯》的法律主题不相干。

就这样，当今中国文学界就《带灯》发表评论的人们，无论褒贬，都在小说本身法律主题思想大门之外发表言论！

我没有机会看其他散见于全国各地报刊的有关评论，但可以大胆而负责任地说：除了涉法文学研究者有可能发表较为合乎实际的评论之外，其他任何学人都不能逃脱理性荒诞的无形陷阱。有追求真理精神的每一个人，都会为此忧心如焚。以下，不妨把话题转向笔者对《带灯》的法律主题的解读，意在提供一个可资比较、鉴别的评论话语系统，以便将本文的针砭、救治深入下去。若是笔者的偏执、狂妄而无自知之明，那么也算是留下一份不打自招的口供，以便大家挽救一个在学界敢犯众颜的饶舌者。

二　“上访”：公民行使法律赋予的言论自由权利

《带灯》的法律主题，有几个表现层面。“上访”，是其中格外突出、显眼的层面。所谓“上访”，是民间的习惯性口语词汇，并非规范的法律术语。而在法律语境中给“上访”下定义，则非常困难，因为它涉及到的法律部门与相应活动、相关法理，丰富得难以枚举。宪法明文规定公民有言论自由的权利。这一权利体现到各部门法律之中，又有种种称谓。例如：《刑事诉讼法》称之为“上诉权”，规定不服一审法院的判决，刑事被告和家属，有权向上级提起诉讼，简称为上诉。《行政诉讼法》称之为“诉权”，规定公民不服行政机关的行政行为，有权向法院提起诉讼。《行政复议法》规定公民有权提出“行政复议申请”。《行政处罚法》表述有“当事人的申辩、陈述权”。

应当格外注意的是《信访条例》第二条的第一款：“本条例所称信访，是指公民、法人或者其他组织采用书信、电子邮件、传真、电话、走访等形式，向各级人民政府、县级以上人民政府工作部门反映情况，提出建议、意见或者投诉请求，依法由有关行政机关处理的活动。”

以上所列举的法律文本、引用的具体法条看起来相当繁多，实际上极不完全。笔者列举它们的用意，在于让广大评论者和读者从中窥知，简单的

“上访”二字有巨大整合力及其无穷的法律内涵。我不揣浅陋地下一个定义：所谓上访，是众多部门法律赋予公民、法人为自己和为大家发表意见以及打官司的权利的表现。

请注意，我的“上访”定义，是依据法律文本的精神而作出的一种学理解释，借以让人们明白《带灯》的“上访”叙事主线应有的法理法意之一。可小说的法律主题，不在对“上访”作法律内涵的学究式的阐释，而在于进一步审视、思考法学学理上的“上访”在现实生活中落实而出现的活生生的别样的法律启示，亦即是上述法律批判主题。

小说上部《山野》在《新形势》这节文字中，勾勒了一幅色调阴沉的“上访”图画，意在从宏观的整体上暗示群众在行使法定的权利过程中的与法律不合拍的偏激。若人们真正懂得如何正确行使“上访”的法定权利，就不会产生这类偏激行为。请看：“谁好像都有冤枉，动不动就来寻政府，大院里常常就出现戴个草帽的背个馍布袋的人，一问，说是要上访。上访者不是坐在书记镇长的办公室里整晌整晌地不走，就是在院子里拿头撞墙，刀片子划脸，弄得自己是个血头羊了，还呼天抢地地说要挂肉帘呀。”

读懂了这幅“上访”图，也就会明白其中的法律寓意是：上访是合法的，然而樱镇群众上访中的偏激行为却是违法的，这种合法与违法交织的生活景象，正是学理上的“上访”生根于现实生活之后才能产生的。

小说中充斥着种种具体的上访人物与故事，其法律寓意各有特色。唯有详尽解读与阐释，才能明白公民行使法定言论自由权利的千差万别的法律诉求，从而究明作品法律主题仅在这一个突出层面上就已经显露了丰富多彩的神态。

朱召财是老上访户之一，夫妻二人为儿子朱柱石清白无辜而被认作杀人犯、判了无期徒刑的冤屈而上访十几年。小说借主人公带灯之口，为这起冤案作出了结论：“朱柱石肯定是冤枉的”。由此可知，朱氏夫妻的上访活动是必要的，是他们行使上述“上诉权”的生动表现。可惜，他们因为不懂具体法律规定而走错了门径。他们应当上诉到上一级法院，却十几年如一日地上访到县信访部门去了。在这里，信访部门的失职是明显的：他们依法应把此案转移到法院，却没有如此尽职尽责。这从一个小侧面可窥见农村乃至县城法制建设水平的低下。

上访名人王后生的上访，是小说中上访活动层出不穷的一个大亮点。他与众不同的地方，在于突破了为自己的不平而鸣冤叫屈的基准线，有为他人和为公众事业的出偏差、遭损害而上访的可贵之处。南河村的选举工作有违法迹象，他到樱镇去找书记当面反映情况，促进了对其他几处选举违法的纠正工作。十三位妇女的丈夫在大矿区得了职业病，已死去三人，其余十人卧床不起，亟待索赔，可她们都不知有索赔的法律，又是王后生到处寻找她们，极力帮助打这一大官司。当镇上引进一家大工厂，要生产蓄电池的时刻，还是王后生及时知道污染环境的可能性，后来他又联系了十几个人签名，写了一份反映污染情况的上访材料。他所做的这些工作，类似律师，简直可称作是农民律师。一个年过花甲，身患糖尿的老农民，如此为公益事业而上访，当是今日农村法制建设中的新人新事新风尚的一种标志，应为之叫好，为之欢呼。

小说下部《幽灵》对于肯定王后生这一人物代表的可贵上访精神、深化“上访”层面上的法律主题起到了重要作用。在这里，王后生一直关心基层农民疾苦和冤情的法律理性触觉，延伸到了樱镇综合治理办公室专职干部带灯和竹子这两个人物身上。带灯是主任，竹子是办事员，两个人都有正义感，在化解矛盾、宣传法制、帮助上述十三名妇女为得职业病人丈夫索赔方面做了大量工作，贡献不小，不料在大型群殴致死人命的案件审判过后，带灯受到行政降两级处分，并被撤销主任职务，竹子受到行政降一级的处分。竹子觉得带灯有冤屈，就写了上访材料。这时的竹子，与那个上访名人王后生有了共同语言，进行了意味深长而含蓄的对话。一个曾以化解上访矛盾为本职工作的人物，如今一变而成为上访队伍中的一员，这种逆转告诉我们，无论是干部、群众，都有平等的上访权利，在王后生心目中都占有重要位置。因而，“上访”像幽灵一样徘徊不去，是必然的，对于各级政府和职能部门依法行政，是有积极意义的事情。

在大量上访人物和故事中，夹杂着比例不小的无理取闹者。有的是明明解决了纠纷，当事人还要上访；有的是事无巨细，动辄上访告状；还有的受表达能力限制，来上访却说不清到底要干什么……这样的上访，是公民行使法定言论自由权的副产品，有进行法制教育的必要性。作品写这类人物和故事，并非意在嘲讽，而在于显示法制教育的不可缺少。

尤其值得注意的是，小说除写上访人物与故事，还把上访活动提到法制建设的高度进行法理的讨论和议论。小说开篇不久，面对樱镇一年里上访案例多达三十八件的事实，竹子对带灯明确提出一个问题："咱不是法制社会吗?"这里有言外之意，就是因为官方执法有误，才导致公民大量上访的现象。带灯连忙说："真要是法制社会了，哪还用得着个综治办?"这话也有言外之意：正是由于法制不健全，所以才成立一个综合治理办公室来专门对付上访。在带灯一大通法制理论话语中，这一句话精辟之至："综治办就是国家法制建设中的一个缓冲带，其实也就是给干涩的社会涂抹点润滑剂吧。"带灯说出这警策之言过后，竹子就发牢骚、讲怪话："综治办简直成了丑恶问题的集中营，咱整天和这些人打交道，那不烦死?"这些负面性的讨论意见，实质上是从"上访"的层面为整部小说的法律主题定下一个基调，就是披露和抨击当今农村社会中法制建设中出现的各种不如人意的弊端。

关于法制社会的议论，在樱镇的干部会议上还出现过一次，是七嘴八舌的不知姓名的众议记录。作品写道："有的说过去村寨里还有着庙哩，有祠堂哩，有德高望重的老者哩，人和人一有了矛盾纠纷，不出村寨就化了，现在讲究要法制，但又不全是法制，谁都可以说话了，但谁说话都又自以为是。"这段话中"现在讲究要法制，但又不全是法制"是关键词，跟带灯的议论一样，意在抨击法制的不健全。就这样，小说的法律批判主题基调得到耐人寻味的拓展与强化。

三　"维稳"：阻碍"上访"的官方政治言行

抒写官方"维稳"而阻碍"上访"的政治言行，是《带灯》法律主题展示的又一个重要层面。在回答记者的采访提问时，贾平凹正是把"上访"与"维稳"联系起来看问题的。他说："《带灯》里写上访，这是只有中国才能发生的问题，在法治国家不可能存在维稳。"（《中华读书报》2013 年 5 月 29 日第 18 版）这一说法，表明作家创作之际的法律意识与追求，是自觉的，因而从"维稳"与"上访"的关系层面来分析小说的法律主题，不仅符合小说的客观实际，同时也符合创作者主观意图的实际。《带灯》作为典型的涉法作品，在这一点上也值得称道。

“维稳”，是浓缩性的政治话语，还原为全称就是“维护社会稳定”。显而易见，这是一条官方政治口号。《带灯》在大量抒写“上访”的人物和故事的同时，还致力于抒写樱镇党政领导人如何“维稳”的言行。如此一来，上述的“上访”同这里的“维稳”就处在难分难解的相互关系之中了。

依法理而论，既然公民的上访是众多法律赋予的言论自由权利，而现实生活中的上访又是泥沙俱下，鱼龙混杂的，那么正确的对策，就必然是因势利导，将公民的法定权利落实到实处，同时还妥善解决上访中的负面问题。这才是开明的政治所应当承担的责任，也是“维稳”的政治口号所应有政治理性认识。

《带灯》所观察、思考的“维稳”，全然失去了应有的本色，即在公民上访的道路上到处设置障碍，把所有上访者一律当作防范、限制、打击的对象。在这种同法律唱对台戏的错误方向上，樱镇的书记、镇长、副镇长、办公室主任、干事，甚至还有司机，全都感觉良好，丝毫没有愧疚感。在带灯当主任的综治办的年度责任目标中的首要一条，就是“认真履行维护社会稳定的政治责任”。这种政治追求的提法本身是无可挑剔的，问题在于这“政治责任”的实质性工作到底是什么。《带灯》就在这个骨节眼上，让我们反反复复看到了“维稳”的实质在于“坏法”。于是乎，这种“政治责任”，就变质变味了，成为违法犯罪者保住自己的乌纱帽的护身符。

樱镇的头头脑脑们之所以把“维稳”的“政治责任”质变为“坏法”，根源之一，在于没有认识到上访的法律内涵和意义，而是误解为一种社会不稳定的因素。镇长在一次关于分片包干防上访的镇干部会上，发表了一个蛊惑人心的“上访”观。他说：“上访问题当然是整个社会问题，是体制问题，是改革时期必然出现的问题，也是中国特色的问题吧，这一点大家明白，我何尝不明白？可是，社会是有分工的，神归其位，各尽其责，镇政府就是这么大个庙，庙里住的不是玉皇大帝，是些山神和土地，或者只是个马王爷和灶王爷。”这段话先是暗示“上访”之事是全国性的动乱之事，后是自命不凡，要干部们以“神”的姿态同敢于上访的凡夫俗子对着干。可以认为，这是一份围剿上访公民的战斗动员令，把全体干部置于同人民群众为敌的地位。

有人可能会说，这个镇长的认识错误可能是因为不懂法才讲了错话。其实不然。在谈到信访制度时，镇长讲出了“属地管理”的法律专业术语，一般读者都不懂。查《信访条例》，在第二十一条第三款中，果然有“属地管理”的原则，可见这镇长并非法盲。唯其懂法而“坏法”的“政治责任”才是格外可怕的。

就是这位镇长大人，在县里汇报上访工作时讲假话，把老上访户莫转莲当作有进步而使镇综治办“结案息诉率最高”的一个典型，在县里作了汇报。为对付县里“搞信访暗查”，担心假话“穿帮”，镇长竟然打电话如同布置工作任务一样，要带灯顶替莫转莲回答可能有的询问。上上下下说假话，这就是镇长的“维稳”“政绩”之一。而这种“政绩”，直接表现在用弄虚作假的手段虚构控制、打击非正常上访取得了好效果。

在接待市委黄书记的问题上，我们进一步看到，善于打“维稳”旗号而弄虚作假，并非镇长一人的强项，而是所有镇里的党政领导人共同的特长和本领。他们召开专门会议，像接待国家元首一样把黄书记的吃喝拉撒的每一个细节都充分考虑到了，并安排专人打前站，一一落实各种预定安排。例如，黄书记将要去劳动的地方，事先把那块土地挖松，以便到时挖地顺利。还有黄书记将要用的那把铁锹，一定事先把其木把手刨光滑，免得把黄书记手磨破了。我们不禁要问：这是在“维稳”吗？不，这是官场惯有的讨好上司的戏剧表演。

县镇两级党政机关在迎接黄书记视察时，早就统一了认识和日程安排。县委县政府对樱镇的有关八点指示的最后一条，就是：“严格控制好上访人员，绝不能发生有人突然拦道告状的。”为此，樱镇的党政领导除了上述演戏之类的安排，就是下大力气控制上访，并决定由镇长抓这“维稳”大事。为了对付尚建安一伙人的上访，不惜动用镇派出所的警察，将这一伙人强行带到派出所去，直到黄书记离开樱镇，才将他们释放回家。这就意味着用打击刑事犯罪的强制手段来对付上访者。

打着“维稳”旗号，肆意“坏法”的严重情景，在“折磨”上述上访名人王后生的花样翻新的手段交相使用上，得到了最充分的暴露。其时，王后生正在起草一份上访材料，反映大工厂的高污染高消耗问题，联系到十三人在材料上签名。探知消息的马副镇长等人用请王后生到镇政府“建言建策”的名义，将其骗到镇办公室。“折磨”活动伊始，白主任把一杯水泼在王后生脸上，还口骂脏话。接着，侯、吴、翟三个干事进了办公室，“二话不说，拳打脚踢”，侯干事还打已倒在地上的王后生的嘴。等马副镇长出现，就进入了“审问”的程序。王后生毫不隐讳地回答了所有提问，唯独不说签名的十三人的姓名。为此，马副镇长指使白、侯、吴、翟“四个年轻人轮换去审”，并以“奖两百元”为诱饵，让他们尽管取得上访材料。严刑逼供的手段于是一一出笼：用铁夹子夹王后生的眼皮，把痰吐进王后生的嘴里，接连扇耳光又一次将王后生打倒在地，把王后生的裤子拧开了缝时吴干事竟把手指捅进他的屁眼里去，翟干事又用脚踢王后生、并唤狗来吓得王后生屎尿失禁，其后又用自来水龙头猛冲王后生……最后的结局，是王后生终于说出了藏匿上访材料的地方，签名的十三个人不得不“自首”。在马副镇长们的心目中，这一切叫做“粉碎”“破获”——王后生无异于重刑罪犯。“维稳”被弄到这种地步，还能称作是共产党领导下的“政治任务”吗？

马副镇长这一伙“折磨”上访者的干部已用他们的一系列野蛮暴行，将自己定格在违法犯罪的法律地位之上，有关“上访”的全部法律因而也被他们破坏得面目全非。

《带灯》的法律主题在“维稳”的层面上的要义，在于这样一个关键地方：误解“上访”的法律性质和意义的基层党政干部，同时也往往误解“维稳”的政治任务和意义，两种误解同时出现在他们意识之中的时候，把“上访”同“维稳”弄成势不两立的关系就成为第三种误解。三重误解本应消除和纠正，却成了基层干部们的共识和言行的指导思想。小说从当今农村的现实生活中洞察到基层干部的这种思想意识的新动向，及时敲响了警钟，反映了作家政治和法律上的思想意识的敏锐性和深刻性。“思想贫乏无力”论者看不到这宝贵的思想成就，恰恰证明了论者自身“思想贫乏无力”。

四　法律细节的妙用

《带灯》法律主题的内涵，还可以从法律细节的巧妙作用上进行考察。上述两位评论家，谈到了不少“细节”，唯独没有谈最值得一谈的大量法律细节。

用于樱镇党政领导人物的法律细节描写，常常成为抨击权力滥用干扰和破坏法律的火力点。不作法律考察和解读，这种来自现实生活的法理，是绝对读不出来的。

《上报灾情》这一节文字的法律细节，有一石数鸟的效果。洪灾过后，樱镇地区死亡六人、失踪六人，灾情很严重。为上报灾情，镇里专门召开中层干部会，书记、镇长、副镇长、白主任、带灯、竹子等人参加会议。两位女专职干部的职责是在会上汇报她们到基层了解到的灾情，其他领导人则要讨论并决定如何上报灾情。作品的细节描写告诉我们，书记始终掌握着弄虚作假的主动权，但口头言词却是征求大家的意见，统一思想，实则是弄成一个叫众人都无话可说的假灾情口径，甚至还设置了一笔八百元的“封口费”，以防止日后有人为假灾情而上访。结果，向上报告时全盘隐瞒了十二人的死亡与失踪，而把马八锅的死于水灾上报成为救灾而牺牲的烈士。带灯不满于这种瞒报，镇长不以为然，美其名曰：“是巧报罢了。”

别以为这是一般性的工作失误。查《自然灾害救助条例》，第二十九条明文规定：“谎报、瞒报自然灾害损失情况，造成后果的”，轻则受行政处罚，重则追究刑事责任。显然，把马八锅上报为烈士，属于“谎报”，而其他十一人的死亡与失踪只字不提，则属于瞒报。其后果，是这些死亡与失踪人员的家属，无从得到国家的款物上的救助。一旦这种谎报、瞒报被曝光，这伙人至少是难保乌纱帽，而被追究刑事责任的可能性很大。所谓一石数鸟的效果，指的是此处的同一细节描写，把与会参加谎报、瞒报灾情的书记、镇长、副镇长、白主任等人的违法、犯罪行为一并表现出来了。

类似细节，还有大工厂建设工地哄抢出土文物的一幕。当施工现场挖掘出一个古代驿站遗存的一批文物时，立即发生了哄抢之事：有的把八只大石狮用车拉回家放在院门口，有的把十三个柱石抬去准备自己盖房时使用，有的把四个拴马桩拿回去用于拴马，在众人争夺一个汉白玉井台圈而大打出手之际，镇委书记发火说：“给镇政府留个纪念！”果然，这井台圈运进了镇政府大院。这一细节，宣告了书记及其治下的干部、群众，全是法盲而犯法的人们。《文物保护法》第三十二条规定，在进行建设工程中发现的文物，应保护现场，禁止任何单位或个人“哄抢、私分、藏匿”；而第六十四条第七款规定，“哄抢、私分”国有文物构成“文物犯罪行为”。上述评论家看不到这一法律细节暴露书记其人又一次违法犯罪的真面目，偏要去找所谓“匿名”的“细节”，大讲什么“精英人物”“象征”一类的空话，自然要同小说的法律主题背道而驰。

上述两个法律细节中的书记之所以犯罪，既有政治原因，也有法律原因，而且这两种原因是交织在一起的。政治上的原因，是滥用手中权力；法律上的原因，是不懂法，不重视法；二者交织就势必利用权力来干扰、破坏法律，于是滥用权力者本人就成了违法犯罪者。

小说关注书记滥用权力并非止于这两个法律细节，但抓住这两个法律细节就足以窥见一个基层政府部门里的一把手沦为违法犯罪分子之后依然在位君临一切的巨大危害性。作为当代文学评家工作者，对这种可怕的危害性毫无觉察，该是多么麻木不仁，该是多严重的失职。

若有人对此不以为然，不妨再看一个法律细节：分管卫生工作的马副镇长，以身体虚弱有病为由，让卫生院里的医生把人工流产的胎儿送来当药蒸着吃，已吃了五个能识性别的胎儿。在这里，根本问题是：胎儿是不是“药”，吃胎儿是否犯法？凭生活经验，是回答不了这种问题的，仅从伦理道德上看，充其量是斥之为“不道德”“残忍”罢了。引进法律，个中奥秘就掩藏不住了。

> 药品，是指用于预防、治疗、诊断人的疾病，有目的地调节人的生理机能并规定有适应症或功能主治、用法和用量的物质，包括中药材、中药饮片、中成药、化学原料药及其制剂、抗生素、生化药品、放射性药品、血清、疫苗、血液制品和诊断药品等。

以上这段话，是《药品管理法》第一百零二条关于“药品”这一法律用语所作的立法解释。用以思考马副镇长吃胎儿的细节描写，就会明白两个要害之处：一是胎儿在该概念的内涵上，不属于法定“物质”范畴；二是在外延上，胎儿不在法律所列举的众多对象之内。由此可以断定，马副镇长把胎儿当药吃，属于非法行为。可他之所以能够顺利吃掉五个胎儿，凭借的是副镇长的权力，平头百姓想吃也吃不到口。就这样，一个副镇长的权力，就把上述法律规定屡屡踩在脚下，法律尊严对他来讲形同笑话。马副镇长闹这样的法律笑话的例子，还有带几个医生像杀猪一样在孕妇家中强行做结扎手术、带干部到超生孕妇的娘家去强行罚款等。可见，马副镇长同样是一个滥用权力干扰破坏法律的角色。

党政领导人、职能部门领导人以及一切实权人物滥用权力干扰破坏法律，是当代中国文学作家不约而同的注目中心之一，焦点热点之一。笔者在拙著《法律与文学的交叉地》和《中国法律与中国文学》中曾先后两次论及。依据我多年的阅读心得，我以为《带灯》在这里的新贡献是：在一个长期存在于法制建设中的大问题上，及时注意到了新动向、新苗头，因而有新发现，还运用了新手法来表现这一切。

除此之外，《带灯》的法律细节还有一个巧妙的作用，就是能为文学理论上的细节真实提供客观标准以及论证的个案实例。历来的所谓“细节真实”，并无客观检验标准，而只是评论者个人的认定：我说你真实，就是真实，我说你虚假，就是虚假。到底是真是假，无从证明。上述雷达的“细节真实”论就是叫人无从置信的好例证。《带灯》中的法律细节真实，是经得起检验的。例如：带灯与杨二猫关于猎枪的持有的违法与否，有一场对话：“带灯说：你就哄我吧！用枪打，你哪儿有枪？又违法呀？杨二猫说：派出所给弄的猎枪！犯啥法?”《枪支管理法》第十条有云：“猎民申请配置猎枪的……向所在地的县级人民政府公安机关提出”。杨二猫所言属实，亦即是这一法律细节的真实性有国家立法的文字依据可查可证。毫无疑问，这种细节的法律描写，对于丰富小说的法律主题也起不了小的作用。

五　相同的病根，不同的病状

在大体究明了《带灯》的法律主题之后，回过头来反思纯文学家们一个个都在法律的大门之外不着边际地说东道西的深刻教训，应当说就具备了正本清源的前提条件。而为了本文探讨的深入，还应当把《带灯》同《儒林外史》的法律主题作一番比较。

这两部典型涉法作品的法律主题，具有完全不同的法理内涵。《带灯》的法理，在于思考社会主义法制建设中存在的不如人意的弊端，而这弊端虽有多种表现形式，却都是由“上访”的法律行为与“维稳”的政治对策的对立和碰撞的主轴旋转、散发开来的。《儒林外史》的法理，则以礼刑并用的法制史特征为轴心，揭示的是封建时代礼法与刑法实施于社会的糊涂官打糊涂百姓的不公平，不合理，其法律类型属于已退出历史舞台的中华法系。

由此可见，所有纯文学家在不通法律上有相同的根源，即缺少法律修养的学术心理结构，而在分别评论这两部作品时，彼此的症状是不相同的。对于误读误解《儒林外史》的学人们来讲，是不知中华法系为何物，故凡是中国古代的涉法文学作品，他们一概读不懂。而对于误读误解《带灯》的学人们来讲，则是不知当今中国社会主义法律来自何方，不了解新中国几十年来的立法沿革与动态，不了解法律实施于城乡产生了哪些值得关注的现象与问题。因此，他们无论如何都不能迈进《带灯》的法理大门，登堂入室更无从谈起了。如此一来，不相干的评论意见，损害多多：损害了文学，损害了法律，损害了作家的成就，损害了广大读者的期盼，是文学评论工作者职责的大丧失。

谈到这里，有必要强调当代涉法文学对法律的舆论监督功能。十多年前的拙著《中国文学与中国法律》曾专门谈到这一问题。鉴于不通法律的文学评论的职责大丧失弊病，这里强调指出当代涉法文学对法律的舆论监督功能很有必要。因为古今中外涉法文学对法律都取不约而同的批评立场和态度，擅长对法律从立法到实施的不人道、不公平、不公正等负面现象作披露和抨击，形成一种文学传统，故当今的中国涉法文学的法律批判，是社会主义法制建设中不可缺少的舆论监督之一。以《带灯》法律批判主题为例，它所批判的党政干部用“维稳”来对付“上访”的法律弊端，一旦被评论家所认知和阐释，无疑会使这潜在的舆论监督功能更有效、更广泛的发挥实际作用。与法律不沾边的诸种评论，实质上是用大话、空话、废话把作品固有的这种功能严严实实遮掩起来，如同使明珠暗投一般，万分可惜。

最近媒体报道的厦门公交纵火案，造成47死34伤的严重后果。作案者曾为自己感到困惑的待遇问题而“上访”，而派出所、信访局、公安局等机关玩“踢皮球”游戏，长期不解决问题，致使当事人产生了仇恨社会、厌倦生活、伺机报复的阴暗心理，终于酿出此一纵火罪案。读完这则新闻，我立刻联想到《带灯》中的许多“老上访户”，我甚至感到厦门纵火的当事人，就属于“老上访户”中的成员。这种联想，实质上就是认同《带灯》的法律批判锋芒直指“踢皮球”的党政机关的不负责任而坑害“老上访户”的法律监督功能。说穿了，“上访”而“老”的现象，正是党政机关“踢皮球”游戏所造成的。若能及时而妥善解决上访者所提出的问题，化解矛盾，就不会导致类似厦门的“老上访户”走上绝路。《带灯》在此案惊曝的条件下，更能使人认识到它的法律监督功能很具体地体现在警示做好上访工作，提醒各职能部门和各级政府机关尽可能避免把上访者置于踢皮球的戏耍之中，不再让他们疲于奔命而毫无结果。

中国古代的涉法文学，只有法制史上的认识价值，没有或者很少有对现实法律的舆论监督功能。

救治不通法律的纯文学的理性荒诞病的药方，因此有所区别：致力于中国古代涉法文学评论的，应具备关于古老中华法系的知识；致力于评论当代中国的涉法文学，应具备关于当今社会主义法律的知识，还应及时了解立法新动态。法律知识老化，是难以跟上《带灯》的上述几个“新”的方面的探索步伐的。笔者写此文，就新买了好几种法律文本。若是评论世界各国的涉法文学作品，则应对英美法系、民法法系、伊斯兰法系、印度法系有所了解，而且是了解得越多所论就越有符合作品实际的希望。

那么，纯文学家不通法律的病根如何生成的呢？答曰：拒斥法律的文学专业教育思想及其课程设置，是病根生长的土地，这是客观原因。主观原因，是文学家个人不以欠缺法律修养为然，久而久之形成社会性通病。伦理、逻辑、哲学、历史、美学……诸种学识的匮乏，在文学家莫不以为羞愧之事，然而不通法律谁都不在乎。这是今天文化界极常见的现象，或积重难返的偏见。文学界的理性荒诞的一再出现，很大程度导源于此。